Sue Monk Kidd

The Secret Life of Bees

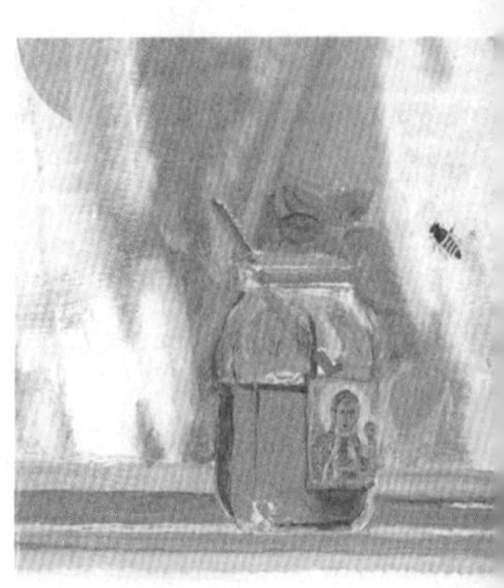

蜜蜂的秘密生活

［美国］苏·蒙克·基德　著
侯　萍　宋苏晨　译　宋文伟　校

凤凰出版传媒集团
译林出版社

图书在版编目（CIP）数据
蜜蜂的秘密生活／（美）基德（Kidd. S. M.）著；侯萍，宋苏晨译．—南京：译林出版社，2007.6（2018.12 重印）
ISBN 978-7-5447-0208-9

I. 蜜… II. ①基… ②侯… ③宋… III. 长篇小说－美国－现代 IV. I712.45

中国版本图书馆 CIP 数据核字（2007）第 025182 号

著作权合同登记号　图字：10-2005-233 号

蜜蜂的秘密生活　［美国］苏·蒙克·基德／著　侯　萍　宋苏晨／译

责任编辑　姚　燚
责任印制　颜　亮

原文出版　Penguin Books
出版发行　译林出版社
地　　址　南京市湖南路 1 号 A 楼
邮　　箱　yilin@yilin.com
网　　址　www.yilin.com
市场热线　025-86633278
排　　版　南京展望文化发展有限公司
印　　刷　江苏凤凰盐城印刷有限公司
开　　本　880 毫米 × 1230 毫米　1/32
印　　张　10.375
插　　页　3
版　　次　2007 年 6 月第 1 版　2018 年 12 月第 6 次印刷
书　　号　ISBN 978-7-5447-0208-9
定　　价　29.00 元

译林版图书若有印装错误可向出版社调换，质量热线：025-83658316

蜂王的作用是蕴蓄蜂群的凝聚力；假如将蜂王从蜂房中带走的话，工蜂们便会立即有所感应。几小时后，甚至用不了那么长时间，它们便会呈现群蜂无首的现象。

——《人类与昆虫》

1

夜晚，我躺在床上，观看蜜蜂表演。只见它们从我卧室的墙缝里挤出来，满屋子团团飞舞，发出的声响犹如螺旋桨在转动，尖锐的嗡嗡声在我的皮肤边震颤。我看见蜜蜂的翅膀在黑暗里闪闪发亮，宛如无数的镀铬金属片，我心中随之涌起无限的渴望。蜜蜂翩翩起舞，它们并不是在寻花采蜜，而只是为了感受风的抚摸。此情此景不禁令我心碎。

白天，我听见蜜蜂钻进我卧室的墙缝里，那声音听上去就像隔壁房间收音机里传来的静电噪声，我想象着它们正在把墙壁变成蜂巢，蜂蜜正在渗出供我品尝。

那群蜜蜂是1964年夏天飞来我家的。那年夏天，我刚满十四岁，我的生活悄悄地进入了一个全新的轨道，我是说*全新的轨道*。如今，回首往事，我想说，蜜蜂是上帝派来的使者。我想说，蜜蜂出现在我面前，犹如天使加百列出现在圣母马利亚面前一样，引发了许多我永远也不会想到的事情。我知道，拿自己微不足道的生活与圣母的生活相提并论，未免狂妄放肆了一点，但是，我有理由相信，圣母是不会介意的，理由且容后述。此时此刻，我只想说，无论那个夏天发生了什么事情，我对蜜蜂始终温厚有加。

1964年7月1日，我躺在床上，一边等待着蜜蜂出现，一边回想着我告诉罗萨琳关于蜜蜂夜访我房间时她说的话。

“蜜蜂会成群地在垂死者面前飞来飞去。”她说。

自从我母亲去世后，一直是罗萨琳在照料我们。她是我家桃园里的一名摘桃工，我爸爸——我喊他狄瑞，因为他从来就不配“爸爸”这个称呼——把她从那儿调了出来。她长着一张大圆脸，躯体从颈部斜削下来，宛如一顶楔形小帐篷；她皮肤漆黑，黑夜仿佛就是从中渗漏而出。她独自住在一间林中小屋里，离我们不远，每天都来做饭、打扫房间，当我的代理母亲。罗萨琳自己从来没有生过孩子，因此，这十年来我一直是她的心肝宝贝。

蜜蜂会成群地在垂死者面前飞来飞去。她总是满脑子疯疯癫癫的想法，我从来不以为然。但是，我此刻躺在床上，却揣摩起她的这句话来。莫非蜜蜂以为我要死了，于是就飞来了。说心里话，我并不太忌讳这种说法。那一群天使般的蜜蜂只管落到我身上来好了，直到把我蜇死为止，这决不会是最痛苦的事。可以说，那些把死亡看作最不幸之事的人，并不理解生命的真谛。

我四岁时，母亲就去世了。这是活生生的事实，但是，我一提到这事，人们便会突然把注意力转移到他们指甲旁的倒刺或表皮上，要不然就望着遥远的天空，好像没有听见我的话似的。不过，偶尔也会有人关切地对我说：“莉莉，你就忘了这事吧。那是意外事故。你又

不是有意的。”

那天夜晚，我躺在床上，想到了死，想到上天堂与我母亲团聚。见到母亲，我会对她说：“妈妈，原谅我。请原谅我。”她会亲吻着我的皮肤，亲得皮肤发红，并劝我不必自责。头一万年里，她会一直这样宽慰我。

在接下来的一万年里，她会为我梳头。她会将我的头发梳成高高的漂亮发髻，整个天堂里的人们都会放下竖琴，对我的发髻赞不绝口。只要看一眼女孩们的头发，你就知道哪个是没娘的孩子。我的头发总是乱糟糟的，狄瑞当然不肯给我买卷发筒，所以，我一年到头只好用威尔奇牌空葡萄汁罐卷头发，差点没使我成了失眠症患者。我始终不得不在鱼和熊掌之间选择：要么让头发端庄得体，要么图夜里睡个好觉。

我想，我得花上四五百年的时间才能向母亲倾诉完我和狄瑞一道生活时所遭受的非凡痛苦。他一年到头没个好脾气，而且夏季他起早摸黑打理桃园时的火气特别大。大部分时间，我都离他远远的。他只对他养的捕鸟猎犬大鼻子好。大鼻子与他同床共寝，不管什么时候，只要大鼻子瘦长结实的背朝床上一靠，仰天一躺，狄瑞便会给她的肚皮挠痒痒。我曾看见大鼻子在狄瑞的靴子上撒尿，他竟然也不生气。

我曾无数次地祈求上帝惩罚惩罚狄瑞。四十年来，他一直坚持做礼拜，但德行却越来越坏。这似乎应该让上帝明白些什么。

我蹬开了被单。房间里鸦雀无声，蜜蜂全都不见了。我不停地看看梳妆台上的时钟，不知道是什么东西把蜜蜂给迷住了。

终于，接近午夜时分，当我困得眼皮快要睁不开的时候，墙角里突然响起咕噜咕噜的声音，低沉而颤动，你完全有可能误以为那是猫弄出来的声音。片刻之后，黑影像喷漆一样沿着墙壁移动，当影子掠过窗户时照到了亮光，于是，我便看见了翅膀的轮廓。声音在黑暗里越来越响，最后，整个房间都在有节奏地颤动着，空气变得活跃起来，黑压压地飞着蜜蜂。蜜蜂团团簇集在我的身体周围，使我成了旋风云的正中心。由于蜜蜂的嗡嗡声不绝于耳，我已无法集中自己的思绪。

我攥紧拳头，指甲深深掐进了掌心，直掐得皮肤几乎变成了鲱鱼骨头的颜色。满屋子的蜜蜂能把人蜇个半死。

不过，那番景象也蔚为壮观。突然间，我心血来潮忍不住想对某人炫耀一下，尽管我周围只有狄瑞一个人。假如他不巧被几百只蜜蜂蜇了的话，那么，我也只能表示抱歉了。

我钻出被单，穿过蜂群，冲向门口。我要喊醒他，便用一个手指碰了碰他的胳膊。起初，我动作很轻，随后越来越重，到最后，我的手指都戳进他的肌肉里了。我惊讶地发现，他的肌肉非常结实。

狄瑞从床上一跃而起，只穿着内衣内裤。我拽着他朝我的房间走去，他大声嚷嚷着说，但愿是桩好事情，但愿不是房子着火了；大鼻子汪汪直叫，好像我们正在打鸽子似的。

"蜜蜂！"我大声说道，"我房间里有一大群蜜蜂！"

但是，当我们来到我房间的时候，蜜蜂全已飞回墙缝里去了，仿佛它们知道他要来，仿佛它们不愿浪费时间为他表演飞行特技。

"他妈的，莉莉，这可一点也不好玩。"

我上上下下打量着墙壁。我钻到床底下，企求床垫上好心的灰尘和弹簧立刻变出一只蜜蜂来。

"它们刚才还在这里呢。"我说，"满屋子乱飞。"

"是啊，刚才这里还有一群该死的水牛呢。"

"听，"我说，"还能听见蜜蜂的嗡嗡声呢。"

他装作很认真的样子，朝墙壁竖起耳朵。"我听不见什么嗡嗡声

嘛。”他说，伸出一根手指在太阳穴旁边转动着。“我想，一定是你的脑子出毛病了吧。莉莉，你要是再吵醒我，我就拿出玛莎怀特粗砂石来。听见没有？”

跪玛莎怀特粗砂石是只有狄瑞才想得出来的一种惩罚方法。我立即闭嘴不出声了。

但是，我却不甘心让事情就这样不了了之，狄瑞还以为我是绝望透顶才编造出蜜蜂入侵的故事来引起他的注意。于是，我想出了一个好主意。我要捉一瓶蜜蜂拿给狄瑞看，对他说，“瞧，谁在无中生有啊？”

我对母亲最初的，也是唯一的记忆是她的忌日。有很长一段时间，我试着回想起她去世之前的模样，哪怕只是对某些事情的零星回忆，譬如，她将我放进被窝里，给我念威格利大叔的历险故事，或者在冰冷的早晨把我的内衣挂在取暖器旁边。哪怕是她从迎春花丛里折下一根枝条拍打我双腿的回忆也会令我感到温馨暖人。

她的忌日是1954年12月3日。火炉把屋里烤得非常暖和，我母亲脱掉毛衣，只穿着短袖衬衫站在卧室窗前，在使劲推着被油漆粘得死死的窗户。

最后，她放弃了，说道，“好吧，算了，我想，咱们就热死在这鬼地方吧。”

她的头发乌黑浓密，大波浪鬈发环绕着她的脸庞，那张脸我从来就没能好好看清楚过，而其他一切却清晰可见。

我向母亲伸出双臂，她把我抱了起来，嘴里却在说，像我这么大的女孩不应该再要妈妈抱了，不过，说归说，她还是抱着我。她抱起

我的那一瞬间，我便沉浸在她的芳香气息里。

我永远也忘不了那种香水的气味，闻起来完完全全像肉桂的芬芳。我曾经常常定期去逛西尔万百货商店，闻遍店里的每一种香水，试图识别出母亲用的香水。我每次到店里去，卖香水的女售货员都会装出很惊讶的样子，说道，“我的天，瞧，谁来了。”就好像我上个星期没去过商店，没把架子上所有的香水瓶子闻了个遍似的。一千零一夜，香奈尔5号，白色肩膀。

我会问：“进新货了吗？”

她从来不进新商品。

因此，五年级的时候，当我闻到老师身上的香水味时，我非常吃惊，但老师说那只不过是很普通的旁氏冷霜而已。

我母亲去世的那天下午，地板上有一只打开的手提箱，放在那扇打不开的窗户旁边。她在壁橱里钻进钻出，将一件件衣服扔进手提箱里，连叠也懒得叠。

我跟着她钻进壁橱，在衣服褶边和裤腿下面拱来拱去；那里面黑乎乎的，还有灰尘和一些小小的死蛾子。我钻出壁橱，又看见了狄瑞的靴子，上面还沾着桃园的泥巴，依然散发着霉烂桃子的气味。我双手插进一双白色高跟鞋里，拿起来拍打着。

壁橱下面是楼梯，每当有人上楼时，壁橱的地板便会振动，因此，我知道狄瑞上楼来了。在我头顶上方，我听见母亲从衣架上取下衣服，听见衣服布料摩擦发出的沙沙声，还有金属饰件相碰的叮当声。快点，她说。

当狄瑞脚步沉重地走进屋里时，母亲叹了一口气，就好像她的肺叶突然紧缩，而后发出的一声叹息。这是我记忆犹新的最后一件事情——她的叹息像一个小降落伞似的向我飘下来，不留痕迹地掉进鞋子堆里。

我不记得他们说了些什么，只记得他们怒气冲冲地对骂，只记得气氛变得剑拔弩张，还有厮打的声音。后来，那情景常使我想起被关在房间里的鸟儿，它们朝窗户和墙壁撞去，也相互碰撞。我一点一点往后退，退到壁橱最里边，手指塞在嘴里，闻到的全是鞋子和脚丫子的臭味。

我被拽了出来，起初并不知道是谁把我拽出来的，过后才发现自己依偎在母亲的怀抱里，呼吸着她的气息。她一边抚平我的头发，一边说道，“别怕。”但是，就在她说这话的当儿，狄瑞把我从她怀里夺了过去。他把我抱到门口，在走廊上放下我。“回你自己的房间去。”他说道。

“我不想回去。”我喊叫着，试图推开他，回到屋里，回到母亲的身边。

“死回你的房间去！”他大声喝道，用力推了我一下。我撞到墙上，然后又反弹向前，跌趴在地上。我抬起头，目光掠过他身边，看见母亲从房间里跑过来。她跑到狄瑞跟前，怒喝道，“不—许—你—碰—她。”

我趴在门口的地板上缩成一团，望着似乎一触即发的紧张场面。我看见狄瑞抓住母亲的肩膀使劲摇晃，摇得她的头不停地前后摆动。我看见他的嘴唇发白。

后来——尽管现在我头脑里的一切记忆都开始变得模糊不清——她一把挣脱他，挣脱了他紧抓着她的双手，跑进壁橱里，从高高的架子上拿下一样东西来。

我看见她手中紧握着一把枪，便跌跌绊绊地向她跑过去，想要救她，救我们全家。

当时，时间仿佛凝固不动了。那个情景留在我脑海中的记忆依然历历在目，但却支离破碎：她手中的枪闪闪发亮，玩具一般，他从她手中夺过枪，来回挥舞着；枪掉到地板上；我弯腰捡起枪；我们身边响起了枪声。

这就是我所了解的自我。她是我的整个世界。而我却夺去了她的生命。

*

我和狄瑞就住在南卡罗来纳州西尔万镇郊区，镇上只有三千一百人。卖桃子的货摊和浸礼会教堂是镇上的主要景观。

我家农场的入口处竖着一块大木牌子，上面用最丑的橘黄色油漆写着：欧文斯桃业。我讨厌那块木牌。不过，与大门旁边六十英尺高的柱子顶端那个巨大的桃子模型相比，那牌子却算不了什么。在学校里，人人都管那桃子模型叫“大屁股”，我这还是说的比较文明的。不过，那巨桃模型的肉色，更不用说还有中间那条凹下去的沟痕，看上去无疑就像一个大屁股。罗萨琳说，那是狄瑞辱没世人的方式。狄瑞就是那种人。

狄瑞不崇尚睡衣晚会[①]或短袜舞会[②]，这倒没有什么大不了的，因为从来也没有人邀请过我。但是，他也不肯开车带我去镇上看橄榄球比赛、赛前动员会或者贝塔俱乐部洗车比赛，这些活动通常在星期六举行。他不在乎我穿着自己在家政课上缝制的衣服，拉链装得歪歪扭扭的印花棉布仿男式女衬衫，长度过膝的裙子，以及只有五旬节时女孩子才穿的衣服。也许我背上一块“我不讨喜，永远也不

① 年轻姑娘穿着睡衣通宵闲谈的聚会。——译注

② 尤指20世纪50年代风靡于高中学生中的一种非正式舞会，因参加者只穿短袜不穿鞋而得名。——译注

会讨喜”的牌子，他也不会在乎。

我需要很好地用时髦服装打扮一下自己，因为从来没有人对我说过：“莉莉，你真漂亮。”除了教堂里的詹宁斯小姐，她是个盲人。

我留意打量起自己的形象，不仅对着镜子照，也从商店的玻璃橱窗里看，还从关上的电视机屏幕上看，想确定一下自己到底长得啥模样。我和我母亲一样长着一头黑发，但总是乱糟糟的像个鸡窝，另外，我的下巴太短，这令我很心烦。我一直在想，在我的乳房发育的同时，下巴也会长大的，然而实际情况并非如此。不过，我的眼睛很漂亮，就像索菲亚·罗兰的眼睛。不过，就连梳着鸭尾巴式发型、抹着头油、衬衫口袋里插着梳子的男孩子似乎也没有被我吸引——他们是一群需要宣泄的人哪。

我的乳房已经发育得有模有样了，但还没到值得炫耀的程度。开司米两件套上衣配苏格兰方格呢齐膝短裙是当时流行的装束。但狄瑞说，除非地狱变成溜冰场，我才能那副打扮出门——他说，我是不是也想学比特西·约翰逊的样，穿着连屁股都遮不住的裙子，弄到最后被人搞大了肚子？他怎么会对比特西那么了解，这永远是个谜，不过，关于她的短裙和她怀孕生子，倒确有其事。只是，那不过是个不幸的巧合而已。

在时尚方面，罗萨琳还不如狄瑞懂得多。当天气转凉时，天哪，她竟然让我穿上五旬节套裙，里面再穿着长裤去上学。

我最最讨厌的是，本来挤在一起交头接耳的女孩子，看见我经过时便沉默不语了。我开始抠身上的伤疤，如果没有什么伤疤的话，我就啃咬指甲周围的肉，直到把手指咬得血糊糊的才罢休。对自己的相貌是否漂亮，对自己的行为举止是否得体，我感到忧心忡忡，缺乏自信。有一半的时间我在扮演一个女孩，却又不像是一个真正的女孩。

去年春天，女子俱乐部开办的礼仪学校，每个星期五下午上课，课程长达六周。我曾经想过，上礼仪学校也许是我真正的出路，但是，我却被拒之门外，因为我没有母亲，没有祖母，甚至连一个平平常常的姑姑也没有，所以在结业典礼上不会有亲人给我送上洁白的玫瑰花。如果让罗萨琳献花则违反校规。我痛哭不已，哭得都呕吐了。

“你已经很迷人了。”罗萨琳一边说，一边冲洗水槽里的呕吐物。“你不需要到什么妄自尊大的学校去学礼仪。”

“我需要。”我说，“他们什么都教。教你怎么走路，怎么转身，教你坐在椅子上时脚踝应该怎么摆，还教你怎么上车，怎么倒茶，怎么脱手套……”

罗萨琳吹了一口气。“我的天哪。”她说。

“还有插花，与男孩子交谈，修眉，剃腿毛，抹口红……”

“那么在水槽里呕吐呢？他们也教你怎样呕吐才优雅吗？”她问道。

有时候，我真恨她。

我吵醒狄瑞的那天早晨，罗萨琳站在我房间外面的走道上，看着我拿着一个瓶子捉蜜蜂。她的下嘴唇向外翻撅，我能清楚地看见她嘴巴里面露出一抹日出时分的粉红。

“你拿着那个瓶子在干什么？”她说。

“我在捉蜜蜂给狄瑞看。他认为我是在无中生有。”

“主啊，赐给我力量吧。”她在走廊上剥利马豆，额头一圈的发际

上汗珠晶莹闪亮。她拉开衣服前襟，敞开胸部，硕大柔软的乳房犹如沙发靠枕。

蜜蜂落在我钉在墙上的本州地图上。我看着它沿着南卡罗来纳海岸风景如画的17号高速公路蠕行。我将瓶口朝墙上扣过去，在查理斯敦和乔治城之间捉住了它。当我盖上瓶盖时，它吓坏了，一次又一次地撞得玻璃瓶砰砰直响，此情此景让我想起有时候打在窗玻璃上的冰雹。

我尽量把瓶子里布置得舒适一些，铺上毛毡般的花瓣，花瓣上沾着厚厚一层花粉，在瓶盖上戳了许多小孔，以免蜜蜂闷死。据我所知，总有一天，人们会转世变成他们所杀害的生灵。

我把瓶子举到鼻子前面。"快来看，它在反抗。"我对罗萨琳说。

当她走进屋里时，一股气味向我飘来，若隐若现，辛辣呛人，恰如她嘴巴里的鼻烟味。她拎着一只小瓶，瓶口如硬币那么大，把手刚好够她的一个手指从中穿过。我望着她将小瓶贴到下巴上，嘴巴撅得像一朵花，然后朝着瓶里啐了一口黑色的液体。

她瞪着两眼看了看蜜蜂，摇摇头。"你要是被蜜蜂蜇了，可别鬼哭狼嚎地来找我啊，"她说，"我才不会管你呢。"

那不是她的真心话。

我是唯一了解她的人，她是刀子嘴豆腐心，心肠比花瓣还要软，她十分溺爱我。

我直到八岁才感受到她对我的爱。那一年，她在商场给我买了一只染了颜色的复活节小鸡。我看见染成葡萄紫的小鸡在鸡笼角落里直打哆嗦，转动着忧愁的小眼睛在找妈妈。罗萨琳让我把小鸡带回家，就养在客厅里。我在地板上倒了一盒桂格燕麦片喂它吃，罗萨琳连一句反对的话也没说。

这只小鸡拉的屎是紫色的，弄得到处都是，我想，大概是颜料渗入它那脆弱的消化系统里了。我们刚开始动手清理小鸡粪便的时候，狄瑞冲了进来，威胁说要把小鸡煮了当晚饭，还扬言要解雇罗萨琳——因为她是个傻瓜。他开始用沾满拖拉机润滑油的双手去捉小鸡，但是罗萨琳挡在了他面前。“这屋里还有比鸡屎更糟糕的东西哩。”她说，边说边来回打量着他。“不许碰小鸡。”

他的靴子一路响着走下门厅，发出嘎吱嘎吱的声音。我想，*她爱我*，这是我第一次产生这种牵强附会的念头。

她的年龄始终是个谜，因为她没有出生证明。她会告诉我，她是生于1909年或1919年，究竟是哪一年则取决于她当时的心情。她对出生地倒是非常肯定：南卡罗来纳州麦克莱兰维尔，她母亲在故乡编香草篮子拿到路边卖。

“就像我卖桃子一样。”我对她说。

“和你卖桃子完全不一样。”她反驳说，“你用不着靠卖桃子去养活七个孩子。”

“你有六个兄弟姐妹？”我还以为除了我以外，在这个世界上她只是孤单一人呢。

“我确实有六个兄弟姐妹，但是，他们都在哪里，我却一个也不知道。”

结婚三年后，她丈夫因为酗酒被她赶出了家门。“你要是把他的脑子装进鸟的脑壳里的话，那鸟准会倒着飞。”她常常喜欢这样说。我常常疑惑不解，要是把罗萨琳的脑子装进鸟的脑壳里的话，那鸟会怎么样。我有时觉得那只鸟可能会在你头上拉屎，有时认为它会张开翅膀坐在废弃的鸟窝上。

我过去经常做白日梦，梦见她是个白人，嫁给了狄瑞，成了我的亲生母亲。有时候，我又会梦见自己是个黑人孤儿，是她在玉米地里捡到并收养的孤儿。偶尔我还会梦见我们住在异域他乡，如纽约，在

那里她可以收养我，我们都不用改变天生的肤色。

*

我母亲的名字叫德博拉。我认为那是我听到过的最美的名字，尽管狄瑞不愿意提到她的名字。如果我说到母亲的名字，他就好像要立刻冲进厨房，去戳什么东西似的。有一次，当我问起母亲生日是哪一天，她喜欢哪一种蛋糕糖衣时，他叫我闭嘴；当我问第二遍时，他操起一罐乌梅果冻向碗柜砸去。直到今天，碗柜上还留有蓝色的污渍。

不过，我还是设法从他口中打听到了少许关于母亲的情况。譬如，我母亲安葬在她的故乡弗吉尼亚。得知这一点，我很激动，心想我应该有个外婆。没有，他告诉我说，我母亲是个独生女，她的母亲很多年前就去世了。他当然会这么说了。有一次，当他在厨房里踩到一只蟑螂时，他告诉我说，母亲曾经花费好几个小时，用少量药蜀葵和全麦饼干屑撒成一条线，将蟑螂引到屋外；还说她救那些虫子，简直就是个疯子。

一些最最稀奇古怪的事常常会使我想起她。譬如，学习戴胸罩。这种事情我又能去问谁呢？除了我母亲，又有谁能理解开车送我去参加初中年级拉拉队队长选拔赛的重要性呢？我可以肯定地告诉你，狄瑞当然不会理解。但是，你知道我什么时候最想母亲吗？是我满十二岁的那一天——我醒来后发现短裤上渗透了玫瑰花瓣般的斑斑血渍。我为那朵花儿感到无比的骄傲，但除了罗萨琳以外，我不能将之向任何人炫耀。

不久之后，我在屋顶阁楼里发现了一个用订书钉封好口的纸袋。我在纸袋里找到了我母亲的几件遗物。

纸袋里有一张女人的照片，她身穿衬有垫肩的浅色裙服，靠在一辆老爷车前笑得满面春风。她的表情仿佛在说，“别拍，你敢照！”然而，她心里却是很想拍照，这从她的表情上看得出来。你不会相信我在那张照片上看出的意境：她倚在汽车挡泥板上，急切地等待着爱情来到她身边，几乎显得有些急不可耐。

我将母亲的照片放在我八年级时拍的照片旁边，仔细地审视着每一点可能的相似之处。她的下巴也显得有点短，但即便如此，她也算得上是个美人，这使我对自己的未来产生了真切的希望。

纸袋里还有一副白色棉手套，已经年久泛黄了。当我取出手套时，心里在想，*她的双手就在手套里面*。现在回想起来有点傻，但有一次，我在手套里塞满了棉球，抱在怀里睡了一夜。

纸袋里最最神秘的东西是一帧小小的圣母马利亚木质画像。我认出了圣母，尽管她的皮肤是黑色的，仅比罗萨琳的肤色略浅一些。我觉得这帧黑圣母画像似乎是什么人从书上剪下来，再粘到约莫两英寸宽、用砂纸打磨过的木板上，然后刷了一层清漆。画像的背面不知什么人写着：“南卡罗来纳州蒂伯龙。”

在过去的两年里，我一直将母亲的这些遗物装在一只白铁盒里，埋在桃园里。在长长的林荫道上，有个很特别的地方，谁也不知道那个地方，连罗萨琳也不知道。在我还没学会系鞋带前，我就常常去那个地方。起初，那只是个藏身之处，为了躲避狄瑞，躲避他的虐待，或者说是为了忘却那天下午枪支走火时的记忆。但是到后来，我会常常溜到那儿去，有时是在狄瑞睡觉之后，只想躺在树下静享平和安宁。那是我的人间宝地，我的舒适小窝。

我将母亲的遗物放在白铁盒里，在一个深夜打着手电筒将盒子埋在那里，因为我觉得让这些东西留在我的房间里太让人担心了，即便是藏在抽屉的最里面也让人担惊受怕。我害怕狄瑞会爬上阁

楼，发现母亲的遗物不见了，然后便会把我的房间翻个底朝天，来找这些东西。如果他发现那些遗物藏在我的东西里面，我不愿意去想象他会怎样处置我。

我经常到桃园去把铁盒子挖出来。绿荫如盖，我躺在地上，戴上母亲的手套，微笑着端详她的照片。我会揣摩着写在黑圣母画像背后的“南卡罗来纳州蒂伯龙”，歪歪斜斜的字体很滑稽，想知道那是个什么样的地方。我在地图上查找过一次，离我们这里不超过两小时的路程。莫不是我母亲去过那里，买了这帧画像？我总是暗自许愿，有一天等我长大了，我要乘公共汽车到那里去。我想去她曾经去过的所有地方。

我捉了一上午蜜蜂，下午便在公路旁的桃摊上帮狄瑞卖桃子。在大路旁一间三面有墙、屋顶盖着铁皮的棚屋里卖桃子，这是暑假里女孩子干的最最枯燥的活儿。

我坐在一个可口可乐板条箱上，望着一辆辆卡车急驰而过，汽车废气和百无聊赖几乎让我窒息。通常情况下，星期四下午桃子卖得很好，因为主妇们要准备星期天吃的水果馅饼或果汁饮料，但是今天却没有一个人停车买桃子。

狄瑞不许我带书来看，如果我偷偷在衬衫里塞一本书带出来，譬如，《消失的地平线》，便有人——如隔壁农场的沃森太太——在教堂里遇见他时就会说，“我看见你女儿在桃摊上饱读诗书。你一定感到很自豪吧？”过后，他一定会把我揍个半死。

什么样的人会反对读书呢？我想，他觉得读书会使人萌发上大学的念头，而他认为女孩子上大学是浪费钱，哪怕是像我这样在口

头能力测试中拿到最高分的人也不例外。数学测试是另外一码事，可不是嘛，哪有人样样都出类拔萃呢？

当亨利夫人布置我们再读一个莎士比亚剧本时，我是班上唯一没有抱怨也没有举止失常的学生。不过，实际上，我是假装抱怨了几声，但内心里却激动不已，仿佛我被加冕为西尔万地区桃子女王似的。

在我遇见亨利夫人之前，我认为我这辈子顶多能上个美容学校。有一次，我端详着她的面庞，对她说，假如她是我的顾客，我会为她设计一款法式螺旋发辫，使她产生奇妙的变化，然而，她却说——我原话引用——“拜托了，莉莉，你这是在辱没自己的出众才智。你知道你有多么聪明吗？你应该成为一个教授或一位作家，实实在在出几本为你增光的著作。美容学校。就省省吧。”

我用了一个月时间才摆脱了选择未来生涯带来的震撼。你知道，大人们总是爱问，“那么……你长大了想做什么？”我说不清我是多么讨厌这个问题，但突然间，即使人们不想知道，我也到处去主动告诉人们，我打算当一名教授或一位作家，出几本具有真才实学的书。

我保存着自己的作文本。有一段时间，我写的所有东西里面都有一匹马。我们在课堂上读了拉尔夫·沃尔多·爱默生的文章之后，我便写了《我的人生哲学》这篇作文。我原本打算以此作为一本书的开头，但是发现只有其中三页有用。亨利夫人说，我需要过了十四岁才会拥有哲学观。

她说，争取奖学金是我获得光明前途的唯一希望，还将她的私人藏书借给我在暑假里阅读。每当我打开一本书，狄瑞就会说，“你以为你是谁，是朱利斯·莎士比亚吗？”这人还真以为莎士比亚的名字叫朱利斯哩，假如你认为我应该去纠正他的话，那说明你对生存

的艺术太无知了。他还称我书虫布朗小姐，偶然还叫我满腹经纶的爱米丽小姐。他指的是狄金森笔下的人物，不过，你对此也不能太认真，有些事情你只能得过且过。

在桃摊上没有书可看，我经常以写诗来打发时间，但是，在那个难捱的下午，我却没有耐心去推敲文字的韵律。我只是坐在那里，想着自己是何其厌恨桃摊，恨得既彻底又决绝。

❀

在我上一年级的前一天，狄瑞发现我在桃摊上把一枚钉子戳进一只桃子里。

他大拇指插在裤袋里向我走过来，炫目的光亮照得他眯缝着眼睛。我望着他的身影晃过尘土和杂草，心想他是来惩罚我戳他的桃子的。我甚至不明白自己为什么要用铁钉戳桃子。

但是，他却说道："莉莉，明天你就要上学了，所以，有些事情你需要知道一下。是关于你母亲的一些事情。"

一瞬间，万物仿佛都沉寂静止了，仿佛风已止息，鸟儿也停止了飞翔。当他在我面前蹲下时，我觉得自己置身于一片闷热的黑暗之中，怎么也难以挣脱。

"该让你知道你母亲的事情了，而且我希望你从我这里听到这些事情，而不要听信别人的传言。"

我们以前从来没有提过这件事，我感到周身一阵颤抖。我偶尔会想起那天发生的事情。打不开的窗户。母亲的气息。衣架碰撞的叮当声。手提箱。他们厮打争吵的情景。最鲜明的记忆是地板上的手枪，还有我捡起手枪时感觉到的那份重量。

我知道是那天我听到的枪响杀害了母亲。那枪声偶尔还会悄悄潜入我的脑海，使我惊吓不已。有时候，我觉得自己拿着枪的时候，什么声音也没有，是后来才响起了枪声。但有时候，当我一个人坐在屋后的台阶上，百无聊赖，总希望找点事情做做时，或者在雨日里把自己关在房间里时，我觉得是我杀死了母亲，觉得当我捡起枪时，枪声撕裂了房间，掏出了我们的心脏。

这个秘密时常会涌上我的脑海，使我感到痛苦不堪。每当这时候，哪怕外面下着雨，我也会一路跑下山，冲向我的桃园宝地。我会躺在地上，这样，心里就会渐渐平静下来。

此刻，狄瑞捧起一把尘土，然后让尘土从手指缝间慢慢漏下去。"她去世那天，她正在整理衣橱。"他说。我难以描述他的声音里那种奇怪的腔调，一种不自然的声音，那几乎是一种*和善*的声音，但又不完全是。

整理衣橱。我从来没有去想过她在生命的最后时刻在做什么，为什么她在衣橱边，他们俩为什么吵架。

"我记得。"我说。我的声音听起来微弱而遥远，好像发自野地里的一个蚁冢似的。

他扬了扬眉头，脸向我贴近。不过，他的眼睛里流露出迷惑不解的神色。"你记得什么？"

"我记得，"我又说道，"你们两个大声吵架。"他的脸绷了起来。"是那样吗？"他说。他的嘴唇开始发白，我常常看见他这样。我向后退了一步。

"见鬼，你那时才四岁！"他喊道，"你不知道你记得什么。"

在随后的沉默中，我想对他撒谎，想对他说，*我收回我说的话。我什么也不记得。告诉我发生了什么事*。但是我心中有一种强烈的渴望，一种郁积压抑了很久的渴望，就想提起这件事，就想说出那几个字。

我低头看着自己的鞋子，看着我见他走过来时连忙扔到地上的铁钉。“有一把手枪。”

“天哪。”他说。

他久久地看着我，然后走向堆在货摊后面的桃筐。他双手握拳，在那里站了一会儿，然后转身走了回来。

“你还记得什么？”他说，“把你知道的事情统统告诉我。”

“枪在地板上——”

“你把枪捡了起来，”他说，“我想这你记得吧。”

枪声开始在我的头脑里回响不绝。我扭头看着桃园的方向，真想夺路而逃。

“我记得我捡起了手枪，”我说，“就记得那么多。”

他弯腰抓住我的肩膀，轻轻地摇晃着我。“别的事情你都不记得了？你肯定吗？好，你再想想。”

我停顿了很长时间，他歪头看着我，满脸狐疑。

“不记得了，先生，就这些。”

“你给我听着。”他说，手指掐进我的双臂。“像你说的那样，我们是在争吵。我们起初没有看见你。然后我们转过身，看见你拿着手枪站在那里。你是从地板上捡起手枪的。接着枪就响了。”

他放开我，将双手插进裤袋里。我听见他双手把口袋里的钥匙和硬币搅得叮当响。我想扑过去抱住他的腿，去感受他弯腰把我抱到怀里的感觉，但我却动弹不得，他也一样。他两眼越过我的头顶看着某个地方。那是他一直潜心揣摩的地方。

“过后，警察问了许多问题，但是像这种可怕的事情很多，这只是其中的一个悲剧。再说，你又不是故意的。”他轻声说道，“但是，如果有人想知道真相的话，这就是事情的经过。”

说罢，他就走了，朝着家的方向走去。他刚刚走出几步，便回过头来说道，“别再用铁钉戳我的桃子。”

我从桃摊回家的时候，已是傍晚六点多了，一笔生意也没做成，一个桃子也没卖出去。我回到家时，看见罗萨琳还在客厅里。平常这时候她早就回家了，但此刻她正在起劲地摆弄着电视机顶上的兔耳形天线，试图消除电视屏幕上的雪花。屏幕上的约翰逊总统时隐时现，最终消失在大雪里不见了。我从来没见过罗萨琳对电视节目如此感兴趣，竟愿意花这么大的力气来捣鼓天线。

“发生什么事了？”我问，“他们扔原子弹了？”自从我们在学校练习防弹演习以来，我时常禁不住会认为自己来日无多了。人人都在自家后院里修筑抗辐射防空洞，储存自来水，准备迎接世界末日的到来。在科学实验这门课上，我们班有十三个同学做的是抗辐射防空洞模型，这说明并不是我一个人对此忧心忡忡。赫鲁晓夫先生和他的导弹把我们弄得心神不定。

“没有。原子弹没有爆炸。”她说。“你过来，看看能不能修好电视。”她双拳深深地叉进髋部，深得似乎连拳头都看不见了。

我捻转着裹着锡箔的天线。图像清晰起来了，可以看清约翰逊总统坐在书桌后面的椅子上，人们围在他身边。我不太喜欢总统，因为他常常拎小猎犬的耳朵。不过，我很钦佩总统夫人伯德女士，她看上去似乎总是别无他求，只希望能够自由自在地展翅高飞。

罗萨琳拖出脚凳，在电视机前坐了下来，于是，整个画面都被她挡住了。她身体向着电视机前倾，攥着裙子一角，两只手不停地拧着裙角。

“是什么事啊？”我说，但是她专心致志地看着屏幕上正在发生

的事情，压根就不搭我的话茬。屏幕上，总统在签署一份文件，大约用了十支墨水笔才将文件签署完毕。

"罗萨琳——"

"嘘——"她说，边嘘边摆摆手。

我只得从播音员播报的新闻里去了解详情。"今天，1964年7月2日，"他说，"美国总统在白宫东厅签署了《民权法案》……"

我看了看罗萨琳，她坐在那里直摇头，嘴里喃喃自语，"我主慈悲"，看起来就像人们参加有奖答题电视节目赢了六万四千美元一样，高兴得简直不敢相信这是真的。

我不知道是该为她感到激动还是该为她担忧。人们做完礼拜后谈论的往往都是黑人问题，以及黑人是否应该享有民权的问题。谁是赢家——是白人队还是黑人队？这好像是一场生死竞赛。上个月在佛罗里达州，亚拉巴马州的马丁·路德·金牧师因为想在白人餐馆用餐而被捕时，从教堂里会众的举动来看，好像是白人队赢了比赛。我知道他们是不会甘心让这则新闻四处传播的，永远也不会。

"哈利路亚，耶稣我主。"罗萨琳坐在凳子上念叨着，忘记了周围的一切。

罗萨琳把晚餐放在灶台上，那是她做的拿手菜——熏鸡。当我摆好狄瑞的盘子时，便思忖着怎样提出我过生日这个微妙的问题。我来到人世这么多年，狄瑞从来没把我的生日当回事。但是，年复一年，就像有瘾似的，我始终抱着希望，心想今年他也许会给我过生日了。

我的生日与我们国家的国庆节是同一天，因此就更难引人注意。在我幼年时，我还以为人们放焰火和樱桃爆竹[①]是因为我的缘故哩——哇，莉莉出生了！后来，我才明白了是怎么回事，真相总有大白之日。

我想告诉狄瑞，每个女孩子都喜欢魔法银手镯，事实上，去年我是西尔万初级中学唯一没有魔法银手镯的女孩子。我想让他知道，能够在午餐时间引起人们注意的事情是，在自助餐厅排队时，你把手腕上的手镯弄得叮当响，吸引大家注目你那漂亮可人的收藏品。

“噢，”我说，将盘子推到他面前，“这个星期六是我的生日。”

我看着他用叉子从骨头上剔下鸡肉。

“我想要一只魔法银手镯，百货公司有卖的。”

这时，房门嘎吱响了一声，它过一阵就会响一下。门外，大鼻子低低叫了一声，接下来是一片寂静，静得能听见狄瑞嘴里咀嚼食物的声音。

他吃完了鸡脯，又开始啃鸡腿，时不时目光严厉地看看我。

我想开口问，*那么，手镯的事怎么说*？但是，我看得出他已经做出了回答，一缕悲伤不由爬上我的心头，我感到从未有过的脆弱，而这种感觉与手镯一点关系也没有，真的。现在，我认为使我伤心的是狄瑞的叉子刮在盘子上发出的声音，那刺耳的声音拉大了我们之间的距离，要是我不在屋里该多好。

那天夜晚，我静静地躺在床上，听着蜜蜂在玻璃瓶里不停地振翅、拍打，嗡嗡直响，等待夜深人静时，我好溜到桃园挖出装着母亲

---

① 一种点爆时响声很大的红色球形爆竹。——译注

遗物的铁盒子。我想躺在桃园里，让它环抱着我。

夜深了，月亮爬上了天顶。我下了床，穿上短裤和无袖衬衫，舞动着四肢，像冰场上的溜冰者一样，悄悄地溜过狄瑞的房间。他把靴子放在了过道的中间，但我没看见。当我绊倒时，啪嗒一声动静很大，连狄瑞的鼾声都改变了节奏。起初，鼾声完全停止了，不过接着复又响起，就像小猪三重唱似的。

我悄悄地摸下楼梯，穿过厨房。当夜色触摸到我的脸庞时，我真想开怀大笑。月亮正圆，满轮的清辉为万物的边缘镀上了一圈琥珀色的亮光。蝉鸣四起，我光着脚丫跑过草坪。

要到达我的宝地，我必须走到拖拉机棚左边的第八排桃树，然后沿着这排树往前走，数到第三十二棵树就到了。铁盒子埋在树下松软的泥土里，埋得很浅，我用手就能挖出来。

我掸去盖子上的泥土，打开盒子。首先映入眼帘的是母亲的白手套，然后是包在蜡纸里的照片，与我原先放的位置一样。最下面是那幅滑稽的木质圣母像，是黑圣母。我把盒子里的所有宝贝都掏了出来，然后伸展四肢，在落下的桃子中间躺着，把盒子里的宝贝都放在我的肚子上。

我透过枝叶交错的桃树举目向上看去，发现周身夜色笼罩，一时竟魂魄出窍，觉得天空就像是我自己的肌肤，月亮就像是我的心脏，在黑暗里跳动。天上亮起一道道闪电，不是撕裂的锯齿形，而是炫着金色的光线，轻柔地划过夜空。我解开衬衫纽扣，衣襟大敞，一心盼望夜色落在我的皮肤上。我就那样睡着了，伴着母亲的遗物躺在那里，任沁人的空气滋润着我的胸脯，任闪电划破长空。

有人急急穿过桃林走来的脚步声把我惊醒了。是狄瑞！我坐起身来，惊慌失措，赶紧扣上衬衫纽扣。我听见了他的脚步声，听见了他粗重的喘气声。一低头，我看见母亲的手套和两张照片。我停止扣纽扣，一把抓起手套和照片，一边摸弄着，不知如何是好，不知该如何把它们藏起来。我已经把铁盒子放回洞里去了，离我太远，伸手够不着。

“莉莉——！”他喊道，他的身影掠过地面向我投过来。

我把手套和照片掖在短裤裤腰里，然后，手指哆嗦着扣上没扣的纽扣。

还没等我扣好纽扣，一圈亮光便照到了我的脸上，狄瑞拿着手电筒出现在我面前，连衬衫也没穿。光束晃动，摇曳不定，晃过我的眼睛时，刺得我什么也看不见。

“你和谁一起到这里来的？”他吼道，亮光照着我那扣了半拉的上衣。

“没和谁。”我说，双臂抱着膝盖，他的想象力让我吃惊。我不敢多看他的脸，那张脸又大又亮，像上帝的脸。

他举着手电筒朝黑暗中照去。“和谁一起出来的？”他厉声说。

“求你别问了，狄瑞，这里除了我没有别人。”

“起来。”他喊道。

我跟着他一起回家。他双脚重重地踩在地面上，我为黑土地感到难过。他一声不吭，直到我们走进厨房，他从储藏室里拖出玛莎怀特粗砂石来。“我认为男孩子会做这种事，莉莉——这怪不得他们——但是，我觉得你更会做这种事。你的行为简直像个荡妇。”

他倒了些颗粒大如蚁冢的粗砂石在松木地板上。“过来跪下。”

我从六岁起就开始跪粗砂石，但是至今我还是习惯不了皮下碎玻璃般的扎痛感。我像日本女孩一样，挪着小碎步走向粗砂石，跪了下来，下定决心不哭，但是，刺骨的疼痛已经使我泪水盈眶。

狄瑞坐在椅子上，拿着一把袖珍小刀清理指甲。我将身体重心从一个膝盖移到另一个膝盖，希望得到一两秒钟的将息，然而，痛感还是深深地扎进了皮肤。我咬紧嘴唇，正在这时，我感觉到了腰带下面的木制黑圣母像。我感觉到了腹部包着母亲照片的蜡纸和她的手套，突然间，我仿佛觉得母亲就在那里，紧紧地贴着我的身体，仿佛她是纤细碾碎的绝缘材料，度身敷在我的皮肤上，帮助我忍受狄瑞的虐待。

❊

第二天早晨，我醒得很晚。我一下床便去查看藏在床垫下的母亲遗物——我只是把它们暂时藏在那里，以后还会将它们埋到桃园里。

见到东西安然无恙，我心已足。我大步走进厨房，发现罗萨琳正在那里清扫粗砂石。

我在一片阳光牌面包上抹上黄油。

她扫地时猛地撅了一下扫帚，带起了一阵风。“怎么回事？”她说。

“昨天夜晚我跑到桃园里去了。狄瑞以为我与哪个男孩子在约会。”

“你去约会了？”

我对她转转眼珠子。“没有。”

“他罚你在这些粗砂石上跪了多久？”

我耸耸肩膀。“也许一小时吧。”

她低头看了看我的膝盖，停下手中的扫帚。我的双膝又红又肿，伤痕累累，扎伤的小孔在我的皮肤上形成一片淤青。“你瞧，孩子。瞧瞧他对你都干了些什么。”她说。

在我的生活里，膝盖遭这种罪不知有多少次了，已是家常便饭，我已经不再去多想了；这只不过是你必须经常忍受的事情，就像普通的伤风感冒一样。但是，罗萨琳脸上的表情突然把这一切都挑明了。*瞧瞧他对你都干了些什么*。

我正在久久仔细查看我的双膝，就在这时，狄瑞脚步沉重地从后门进来了。

“嗨，瞧，看看是谁终于想起床了。”他夺下我手里的面包，随手扔进大鼻子的狗食盆里。“让你到桃摊干点活是不是太过分了？要知道，你又不是什么当朝女王。”

直到那时，我都以为狄瑞也许还是有点疼爱我的，这话听上去似乎像疯话。我永远不会忘记，我在教堂里唱赞美诗时将诗集拿颠倒了，而他只是微笑着看看我。

现在，我看着他的脸。这张脸上充满了厌恶和愤怒。

“只要你生活在我的屋檐下，你就得听我的吩咐！”他大声说道。

那么，我就另找一个屋檐，我在心里说。

“听明白了吗？”他说。

“是，先生，听明白了。”我说，而且，我也的确明白了。我明白了，一个新的屋檐会为我创造奇迹。

那天下午晚些时候，我又捉到了两只蜜蜂。我横趴在床上，望着蜜蜂在瓶子里不停地转着圈子，飞了一圈又一圈，好像找不到出口似的。

罗萨琳从门口探进头来。“你没事吧？”

“没事，我很好。”

“现在我得走了。告诉你爸爸，我明天要去镇上，就不来这

里了。”

“你要到镇上去?带我一起去吧。”我说。

“怎么,你也想去?”

“求你了,罗萨琳。”

“你得一路步行走着去啊。”

“我不在乎。”

“除了鞭炮店和杂货店外,其他商店都不开门。”

“我不在乎。我只想在我生日这天出门散散心。”

罗萨琳看着我，微微弯下腰来，重心落在她那粗大的脚踝上。“那好吧,但是你得问问你爸爸。我明天一早就到这里来。”

她出了门。我对着她的背大声说,“你去镇上做什么?”

她背朝着我怔了一会儿,一动不动。她转过身来时,她的脸看上去神情柔和,像是变了模样似的,不是从前那个罗萨琳了。她一只手插进衣袋里,手指蠕动着在摸什么东西。她掏出一张折好的从笔记本上撕下来的纸,走过来挨着我在床上坐下。我揉着膝盖,看着她把那张纸放在大腿上展开抚平。

她的名字罗萨琳·戴斯,至少在纸上写了二十五遍,草体的字母写得又大又工整,就好像刚上学时交的第一次作业。“这是我练字的草稿纸。”她说,“因为7月4日他们在黑人教堂召开投票人大会。我要去登记投票。”

我心头觉得一阵忐忑不安。昨晚的电视报道说,密西西比州的一个男人因为登记投票而遇害,我自己也无意中听到教堂里的一个执事布赛先生对狄瑞说,“别担心,他们必须用完美的草体写出他们的名字,如果他们忘了写i上的一点,或者写y时画了一个圈,就可以拒绝发给他们投票卡。”

我端详着罗萨琳写的她的名字的第一个字母R的曲线。“狄瑞知道你在做什么吗?”

“狄瑞,”她说,“狄瑞什么也不知道。”

太阳落山时,狄瑞拖着脚步回来了,一天的工作累得他汗流浃背。我在厨房门口碰见他,我穿着衬衫,双臂交叉,抱在胸前。“明天我想和罗萨琳到镇上去。我要去买些卫生用品。”

他没说什么就默许了。对于女孩子青春期方面的事情,狄瑞比什么都讨厌。

那天晚上,我看着梳妆台上的蜜蜂瓶。可怜的蜜蜂栖在瓶底,几乎动都不动,显然是飞累了。于是,我想起它们从我房间的墙缝里溜出来,全然陶醉在飞行中的样子。我又想起我母亲用全麦饼干屑和药蜀葵,撒成一条线把蟑螂引到屋外,而不是抬脚踩死它们。我怀疑她是否会赞成我把蜜蜂关在瓶子里。于是,我拧开瓶盖,随手放在一边。

“你们可以走了。”我说。

但是,蜜蜂原地不动,就好像停在跑道上的飞机,不知道已经可以起飞了。蜜蜂那细长的腿在玻璃瓶里慢慢爬行,转着圈子,仿佛整个世界都浓缩在那个玻璃瓶子里面了。我拍拍玻璃瓶,甚至将瓶子放倒,但是那些傻乎乎的蜜蜂还是原位不动。

第二天早晨,罗萨琳来到时,蜜蜂还在瓶子里没有飞走。她带来一个白蛋糕,上面插着十四根蜡烛。

“给你的。生日快乐。”她说。我们坐下来，每人吃了两块蛋糕，喝了几杯牛奶。牛奶在她那乌黑的上唇留下了一弯新月形的白印子，但她懒得去擦它。将来，我会记住那个情景，记住她的起步过程，记住这个生来就出类拔萃的女人。

西尔万有好几英里远。我们沿着公路路肩前行，罗萨琳的步伐快得像银行的安全门，她吐痰的小瓶子紧勾在手指上。薄雾低笼于树下，空气里弥漫着熟透了的桃子味。

“你的腿瘸了？”罗萨琳说。

我双膝阵阵作痛，我得花很大力气才能跟上她。“有点儿。”

“那样的话，我们干吗不在路边坐一会儿呢？”她说。

“没关系的，”我告诉她，“我能走。”

一辆轿车驶过，带过一阵热浪，扬起一团灰尘。罗萨琳热得汗津津的。她抹了把脸，喘着粗气。

我们来到埃本泽浸礼会教堂——我和狄瑞做礼拜的教堂。教堂的尖塔矗立在一丛树阴之上；下面的红砖墙看上去甚是阴凉。

“走。”我说着，拐上了车道。

“你到哪里去？”

“我们可以到教堂里去休息一下。”

教堂里的气氛幽暗肃静，亮光从两侧的窗户里斜照进来。窗户上装的并不是彩色玻璃，而是乳白色的毛玻璃。

我带路走到前面，在第二排靠背长椅上坐下，给罗萨琳留了位置。她从放赞美诗的架子上抽出一把纸扇，打量着扇面上的图案——一个笑盈盈的白人妇女走出一座白人教堂的大门。

罗萨琳摇着扇子，我能听见她扇出的一缕缕轻风。她自己从来没去过教堂，但是，狄瑞曾经允许我到她在树林深处的小屋去过几次，我曾看见过她有一个特别的架子，供着一截残烛、几块溪流里的岩石、一根略带红色的羽毛、一块征服者约翰根茎，正中间供着一张女人照片，支在架子上，没有装镜框。

我第一次看见那张照片时，曾经问过罗萨琳，“照片上是你吗？”因为我可以发誓，照片上的女人看起来和她一模一样，梳着毛毛糙糙的发辫，深色的皮肤，狭长的眼睛，身体的大部分集中在她的下半身，身材像一只茄子。

“这是我妈妈。”她说。

她的手指捏着的照片边缘已经磨掉了光泽。她的那个架子与她为自己创立的宗教有关，交织着对自然和对祖先的崇拜。她很多年前就不去真理教礼拜堂了，因为那里的礼拜上午十点钟开始，下午三点钟才结束，这样的宗教足以扼杀一个成年人，她曾经说过。

狄瑞说，罗萨琳的宗教是古怪十足的宗教，让我离它远点。但是，她的宗教却使我接近她，认为她喜爱水中的石头和啄木鸟的羽毛，另外还像我一样，也有一张母亲的照片。

教堂的一扇门开了，我们的牧师杰拉尔德修士走进圣所。

“啊，看在上帝的分上，莉莉，你在这里做什么？”

然后，他看见了罗萨琳，开始使劲地揉着他脑袋上的秃顶，他揉得那么用力，我好像觉得他也许会揉到头盖骨了。

“我们要到镇上去，进来凉快凉快。”

他嘴巴的形状好像想说“噢”似的，但是却没有说出口；他两眼不住地看着出现在他的教堂里的罗萨琳，而罗萨琳却偏偏在这个时候朝她的瓶子里吐了口痰。

真有意思，你竟然会忘了规矩。她不应该出现在这个教堂里。每当传言说，星期天上午一群黑人要来与我们一起做礼拜时，执事们便会手挽手站在教堂台阶上将他们挡回去。在主的国度里我们也爱他们，杰拉尔德修士说，但是他们有他们自己做礼拜的地方。

“今天是我的生日。”我说，希望转移他的注意力。

“是吗?哦，生日快乐，莉莉。那么现在你多大了?”

“十四岁了。”

“问问他，我们能不能拿两把扇子做你的生日礼物。”罗萨琳说。

他发出一声轻轻的声音，似乎想笑。“如果我们允许每个想借扇子的人都借一把的话，教堂里就一把扇子也不剩了。”

“她只是在开玩笑。”我说着站起身来。他微笑着，一脸满意，和我一起一直走到门口，罗萨琳紧随其后。

教堂外面，白云漫天，地面光亮四溢，尘埃在我们面前扬起。当我们穿过牧师住宅的院子走回到公路上时，罗萨琳从她的衣襟里变出两把教堂的扇子，学着我一脸可爱眼睛向上看的样子，说道，“噢，杰拉尔德修士，她只是在开玩笑。”

我们是从西尔万镇最破烂的地方进城的。那儿的旧房子都是用煤渣空心砖砌成。风扇嵌在窗户上。庭院肮脏。女人满头夹着粉红色发卷。没套项圈的野狗四处乱跑。

走过几个街区之后，我们来到了西市场和公园街拐角处的埃索加油站。这里一般被认为是终日无所事事之人的闲留杂聚之地。

我注意到没有一辆汽车来加油。三个男人坐在车库旁边的餐椅上，膝盖上平放着一块胶合板。他们在打牌。

“叫你压我的牌。”其中一个人说，然后，头戴S F牌帽子的加油站老板甩了一张牌在他面前。他抬起头来看见了我们，罗萨琳正摇着扇子，慢吞吞地走着，身子左右摇摆着。“嗨，你们瞧，谁来了，”他嚷嚷起来，“黑鬼，你要去哪里啊?”

远处传来焰火的爆响声。“继续往前走，”我小声说，“别理他。”

但是，我做梦也没想到罗萨琳会那么弱智。她对他们说，“我要去登记名字，那样我就可以投票了。”她那口气就像是在对幼儿园的小朋友解释一件很难懂的事情。

“快点走。”我说，但是她还是走得慢腾腾的。

加油站老板旁边那个梳着大背头的人放下手里的牌，说道，“你们听见了吗?这儿来了个模范公民。”

我听见风在身后的街道上缓缓地低吟，顺着排水沟移动。我们继续向前走，那几个男人推开他们的临时牌桌，径直抄到路边等着我们，仿佛他们是观看游行的人，而我们则是获奖彩车一样。

“你们见过这么黑的黑人吗?”加油站老板说。

大背头男人说，“没有，我也没有见过块头这么大的黑人。”

当然，第三个男人也觉得应该说点什么，于是，他看着泰然自若大摇大摆地走着、手里拿着画有白人妇女扇子的罗萨琳，说道，“黑鬼，那把扇子从哪里弄来的?”

“从教堂里偷来的。”她说。真是实话实说。

我曾经与教会团体一起乘坐木筏在查图加河里顺流而下。这时，同样的感受涌回心头——感觉到自己被激流抛了起来，被我无法逆转之事件的旋涡往上抛去。

罗萨琳走到他们身边时，举起她手中装满了黑色痰液的瓶子，神色平静地将痰倒在那几个男人的鞋子上。她的手转着小圈圈，就好像在写她的名字——罗萨琳·戴斯——就像在练习写字一样。

他们低头看着鞋子上的痰液，像汽车润滑油一样流下鞋面。他们眨巴着眼睛，试图弄明白是怎么回事。他们抬起头来时，我看见他们脸上的表情由惊愕变成了气愤，继而是一览无余的狂怒。他们朝她扑过去，于是，一切都开始旋转起来。罗萨琳左右开弓，大打出手，

把吊在她胳膊上的那几个男人像手提包一样摇来晃去。几个男人嚷嚷着要她道歉，要她擦干净他们的鞋子。

“把它擦干净?”这是我一遍又一遍听到的话。然后，头顶上传来鸟啼声声，尖厉如针，掠过主枝低垂的树木，激起松树的清香气味。即便在那时，我也知道自己将终身害怕闻到那种气味。

“赶快报警。”加油站老板对屋里的一个人喊道。

这时，罗萨琳已经四肢朝天躺在地上，一动也不能动，手指捻着草丛。鲜血从她眼睛下方的伤口流出。鲜血在下颚底下曲流如泪。

当警察赶到时，他说我们必须坐到警车里。

“你被捕了，”他对罗萨琳说，“攻击、偷窃、扰乱治安。”然后，他对我说，“我们到警察局后，我会打电话给你爸爸，让他处置你。”

罗萨琳爬进车里，滑坐到座位上。我跟在她后面，像她一样滑进警车，像她一样坐好。

车门关上了。四下里寂静无声，唯有啪嗒一声关门的气流声。这声轻响好生奇怪噢，那么小的声音怎么会响彻全世界呢?

离开原来的蜂巢后，蜂群通常只飞几米远便会安顿下来。侦察蜂负责寻找合适的地点建立新王国。最终，它们觅得一喜爱之处，于是整个蜂群便一起飞去。

——《世界各地的蜜蜂》

2

开车带我们去看守所的警察是埃弗里·加斯顿先生，但是，埃索加油站的人都叫他鞋子。这个绰号令人迷惑不解，因为我怎么也看不出，他的鞋子，甚至他的脚，有什么不寻常之处。他身上唯一与众不同的是他那一对小耳朵，简直就像是小孩子的耳朵，像两个小杏干似的。我在汽车后排座位上盯着他的耳朵看，心想，他们为什么不叫他耳朵呢。

那三个男人开着一辆绿色小卡车跟在我们后面，车内装有一个枪架。他们跟得很紧，都快贴着后保险杠了，每隔几秒钟就摁一次喇叭。每次喇叭一响，我都会惊跳起来，罗萨琳便拍拍我的腿。在西方汽车公司前面，那三个男人跟我们玩起了游戏，他们与我们并排行驶，朝着车窗外面大声吼叫，因为我们的车窗是摇上的，所以基本上听不清楚他们吼叫些什么。我注意到，坐在警车后车厢里的人没有车门把手可抓，也没有摇柄可摇下车窗玻璃。因此，我们在令人透不过气的闷热中被押送到拘留所。望着那几个男人摇唇鼓舌，我们庆幸听不见他们在说什么。

罗萨琳直视正前方，仿佛将那几个男人看作微不足道的苍蝇，贴在我们家的纱门上嗡嗡乱叫。只有我一个人能感觉到她的大腿在发抖，整个后座像一个振动床。

“加斯顿先生，”我说，“那些人不会和我们一起去吧，对吗？”

后视镜里映出他的笑容。“气成那样的人会做出什么事来，我可说不准。”

在驶上大街之前，那几个人玩腻了，便加速开走了。我松了口气，但是，当我们驶进警察局后面空荡荡的停车场时，他们已经在后门的台阶上等着我们。加油站老板用手电筒敲打着手掌。另外两个人拿着我们从教堂里带出来的扇子，来回挥舞着。

我们走下警车，加斯顿先生将罗萨琳的胳膊扭到背后，给她戴上手铐。我紧挨着她朝前走，能感觉到她的皮肤散发出的热气。

她在离那几个男人十码远的地方停下，不肯挪步往前走。“喂，我说，别非逼我掏出枪来不可。”加斯顿先生说。通常，西尔万的警察只有在接到报警，去居民院子里消灭响尾蛇时才会用枪。

“走吧，罗萨琳，”我说，“有警察在这里，他们还能对你怎么样？”

就在这时，加油站老板抡起手电筒，举过头顶，朝罗萨琳的额头上砸过来。她双膝跪地倒下了。

我不记得我当时是否大声尖叫，但我立刻意识到加斯顿先生用手捂住了我的嘴。“嘘。”他说。

“也许现在你想道歉了吧。”加油站老板说。罗萨琳试图站起来，但是双手被铐在背后，她根本不可能自己站起来。我和加斯顿先生把她拉了起来。

“不管怎样，你这个黑鬼必须道歉。”加油站老板说着，朝罗萨琳走过来。

"慢，福兰克林，"加斯顿先生说，带着我们朝门口走去，"现在还不是时候。"

"她不道歉，我是不会罢休的。"

那是我们进拘留所之前，我听到他叫喊的最后一句话。一走进屋子，我就恨不得立刻跪下来亲吻拘留所的地面。

我对拘留所的唯一印象来自西部片，而这个拘留所则与影片中看到的镜头大相径庭。比如，墙壁漆成粉红色，窗户上还挂着印花窗帘。后来我才发现我们穿过的是看守的住宅。看守的老婆从厨房里走出来，边走边往烤松饼的白铁罐底部抹一层黄油。

"又给你带来两张嘴。"加斯顿先生说，而她则继续干她的活，脸上没有一丝同情的笑容。

他领着我们来到前面，那里有两排牢房，里面空空的。加斯顿先生打开罗萨琳的手铐，从盥洗室里拿出一条毛巾递给他。她把毛巾敷在头上，加斯顿伏在书桌上填好了文件，接着又在一个文件柜里找钥匙，折腾了好一会儿。

牢房里一股醉汉的气味。他把我们关在第一排第一间牢房里，里面一张靠墙的长凳上潦草地写着"狗屎宝座"几个字。一切恍然若梦。*我们坐牢了，我想。我们坐牢了。*

当罗萨琳取下毛巾时，我看见她眉头上方红肿处有条一英寸长的伤口。"疼得厉害吗？"我问道。

"有点疼。"她说。她在牢房里转了两三圈之后，才在长凳上坐下。

"狄瑞会把我们弄出去的。"我说。

“哼。”

之后，她没有再说一句话。约莫半小时后，加斯顿先生打开了牢门。“走吧，”他说。罗萨琳脸上顿时露出希望的神色。实际上，她已经开始站起身来。加斯顿先生摇摇头。“你哪里也不能去。就这女孩一个人。”

在门口，我紧紧抓住一根牢房铁栅栏，仿佛那是罗萨琳胳膊里长长的骨头。“我会回来的。你行吗？……罗萨琳，你行吗？”

“你走吧，我能对付。”

她脸上那副沮丧的神情几乎要了我的命。

狄瑞卡车上的速度计指针剧烈摇摆着，我看不出是指在70英里还是80英里上。他俯在方向盘上，踩了一脚油门，松开，然后又踩了一脚。可怜的卡车嘎嘎作响，我担心引擎盖都会震飞，接着还要撞倒几棵松树。

我猜想，狄瑞之所以如此心急火燎地往家里赶，是因为他想立刻就在屋子里倒上一堆堆粗砂石——我们的家变成行刑室已是家常便饭；我要一堆一堆地挨个儿跪，一连跪上几个小时，中间顶多只能上个厕所。我不在乎。我脑子里什么也顾不上想，一心只想着关在拘留所里的罗萨琳。

我斜眼看了看他。“罗萨琳怎么办？你得把她弄出来——”

“我把你弄出来，就算你走运了！”他吼道。

“但是，她不能呆在那里啊——”

“她竟然把痰倒在三个白人身上！她到底想干什么？倒在福兰克林·玻西的身上，天哪。她就不能找个普通人惹惹吗？福兰克林是西

尔万最歧视黑人的卑鄙家伙。他恨不得一看见罗萨琳就杀了她。”

“但不是真杀吧，”我说，“你不是说他真要杀了她吧。”

“我是说，要是他真的杀了她，我一点也不会感到吃惊的。”

我的胳膊顿时软了。福兰克林·玻西就是拿手电筒的那个人，他会杀了罗萨琳。但是，在狄瑞说出这番话之前，我难道心里就没想到有这种可能吗？

他跟在我后面上了楼梯。我故意磨磨蹭蹭，慢慢地挪着步子，突然间，心里冒出一腔怒火。他怎么能就这样把罗萨琳扔在拘留所不管呢？

我走进我的房间，他在门口停住了。“我得去做摘桃工人的工资单了，”他说，“你不许离开这间屋子。你听懂我的话了吗？你就坐在这里，想想我回来会怎么收拾你。认认真真地给我好好想想。”

“你用不着吓唬我。”我说，声音小得几乎连自己都听不见。

他已经转过身即将离开，但是，听到我的话，又猛地回过头来。“你说什么？”

“你用不着吓唬我。”我又说了一遍，这一次声音大多了。我已经肆无忌惮了，那是长久以来蓄积在我心中的一股勇气。

他向我走来，扬起手臂，好像要抽我的耳光。“你最好管住你的嘴巴。”

“来吧，你打我吧！”我大声喊道。

他挥动巴掌时，我一扭脸。没碰到我一根毫毛。

我跑到床边，爬到床中央，大口喘着粗气。“我妈妈绝不允许你再碰我一下！”我喊道。

“你妈妈？”他的脸通红透亮，“你以为那个该死的女人关心过你吗？”

“妈妈爱我！”我哭喊着。

他仰头向天，勉强挤出一声苦笑。

“这……这一点都不好笑。”我说。

然后，他冲到床前，两只拳头按在床垫上，他的脸离我很近，我能清清楚楚地看见他长胡子处的汗毛孔。我向后退缩，退到枕头边，后背贴在床头板上。

“不好笑？”他吼道，“*不好笑吗*？嗬，这是我听到的他妈的最好笑的事情：你以为你妈妈是你的守护天使呀。”他又大笑起来，“那个女人是最不关心你的。”

“那不是真的，”我说，“不是*真的*。”

“你怎么知道不是真的？”他说，仍然向我倾着身体。他的嘴角还有一丝笑意。

“我恨你！”我尖声叫喊。

听了这话，他顿时笑容全消。他怔住了。“为什么？嗬，你这小婊子。”他说。他嘴唇上的血色消褪殆尽。

突然间，我感到浑身冰凉，仿佛什么危险的东西潜进了屋里。我朝窗户看去，浑身不禁一阵寒颤。

“你给我听着，”他说，声音平静至极，“事情的真相是，你那可怜的母亲扔下你跑了。她死的那天是回来拿东西的，事情就是那样。你想怎么恨我都行，但事实是，*她*才是扔下你不管的人。”

房间里变得死寂无声。

他拂弄着衬衫前襟上的什么东西，然后走向门口。

他离开后，我没有动弹，只是用手指捋着照在床上的一条条光影。他的靴子重重踏在楼梯上的脚步声渐渐远去，我从床罩下拉出两个枕头，将自己围了起来，像是正在制造一个能让我漂浮的内胎。我能理解母亲离开他的原因。但是，她为什么要扔下*我*呢？对此我将永远不得其解。

放在床头柜上的蜜蜂瓶，现在空空如也。从这个上午起，蜜蜂不知什么时候终于飞走了。我伸手拿过空瓶子，捧在手里，一直忍着的眼泪终于流了出来，仿佛忍了很多年了。

你那可怜的母亲扔下你跑了。她死的那天是回来拿东西的，事情就是那样。

我主耶稣啊，让他收回那些话吧。

往事涌上我的脑海。地板上的手提箱。他们争吵的情景。很奇怪，我的肩膀开始难以控制地颤抖起来。我抱着蜜蜂瓶抵在心窝，希望瓶子能够使我停止颤抖，但我还是无法停止颤抖，也无法停止哭泣。我吓坏了，仿佛被一辆我没有看见开过来的汽车撞倒了，正在路边躺着，试图弄明白究竟发生了什么事。

我坐在床沿上，反复琢磨着他说的话。每想一遍，心灵就受到一次折磨。

我在那里不知道坐了多久，觉得身心俱焚。最后，我走到窗前，凝望着几乎伸展到北卡罗来纳的桃林。一棵棵桃树高举着枝叶繁茂的手臂，作恳求状。除了桃林就是蓝天、空气和寂寥的旷地。

我低头看着依然抓在手里的蜜蜂瓶，看到一汪泪水在瓶底流动。我打开纱窗，将眼泪倒了出去。轻风的裙摆托起我的眼泪，将之抖落在虫眼斑斑的青草上。她怎么会扔下我呢？我伫立窗前良久，望着外面的世界，试图弄个明白。小鸟在歌唱，歌声悦耳动听。

这时，我突然想到：假如妈妈的出走不是真的呢？假如那是狄瑞编造出来惩罚我的谎言呢？

我心中一阵释然，差点儿晕了过去。是的。一定是的。我是说，我的父亲变着招数惩罚人时，简直堪比大发明家托马斯·爱迪生。有一次，我和他顶嘴之后，他告诉我说，我的兔子小姐死了，惹得我哭了整整一个晚上。结果，第二天早上，我发现兔子在她的窝里活蹦乱跳的。他也是出于无奈才编造这些谎话的。在这个世界上，有些事情是不可能发生的。孩子们不会摊上父母两人都不爱他们的事情。也许其中一个人不爱他们，但是，行行好吧，不会双亲都不爱他们吧。

事情一定是像他以前所说的那样：发生意外那天，她正在整理衣橱。人们总爱整理衣橱。

我深深地吸了一口气，稳定一下自己的情绪。

你可以说，我从来没有过虔诚信仰宗教的时刻，在那种时刻，仿佛不是你自己的声音，而是另外一个声音在对你说话，话语是那么的真切，你似乎能看见字字句句在林间和云端闪烁。但是，就在那时，站在我自己普普通通的房间里，我经历了这样的时刻。我听见有个声音说道，*莉莉·梅利莎·欧文斯，你的蜜蜂瓶打开了*。

一刹那间，我完全明白了我必须采取的行动——*离家出走*。我必须离开狄瑞，此刻他也许正在回家的路上，还不知要用什么方法惩罚我呢。不用说，我还得把罗萨琳救出牢房。

时钟指着两点四十分。我需要制定一个切实可行的计划。但是，时间已不允许我定定心心地坐下来策划这样一个计划。我抓起那只粉红色帆布旅行包，那只包是以备有人邀请我外出过夜时，我打算用来装衣物的。我拿出卖桃子挣来的三十八美元，还有我最好的七条短内裤一起塞进包里。短裤后面分别印着星期一到星期日的字样。我还在包里装了几双袜子、五条短裤、上衣、睡袍、洗发香波、梳子、牙膏、牙刷、扎头发的橡皮筋。我一边装东西一边望着窗外。*还要带什么东西？*一眼瞥见钉在墙上的地图，我一把将它扯了下来，连图钉也懒得取出来。

我伸手到床垫下摸出母亲的照片、手套和木制黑圣母像，统统都装进了包里。

我从去年的英语作业本上撕下一张纸，写了一个便条，简明扼

要:“亲爱的狄瑞,不必费心找我。莉莉。又及:像你那样撒谎的人应该烂在地狱里。”

当我再抬头向窗外看去时,只见狄瑞正在步出桃园,朝家里走来,紧握双拳,头向前拱,恰如一头想拱什么东西的公牛。

我将便条支在梳妆台上,在房间中央站了一会儿,心想,不知道还能不能再看见这个房间了。“再见。”我说,心中涌出一丝淡淡的忧伤。

我走到外面,窥见房基周围一圈铁丝网有一处缺口。我挤出缺口,消失在紫色的天光和布满蛛网的大气中。

狄瑞的脚步重重地踏过走廊。

“莉莉!莉——莉!”我听见他的声音顺着房间的地板回荡着。

突然间,我一眼看见大鼻子在我钻出来的铁丝网缺口处嗅来嗅去。我又往暗处走了几步,但是,她还是嗅出了我的气味,开始甩着瘌痢头狂吠起来。

狄瑞冲出屋子,手里攥着揉成一团的便条,喝住大鼻子不要再叫了。他开着卡车猛冲出去,车道上留下了一缕废气。

那一天,我再次走在公路旁杂草丛生的小路上。我边走边想,十四岁使我成熟了许多。几个小时之内,我仿佛像四十岁的人一样老练。

小路伸向远方,四野空旷,热浪滚滚,暑气逼人。假如我能设法救出罗萨琳来——这个“假如”简直大如木星——那么我们该去什么地方呢?

突然,我站住不动了。南卡罗来纳州蒂伯龙。当然是去那里了。

那个写在黑圣母像背面的小镇。这些日子里，我不是一直在打算某一天要去那里吗？这个主意完美至极：我母亲曾经去过那里。或者说，她认识那里的什么人，诚心送过她一帧精美的圣母像。再说，谁能想到去那里找我们呢？

我蹲在地沟旁边，摊开地图。在标着哥伦比亚那个大大的红星旁边，蒂伯龙只有铅笔点那么大。狄瑞会到公共汽车站询问，因此，我和罗萨琳必须搭便车。搭便车会很难吗？你站在路边伸出大拇指，也许有人会可怜你。

过了教堂不远，杰拉尔德修士驾着他的白色福特飕飕驶过。我看见他车后的刹车灯在闪烁。他倒车停下。

"我猜是你，"他从车窗里说道，"你去哪里啊？"

"镇上。"

"又去镇上？带着包做什么啊？"

"我……我带些东西给罗萨琳。她在拘留所里。"

"哦，这我知道。"他说着，打开后座的车门。"上车吧，我正好也去镇上。"

我以前从未坐过牧师的车。我虽然没有想象过牧师的后车座上会堆满圣经，但是，看到他的车里与其他人车里一样时，我还是感到吃惊。

"你是去看望罗萨琳吗？"我说。

"警察打电话来，让我去指控她盗窃教堂财产。他们说，她偷了我们几把扇子。你知道这件事吗？"

"只是两把扇子嘛——"

他的声音立即变成了讲道台上的腔调。"在上帝的眼里，是两把扇子还是两百把扇子并无区别。偷窃就是偷窃。她问是否能拿扇子，我说不行，说得清清楚楚，明明白白。但她还是把扇子拿走了。这就

是罪恶，莉莉。”

虔诚的人总是让我感到不自在。

“但是，她有一只耳朵是聋的。”我说，“我想她只是搞混了您说的话。她总是这样。譬如，狄瑞吩咐她，‘把我的两件衬衫熨一熨’，而她会听成是要熨蓝衬衫。”

“是听力有毛病。哦，这个我不知道。”他说。

“罗萨琳决不会偷东西。”

“他们说，她在埃索加油站袭击了几个人。”

“事情不是那样的。”我说，“是这样的。当时，她正在哼唱她最喜爱的赞美诗，‘我们的主被钉在十字架上时，你在那里吗？’我不相信那几个人是基督徒，杰拉尔德修士，因为他们大声喝令她闭嘴，不让她唱可憎的耶稣调调了。罗萨琳说，‘你们可以骂我，但是不可以亵渎我主耶稣。’但是，他们还是大声呵斥不让她唱。于是，她才把鼻烟瓶里的痰液倒在他们的鞋子上。也许是她做错事了，但是，在她的心里，却是为了维护耶稣的荣耀。”我的上衣和大腿后面都汗湿了。

杰拉尔德修士一下一下咬着嘴唇。看得出来，他正在掂量我说的话。

警察局里只有加斯顿先生独自一人，当我和杰拉尔德修士进门时，他正坐在桌子前吃煮花生。加斯顿先生就是那种邋遢人，花生壳扔得满地都是。

“你的那个黑女人不在这里，”他看着我说，“我送她到医院去缝了几针。她摔了一跤，跌破了头。”

摔了一跤，我的天。我真想抓起他的煮花生朝墙上摔过去。

我忍不住对他嚷嚷起来。“你说什么?她摔了一跤,跌破了头?”

加斯顿先生看了看杰拉尔德修士,那是当女人稍有一点歇斯底里的举动时,男人们相互对视时心照不宣的眼神。“哦,冷静一下。”他对我说。

“我没法冷静,除非我知道她没事了。”我说,声音平静了一些,但还是有点发抖。

“她没事。只是有点轻微的脑震荡。我估计今天晚上她就能回来。医生希望观察她几个小时。”

杰拉尔德修士在解释他为何不能签署逮捕证,因为他觉得罗萨琳几乎是个聋子。我则朝门口走去。

加斯顿先生警告似的瞪了我一眼。“在医院里, 我们有人看着她,他不会允许任何人见她的,你还是回家去吧。你听明白了吗?”

“是,长官。我这就回家去。”

“你一定要回家去,” 他说,“我要是听说你在医院附近转悠的话,我就会再给你父亲打电话。”

西尔万纪念医院是一幢低矮的砖楼,一边是白人病区,另一边是黑人病区。

我走进空空荡荡的走廊,那儿混杂着各种气味:康乃馨、老人、酒精棉球、厕所除臭剂、红色的果子冻。白人区的窗户上安装了空调,但是黑人区只有电风扇,把热乎乎的风从一个地方吹到另一个地方。

在护士工作区,一个警察倚在桌子上。他看上去就像一个逃学的高中生,因体育课不及格而跑出来,与在休息处抽烟的店伙计鬼

混。他正在和一个穿白大褂的姑娘聊天。我猜，她是个护士吧，但是她看起来年龄并不比我大多少。“我六点钟下班。”我听见他说。她微笑着站在那里，将一缕头发捋到耳后。

走廊另一头的一间病房外面放着一把空椅子，椅子下面有一顶警察的帽子。我匆匆走过去，看见门上挂着一块牌子：谢绝探访。我径直走了进去。

屋里有六张病床，只有最里面靠窗的那张床上有人，其余的都空着。被单高高隆起，勉强盖住病床上的人。我扑通一声将包丢在地上。“是罗萨琳吗？”

她头上缠着婴儿尿布大小的纱布绷带，双腕被绑在病床栏杆上。

当她看见我站在那儿时，便放声大哭起来。她照顾我这么多年，我还从来没有见她流过一滴眼泪。此刻，仿佛大堤决开了大口子。我拍拍她的胳膊、腿、脸颊，还有她的手。

当她的泪腺终于干枯了的时候，我说，“你出什么事啦？”

“你走了以后，那个叫鞋子的警察让那几个人进来逼我道歉。”

“他们又打你了？”

“其中两个人抓住我的胳膊，另一个人便打我——就是拿手电筒的那个家伙。他说，‘黑鬼，你说对不起。’我不说，他便冲过来，不停地打我，直到警察把他喝住为止。不过，他们没有得到我的道歉。”

我真希望那几个家伙死后下地狱，渴得讨冰水喝，但是，我对罗萨琳也很恼火。你为什么就不能说声道歉拉倒了呢？那样，福兰克林·玻西也许打你一顿就算了。她的所作所为肯定还会让他们回来找麻烦。

“你必须离开这里。”我说，边说边解开她被捆的双腕。

“我不能说走就走，”她说，“我还在坐牢呢。”

“你要是还待在这里，那几个人会回来杀了你的。我不是说着玩的。他们会杀了你，就像密西西比那些被杀的黑人一样。连狄瑞都这么说。”

当她坐起身来的时候，病号服吊到大腿上。她将衣服往膝头拉了拉，但马上又缩了上去，就像根橡皮筋似的。我从衣橱里找出她的衣服，递给她。

“这真是疯了——”她说。

“穿上衣服。快穿上，好吗?”

她把衣服套过头顶，站在那里，额头上的绷带歪斜了。

“必须把绷带拿掉。”我说。我轻轻取下绷带，看见缝着羊肠线的两道伤口。然后，我示意她不要出声，轻轻打开门，看看警察有没有回到他的椅子上。

警察坐在那里。当然，我不能奢望他离开岗位太久，和护士聊天调情，让我们有足够的时间逃离这儿。我在门口站了好一会儿，试图想出什么锦囊妙计。然后，我打开旅行包，伸手从我卖桃子挣来的钱里掏出几毛钱。“我要去试试把他支走。回到床上去，以防他万一进来查看。”

罗萨琳盯着我看，眼睛眯成了两个小点点。“小祖宗呀。”她说。

当我出门来到走廊上时，警察跳了起来。“你不应该到那间病房里去!”

“我不知道，”我说，“我在找我姨妈。我发誓，他们告诉我说是102病房，但是，里面却住着一个黑人。”我摇摇头，试图装作一头雾水的样子。

“你走错了，没关系。你应该到大楼的另一侧去找。你这是在黑人病区。”

我对他笑笑。“哦。”

在白人病区那边，我在候诊室旁边找到了一部投币电话。我从问讯处那里问到了医院的电话号码，拨通了电话，让他们给我转接黑人病区的值班护士。

我清了清嗓子。“我是警察局看守的太太，”我对接电话的姑娘说，“加斯顿先生请你转告我们派到那里的警察，让他回警察局。告诉他，牧师已经在来的路上，他来是要签署一些文件，但加斯顿先生因为有事刚刚离开了，不在这里。因此，能否请你转告他立刻回警察局来……”

一方面，我在真真切切地说着这些话；另一方面，我又在听着自己说这些话，心里在想，我这行为真应该被送进教养院或少女犯罪劳教所，也许用不了多久我就会被送进去。

她把我的话从头至尾对我重复了一遍，以确定她没有听错。听筒里传来她的一声叹息。“好吧，我去告诉他。”

她去告诉他。我简直不敢相信。

我蹑手蹑脚地回到黑人病区，缩起身子躲在饮水机后面，看着穿白大褂的姑娘向那个警察悉数转达了那些话，一边说还一个劲地打着手势。我看着那警察戴上帽子，下了走廊，出了大门。

我和罗萨琳走出病房时，我探头朝左右两边打量了一番。我们必须经过护士工作台到达门口，但是，那个白衣姑娘好像一副全神贯注的样子，正低头坐在那儿写着什么。

“要像探视者一样走路。”我对罗萨琳说。

当我们走到离护士台一半距离的时候，那姑娘停止了书写，站起身来。

“混蛋。”我说。我拉住罗萨琳的胳膊，把她拽进一间病房。

一个小个子女人坐在床上，面容苍老，形态如鸟，脸若乌莓。她看见我们时，惊得张开了嘴，舌头卷着伸出来，像一个放错了地方的逗号。“我想喝点水，”她说。罗萨琳走过去，从大水罐里倒了一些水，把玻璃杯递给那女人，我则将旅行包紧紧抱在胸前，窥视着门外。

我看见那姑娘拿着玻璃瓶之类的什么东西，消失在与我们相隔几个门的一间病房里。“快走。”我对罗萨琳说。

“你们都要出院了？”那小个子女人说。

“是啊，不过，也许我今天还会回来。”罗萨琳说。她这话更多的是说给我听的，而不是那个妇女。

这一回，我们没有像探视者一样走路，而是飞跑着离开了医院。

出了医院，我拉着罗萨琳的手，把她推到人行道上。“既然你把一切都谋划好了，我想你一定知道我们要去哪里喽？”她说，听起来话里有话。

“我们到40号公路上去，然后搭便车去南卡的蒂伯龙。我们至少得试试。”

我们专拣僻静小路走，穿过城市公园，拐下一条通向兰开斯特大街的小巷，然后穿过三个街区到了梅庞德路，从那里我们溜进了格伦杂货店后面的空地。

我们吃力地穿过一片野胡萝卜花和粗茎紫花，走进蜻蜓飞舞的空地里，卡罗来纳茉莉的香味如此馥郁，我仿佛能看见花香在空中萦绕，恰似金色的烟雾。罗萨琳没有问我为什么要去蒂伯龙，我也没有告诉她。她只问了一句：“你什么时候学会说‘混蛋’的？”

我从来没有说过脏话，尽管我听见狄瑞常用脏话骂我，也在公共厕所里看到过。“我已经十四岁了。我想，我要是想说的话，应该可以说了。”而且在那一刻，我就是想说脏话。“混蛋。”我说。

“混蛋、天杀的、该死的、狗娘养的。”罗萨琳说，一字一字说得有滋有味，仿佛那是她舌头上的甘薯。

我们站在40号公路旁的一块好运牌香烟广告牌下的阴凉处。我翘起大拇指想搭车，但公路上开过来的每一辆车，一看见我们便加大油门绝尘而去。

一辆破旧的雪佛兰卡车开了过来，车上装满了甜瓜。那位黑人司机对我们动了恻隐之心。我先爬上卡车，不得不赶紧往里挪，罗萨琳靠窗坐好。

司机说他是去看望住在哥伦比亚的姐姐，顺便拉些甜瓜到州立农贸市场去卖。我告诉他我要去蒂伯龙看望我姨妈，罗萨琳是去帮我姨妈做家务活的。尽管我的话听上去很牵强，但是他还是相信了。

“我可以把你们捎到离蒂伯龙三英里的地方下车。”他说。

落日是世上最令人惆怅的光照。我们在夕阳的余晖里行驶了很长时间，万籁俱寂，唯有蟋蟀和青蛙正在为迎接黄昏的到来做准备活动。我透过挡风玻璃凝视着窗外，只见火红的霞光映照着整个天空。

司机咯哒一声打开收音机，驾驶室里立即回荡起“超级组合”的歌声：“宝贝，宝贝，我们的爱情今何在？”世上没有任何东西能比一首吟唱失恋的歌曲更加让人感慨。它会让人想到，无论你多么小心谨慎，任何弥足珍贵的东西都会随风飘去。我的头靠在罗萨琳的胳膊上。我希望她能轻轻地拍着我，让我重新燃起生活的信心，但是，她双手仍然放在大腿上，一动不动。

行驶了九十英里后，卡车驶下大道，在一块写着“蒂伯龙，三英里”的路牌旁边停了下来。箭头指向左面，一条小路蜿蜒伸进泛着银色的黑暗之中。我们爬下卡车后，罗萨琳问司机能否给我们一个甜瓜当晚饭。

“你们自己去拿两个吧。”他说。

一直等到汽车尾灯变成比萤火虫还小的斑点以后，我们才说话，甚至才动了一动。我克制住不去想我们是多么伤心，多么不知所措。我不敢确定，与和狄瑞在一起的生活相比，甚至与坐牢的日子相比，这种境遇能好到哪去。四野茫茫，没有一个人来帮助我们。但是，尽管有些伤心，我还是感到浑身充满了活力，仿佛我体内的每一个细胞里都有一束小小的火焰在熊熊燃烧，疼痛灼人。

“至少今晚还有一轮满月。”我对罗萨琳说。

我们动身前行。如果你以为乡村十分宁静的话，那说明你从来没有在乡村生活过。单是雨蛙的叫声就会使你希望自己能够戴上耳塞。

我们一路走着，假装这是一个平平常常的日子。罗萨琳说，看来把我们捎到这里的那个农夫，今年的甜瓜收成不错。我说，现在还有蚊子，真是怪事。

我们来到一座桥上，下面的河水在流淌。我们决定择路去河床歇脚过夜。桥下是另外一个天地，月光照在河面上，河水斑驳起伏，波光粼粼，野生葛藤攀缘缠绕于松树之间，像一张张巨大的吊床。这情景使我联想起格林兄弟童话里的森林，心中油然生起我过去看童话故事时常常会有的那种紧张不安的感觉。在那些童话故事中，多么不可思议的事情都有可能发生——你永远无法知道将会发生什么。

罗萨琳在河石上砸开甜瓜。我们一直啃到只剩下薄薄的瓜皮，然后，双手掬水而饮，全然不在乎水草或蝌蚪，也不去想是否有牛在河里拉屎撒尿。之后，我们坐在河岸上，面面相觑。

“我闹不明白，世界上有那么多地方，为什么你偏偏选择了蒂伯龙，”罗萨琳说，“我甚至听都没听说过这个地方。”

尽管天很黑，我还是从旅行包里掏出了黑圣母像递给她。“这是我妈妈留下来的。背后写着南卡罗来纳州蒂伯龙。”

“让我把这事搞搞清楚。这么说，你选择蒂伯龙是因为你妈妈有幅画像，背后写着那个小城的名字——是这样吗？”

“嗯，你想想看，”我说，“她在世的时候一定去过那里，才有了这幅画像。如果是这样的话，也许有人会记得她。谁又说得准呢。”

罗萨琳举起画像，放到月光下，以便看得更清楚些。“这应该是谁呢？”

“圣母马利亚。”我说。

“哦，你有没有注意到，她是黑人。”罗萨琳说。从她张开嘴目不转睛地看着圣母像的神情，我看得出来，画像正在对她产生影响。我明白她的心思：如果耶稣的母亲是黑人，我们怎么只知道有白人圣母马利亚呢？这就像是女人发现耶稣有个双胞胎姐姐，她只遗传了一半上帝的基因，但是没有得到半星荣耀。

她把圣母像还给我。“我想我现在可以赴死黄泉了，因为我什么都看见了。”

我将圣母像塞进我的口袋里。“你知道狄瑞怎么说我妈妈的吗？”我问道，终于想把所发生的一切告诉她。“他说，妈妈早在去世前就抛弃他和我离家出走了。还说发生意外那天，她只是回来拿东西的。”

我等着罗萨琳会说这事该有多荒唐，然而，她却眯缝着眼睛直视前方，仿佛在掂量着这件事的可能性。

“不过，那不是真的。”我说，提高了嗓门，好像什么东西从下面卡住了声音，正在将之猛推进我的喉咙里。“如果他以为我会相信他的话，那他所谓的脑子肯定有毛病。他只是编造谎言来惩罚我的。我知道他是在编造谎言。”

我原本还想说，天下母亲的本能和激素使她们不舍得离开自己的孩子，就连猪和负鼠[①]都不会遗弃它们的儿女，但这时罗萨琳终于思考清楚了这个问题，开口说道，“也许你说的不错。我了解你爸爸，那种事他做得出来。”

“我妈妈决不会做出他说的那种事情来。”我又说道。

“我不认识你妈妈，”罗萨琳说，“但是，以前我摘完桃子走出桃园时，有时候会远远地看见她。看见她在晾衣服或者浇花，你就在她身边玩耍。只有一次我见到她时，你不在她身边。”

我竟然不知道罗萨琳曾经见过我妈妈。我突然间觉得一阵头晕，不知是由于饥饿还是疲劳，或者是听到这个消息感到震惊所致。“那次你看见她一个人的时候，她在做什么？”我问。

“她在拖拉机棚子后面，坐在地上发呆。连我们经过时，她都没有注意到我们。我记得当时我觉得她看上去有点伤心。”

“唉，和狄瑞生活在一起，谁能不伤心呢？”我说。

我看见罗萨琳脸上一亮，闪过一丝认同的表情。

“噢，”她说，“我明白了。你是听了你爸爸说你妈妈的坏话才出走的吧。这事跟我蹲牢房没什么关系。现在，你让我为你离家出走担惊受怕，让我惹上一身麻烦，而你却是不管怎么样都要出走的。唉，你不该跟我讲这些。”

她噘起嘴唇，抬头看着前面的路，不禁让我怀疑她是不是想要

---

① 负鼠：一种夜间行动的杂食性树栖种袋鼠，尤指生长于西半球的负鼠，毛皮粗糙厚实，身体较长且粗，长有缠绕性的长尾。——译注

原路返回啊。“那你打算怎么办?”她说,“一个一个镇子挨个向人打听你的妈妈?那就是你的好主意?”

“我要是想要有人喋喋不休一天到晚教训我的话,我完全可以带上狄瑞!”我喊道,“对你实说吧,我并没有什么计划。”

“嗨,在医院时你好像很有主意似的,跑进我的病房,对我说我们要做这个我们要做那个,我只要像条宠物狗一样跟着你就行了。好像你是我的主人似的。好像我是一个等着你来拯救的蠢黑鬼似的。”她眯缝着眼睛,目光严厉。

我站起身来。“你这话不公平!”我气得肺都要炸了。

“你的本意当然很好,我也很乐意离开那里,但你有没有想过要问问我的想法?”她说。

“嗨,你真笨!”我大声喊道,“你把痰液倒在那几个人的鞋子上就已经够蠢的了。然后,更蠢的是,你还不肯道歉,尽管说声道歉就能救你的命。他们会回来杀了你的,甚至比那更糟。我救你逃出那里,你就这样感谢我啊。得了,很好。”

我脱掉凯德牌软底帆布鞋,一把抓起旅行包,走进小河里。冰冷的河水像针似的刺进我的小腿肚。我不想和她待在同一个星球上,更不想和她待在河流的同一侧。

“从现在起,你自寻出路好了!”我扭头大声说道。

到了对岸,我一屁股坐到生满青苔的泥土地上。我们两人隔河相望。在夜色中,她看上去像是历尽五百年风雨冲刷的一块大石头。我仰面躺下,闭上了眼睛。

在梦中,我回到了桃园,坐在拖拉机棚子后面,尽管天色大亮,我依然能看见天空中挂着一轮又大又圆的月亮。明月当空,皎洁无比。我凝视了一会儿月亮,然后,倚着拖拉机棚子,闭上了双眼。接着,我听见了像是冰块破裂的声响,抬头一看,看见月亮裂开了,开始往下掉落。不好，我得赶快逃命。

我醒了，觉得胸口疼痛。我向天觅月，只见月亮完好无缺，银光依旧泻在河面上。我越过河面搜寻对岸的罗萨琳。她不见了。

我的心怦怦直跳。

上帝啊，求求你。我没有把她当宠物狗的意思。我只是想救她。没有别的意思。

我摸索着穿上鞋子，昔日每次在教堂里过母亲节时感受到的悲伤重又袭上心头。*妈妈，请原谅我吧。*

*罗萨琳，你在哪里？*我收拾好旅行包，沿着小河向桥头跑去，几乎没有意识到自己在哭。一根枯枝将我绊倒，我也懒得爬起来，干脆就在黑暗里往前爬行。我可以想象得出，罗萨琳已经离这儿很远，在公路上快步疾走，边走边咕哝，*混蛋，该死的傻丫头。*

我抬头向上一看，发现我绊倒其下的那棵树，基本上是枯木朽株，只有极少的枝桠上尚存几星残绿，灰白色的累累苔藓附在地面上。即使在黑暗中，我也能看出那棵树行将死亡，在四周那些麻木不仁的松林中间孤独地死去。这就是万物亘古不变的自然规则。消亡迟早终会占据万物的内心，慢慢将其吞噬。

夜空中传来哼唱声。那歌声并不太像福音赞美诗的调子，但却带有福音赞美诗的全部个性。我循着歌声走去，发现罗萨琳浸在河中央，浑身一丝不挂。水珠在她肩头滚动，像奶珠般晶莹闪亮，她的两只乳房在急流中来回摆动。那种景象一旦见过你永远也无法忘怀。我情不自禁地想跑过去，舔吮她肩头上的奶珠。

我张开嘴。我想说什么。说什么呢？我不知道。*妈妈，原谅我吧。*那就是我全部的感受。那久远的渴望在我身下展开，宛若一袭宽大的衣襟，将我紧紧裹住。

我脱掉鞋子、短裤和上衣。要不要脱去内裤，我犹豫了一下，然

后把内裤也脱了。

河水犹如贴着我的双腿融化的冰块。我一定是被冰凉的河水刺得惊嘘了一声，因为这时罗萨琳抬起头来，见我光着身子朝她走过去，便大笑起来。“瞧你神气活现的小样，小黄毛丫头。”

我放松地走到她身边，刺骨的河水使我屏住了呼吸。“对不起。”我说。

“没事，”她说，“我也对不起你。”她伸手轻轻拍拍我圆圆的膝盖，仿佛那是做饼干的面团。

月光明亮，我能透过清澈见底的河水看见铺满河床的鹅卵石。我捡起一块鹅卵石——红红的，圆圆的，光滑润泽，犹如小河的心脏。我一下子把鹅卵石塞进嘴里，吮吸着它内在的所有精华。

我身子后仰，双肘撑住，缓缓地向水里滑下去，直到河水淹没了我的头顶。我屏住呼吸，聆听着河水刮过我耳畔发出的声音，深深地沉入那个微微发亮的黑暗世界。但是，我满脑子想的却是地板上的手提箱，那张我从来没能看清楚的面庞，还有那冷霜的香味。

养蜂新手听说，要找到行踪无定的蜂王，首先要找到伺候她的蜂群。

——《蜂王必死：蜜蜂与人类轶事》

3

除了莎士比亚，我最喜欢的作家就数梭罗了。亨利夫人曾布置我们读《瓦尔登湖》选段，在那之后，我曾幻想过要去一个狄瑞永远找不到我的私密花园。我开始崇尚大自然，崇尚大自然对世界产生的影响。在我心目中，她的模样看起来就像埃莉诺·罗斯福。

第二天早晨，当我在河边的葛藤床上醒来时，不由地想起了她。一团薄雾漂浮在河面上，蓝荧荧的蜻蜓飞来飞去，仿佛在织补着苍穹。景色如此秀丽，我一时竟忘了自从狄瑞告诉了我关于妈妈的事情以来所承受的感情重负。此刻，我仿佛身在瓦尔登湖。*这是我新生活的开始*，我对自己说。*没错，是的*。

罗萨琳睡觉时嘴巴张开，下嘴唇上挂着一条长长的口水。从她眼睑下转动的眼珠，我猜得出来，她正在梦中看电影，在那儿，梦想有时成真，有时破灭。她肿胀的脸庞看起来好多了，但是，在大白天，我注意到了她胳膊和腿上的青肿伤痕。我们两人都没戴手表，但是，从太阳升起的高度来看，我们已经睡去大半个上午了。

我不想叫醒罗萨琳，于是，我从包里掏出木制圣母像，靠着树干将它支起，以便好好端详端详。一只瓢虫爬上了圣母像，停在她的脸颊上，在她脸上平添了一颗最完美无瑕的美人痣。我不知道圣母是不是个喜爱户外生活的人，是不是喜欢树木和昆虫胜过她头上的教堂光环。

我仰面躺着，试图编出一个关于我妈妈为什么拥有黑圣母像的故事。但我脑子里一片空白，这也许是因为我对圣母知之甚少的缘故，因为在我们的教堂里她从来没有引起过人们太多的注意。按照杰拉尔德修士的说法，对于天主教徒而言，地狱只不过是一堆篝火。西尔万没有天主教徒，只有浸信会教友和卫理公会派教徒；不过，我们携有救赎指南，以便我们在旅行途中遇到天主教徒时用得着。我们会向他们派发分成五个部分的救赎计划，他们也许接受也许不接受。教会发给我们一只塑料手套，每个指头上写着一个步骤。步骤从小手指开始，到大拇指结束。有些女士将救赎手套放在手提包里随身携带，以便偶然碰到一个天主教徒时使用。

关于圣母马利亚的故事，我们只说到过婚礼那一段，就是她劝说她儿子在厨房里用清水酿出葡萄酒来，而那完全是违背她儿子的意愿的。我听到这故事感到十分惊讶，因为我们的教会不信奉葡萄酒，而且认为女人没有什么发言权。我所能想象的是，我妈妈或多或少兴许与天主教徒有些来往，而且——我必须承认——这使我暗暗不寒而栗。

我把圣母像塞到口袋里。罗萨琳还在睡，呼着粗气，振得双唇直抖。我断定她也许会一直睡到明天，于是，我便摇了摇她的胳膊，直到她的眼睛睁开了一条缝。

“天哪，我动弹不得了。”她说，“我觉得像被棍子打了一顿似的。”

“你确实被人打过一顿，记得吗？”

“但不是用棍子打的。”她说。

我一直等到她站起来。这个过程长得难以置信，她嘟嘟囔囔，哼哼唧唧，让四肢活动开来。

“你梦见什么啦？”当她站起身来时，我问道。

她凝视着树冠，揉了揉胳膊肘。“哦，让我想想看。我梦见了尊敬的马丁·路德·金，他跪在地上，蘸着口水涂我的脚趾甲，每一个脚趾甲都染得红红的，仿佛他在舔食红肠面包似的。”

我们动身去蒂伯龙，一路上我在思考着她刚才说的话。罗萨琳走得飞快，好像脚底板抹了油似的，仿佛她的红宝石般的脚趾甲拥有整个乡村似的。

一路上，我们经过灰色的粮仓，需要灌溉的玉米地，还有成群的赫里福肉牛。那些牛在慢悠悠地吃草，看起来对它们过的小日子心满意足。眯眼眺望远方，我看见了阳台宽大的农舍，还有用绳子吊在房子旁边树上用轮胎改做的秋千；旁边矗立着风车，微风吹过，巨大的银色风车叶片便吱嘎作响。太阳将万物烘焙得恰到好处；就连篱笆上的醋栗[①]都晒得像葡萄干似的。

柏油路到了尽头，转上一条砂石路。我听着脚下发出的沙沙声。罗萨琳的锁骨凹窝里积了一些汗水。我不知道我们两人谁的肚子更需要食物，是我的还是她的。从一上路，我就意识到今天是星期天，所有商店都关门了。我们恐怕得吃蒲公英，挖地里的野萝卜和幼虫来维持生命了。

空气中飘来田野里新施肥料的气味，顿时使我胃口大倒，但是

① 醋栗：一种多刺的欧洲灌木（茶藨子属），叶子浅裂开，花呈绿色，从绿色到黄色或红色的浆果都可食用。——译注

罗萨琳说，“我饿死了。”

“我们到了镇上，如果哪家店开门的话，我会去买点吃的。”我告诉她。

“那我们睡觉的问题怎么办？”她说。

“要是没有汽车旅馆，我们只好租一间房。”

听了这话，她对我一笑。“莉莉，孩子，没有地方会收留黑女人过夜的。人们不管她是不是圣母马利亚，只要她是黑人，就没有人收留她。”

“那么，《民权法案》有什么意义呢？”我说，在马路中间停下了脚步。“《民权法案》的意思不正是说，只要你想的话，人们必须让你住进他们的汽车旅馆，让你在他们的饭店里吃饭吗？”

“是这个意思，但是，你必须得强迫他们这样做才行。”

其后我一路上忧心忡忡。我没有计划，也没有做计划的打算。直到现在，我几乎一直认为，我们会在什么地方偶然发现一扇窗户，爬过窗户就可以进入一个崭新的生活，而罗萨琳则仍在等待着他们来抓我们，权当这是从监狱里逃出来避暑休假。

此刻，我需要的是一个路标。我需要有一个声音对我说出昨天我在自己房间里听到的话，*莉莉·梅利莎·欧文斯，你的蜜蜂瓶打开了。*

*我要往前走九步，然后抬头向上看。无论我的眼睛看见什么，那就是我的路标。*当我抬头举目时，我看见一架喷洒农药的小飞机掠过长着庄稼的田野，扬扬洒洒地投下一团杀虫剂。我无法确定我是这个情景中的哪一部分：是从害虫嘴里获救的庄稼，还是将被杀虫剂消灭的害虫？还有一种极小的可能性，那就是，我是一架呼啸着掠过大地的飞机，在所到之处播下救赎和灾难。

我觉得痛苦不堪。

我们越走越热，此刻，汗水从罗萨琳的脸上淌下来。

“太糟糕了，这周围没有教堂，要不然我们可以偷几把扇子。”她说。

远远望去，小镇边上的那个商店好像有一百来年了。但是，当我们走近时，我发现它的年头实际上更久远。门上的招牌上写着：**弗罗格莫·斯迪杂货店兼餐饮部。1854年创办。**

当年谢尔曼将军[①]也许曾经策马经过这里，由于它声名在外而决定让其幸免于难，因为我敢肯定，它的外观并不好看。商店正面的整面墙上挂着一块被人遗忘的公告牌：斯杜德—贝克维修服务、鲜活钓饵、巴狄钓鱼比赛、雷福兄弟制冰机、猎鹿步枪四十五美元，还有一张海报，上面是一个头戴瓶装可口可乐帽的女孩。还有一个牌子上写着锡安山浸礼会教堂举行福音演唱会的告示。如果有人想知道的话，我可以告诉他，那是1957年的事。

我最喜欢的东西是各个州的汽车标志精品展示。如果有时间的话，我真想逐一仔细看看。

在旁边的场地上，一个黑人打开用油桶改制的烧烤炉的盖子，涂满香醋和胡椒的烤猪肉的香味馋得我直淌口水。实际上，口水已经淌到了我的衬衫上。

前面的空地上停着几辆轿车和卡车，也许是上完主日学校没去

① 威廉·特库姆塞·谢尔曼(1820—1891)，美国南北战争时期北军的著名将领。1865年穿过南卡罗来纳州挥师北上，迫使南军将领约翰斯顿将军投降；1869年被任命为陆军总司令。——译注

教堂直接来这里的教徒的汽车。

“我进去看看能否买点吃的。”我说。

“还有鼻烟。我需要一些鼻烟。”罗萨琳说。

她一屁股坐到烧烤炉旁边的一条长凳上，我穿过纱门走进店里，腌蛋和木屑的混杂气味扑鼻而来，天花板上垂挂着十来只蜜汁火腿。餐厅位于后堂，前面的店堂用作出售百货，从甘蔗到松节油应有尽有。

“小姐，请问要些什么吗？”站在木柜台另一端一个打着领结的小个子男人问道，堆摆在柜台上的斯卡珀农葡萄[①]果酱和温情牌酱菜几乎把他挡住了。他嗓音尖脆，面相温和俊秀。我很难想象他还卖猎鹿步枪。

“我想以前没有见过你。”他说。

“我不是这里人。我是来看外婆的。”

“我很赞成小孩子和祖父母在一起过一段时间，”他说，“你可以从老一辈身上学到很多东西。”

“是这样，先生，”我说，“我从我外婆那里学到的知识，比我八年级整整一年学到的还多。”

他朗声大笑起来，仿佛这是他多年来听到的最好笑的事情。“你是来吃午饭的吗？我们供应星期天特餐——猪肉烧烤。”

“我要买两份带走，”我说，“请再拿两罐可口可乐。”

在等待午餐的当儿，我沿着店里的走道转悠着，想采购点东西当晚饭。几包咸花生、酪乳曲奇、两份用塑料薄膜包着的甜椒奶酪三明治、酸奶球，还有一罐红玫瑰牌鼻烟。我把东西堆在柜台上。

当他端着餐盘和饮料回来时，摇了摇头。“对不起，今天是星期

---

① 美国南部产的一个葡萄品种，黄绿色，颗粒大。——译注

天。商店的任何东西我都不能卖，只有餐厅营业。你外婆一定知道这个规矩。噢，她叫什么名字来着？”

“罗兹。”我说，从鼻烟罐上看到这个名字。

“罗兹·坎贝尔？”

“是的，先生。罗兹·坎贝尔。”

“我还以为她只有外孙哩。”

“不，先生，她还有我啊。”

他碰了碰那包酸奶球。“这些东西都放在这里好了。我把它们放回去。”

收银机吱吱响过，抽屉弹了出来。我从旅行包里翻出钱来付账。

“请帮我打开可乐瓶盖，好吗？”我问道，当他走回厨房时，我便将红玫瑰牌鼻烟塞进包里，拉上了拉链。

罗萨琳挨了打，饿着肚子逃跑，睡在硬邦邦的地面上。谁又知道还用多久她又要重回监狱，或者甚至被处死？这罐鼻烟她抽得也值了。

我在想，多年后的某一天，我也许会在信封里装上一美元寄到店里，补付这罐鼻烟钱，并且清楚地说明，我生命中的每一分钟都为此感到内疚。正在这样想的时候，我发现自己在看着一幅黑圣母画像。我说的不是随随便便的哪幅黑圣母画像。我是说和我妈妈珍藏的那幅一模一样的黑圣母画像。圣母从十来只蜂蜜瓶的商标上凝视着我。商标上印着：**黑圣母牌蜂蜜**。

店门开了，从教堂回来的一家人容光焕发地走了进来，母女俩穿着一样的白色彼得·潘领口的海军蓝衣裙。光线从门口射进来，朦朦胧胧地折射变形，雾起金色的光晕。小女孩打了一个喷嚏，她妈妈随即说道，“来，让妈妈给你擦擦鼻子。”

我又看了看蜂蜜瓶，看着瓶里浮动的琥珀色光泽，设法让自己

平静下来。

我有生以来第一次意识到,世界上的一切都是神秘的,它就藏匿于我们贫困不堪、胆战心惊的日子后面,明亮耀眼,而我们却浑然不知。

我想起了深夜里飞进我房间的蜜蜂,它们就是神秘事物的一部分。还有我前天听到的声音:**莉莉·梅利莎·欧文斯,你的蜜蜂瓶打开了**,就像穿海军蓝衣裙的女人对她女儿说话的声音一样清晰。

"你的可乐。"打领结的男人说。

我指指蜂蜜瓶:"这是从哪来的?"

他听见我声音中的震惊口气以为我真被吓着了。"我明白你的意思。很多人不买这种蜂蜜,就是因为上面画的圣母是黑人妇女,不过,没什么,只是因为生产蜂蜜的女人自己就是个黑人。"

"她叫什么名字?"

"八月·波特莱特。"他说,"她养的蜜蜂遍布全县。"

沉住气,沉住气,"你知道她住在哪里吗?"

"哦,当然知道。那是你见过的最古老的房屋。油漆成粉红色。你外婆一定见过那房子——你顺着大街穿过小镇,拐到通往佛罗伦萨的公路边上就是。"

我走向门口。"谢谢。"

"代我向你外婆问好。"他说。

罗萨琳鼾声如雷,震得长凳直抖。我摇了摇她。"醒醒。这是你的鼻烟,但得放进你的口袋里,因为我其实没有付钱。"

"你偷来的?"她说。

"我是迫不得已啊,因为他们店里星期天不卖东西。"

"你堕落到该下地狱了。"她说。

我像布置野餐一样将午饭摆在长凳上,但是一口也没吃,而是

先告诉了她关于蜂蜜瓶上黑圣母的事情，还有那个名叫八月·波特莱特的养蜂人。

“你不觉得我妈妈肯定认识她吗？”我说，“这不会仅仅是巧合吧。”

她没有答话，于是，我抬高嗓门说道，“罗萨琳？你不觉得是这样吗？”

“我不知道我怎么想的，”她说，“我只是不希望你抱太大的希望，就是这样。”她伸手抚摩着我的脸蛋，“哎，莉莉，我们到底干了些啥呀？”

除了不产桃子以外，蒂伯龙这个地方和西尔万没什么两样。在拱顶建筑的县政府前面，有人在他们那门公共大炮的炮筒里插了一杆南方邦联的旗帜。南卡罗来纳起先是南方邦联州，后来才成了美国的一个州。谁也无法剥夺萨姆特要塞之战给我们带来的荣耀。

我们行走在大街上，走在街道上两层楼房投下的长长的影子里。在一家杂货店，我透过厚玻璃窗瞥见铬合金冷饮柜，他们出售樱桃可乐和香蕉刨冰。我心想，用不了多久，白人就再也不能独自享用它们了。

我们经过财产保险代理处、蒂伯龙县郊区电气办事处，还有艾蒙廉价商店，玻璃上喷涂着“夏日情趣”字样的橱窗里陈列着呼拉圈、游泳眼镜和成盒的烟花。有几个地方，譬如农夫信托银行，窗户上都写着“支持戈德华特竞选总统”，有时候，窗户底部还有小标语，写着“反对越南战争”。

来到蒂伯龙邮局时，我把罗萨琳留在人行道上，走进邮局里面

放信箱和星期天报纸的地方。据我判断，报纸上没有追捕我和罗萨琳的通缉令，《哥伦比亚报》头版大标题报道的是有关卡斯特罗的姐姐为中央情报局当间谍的新闻，只字未提西尔万一个白人女孩帮助一个黑人妇女越狱的事情。

我往报箱槽口里塞了一毛钱，取出一份报纸，不知道这个消息是否登在报纸内版的什么地方。我和罗萨琳蹲在一条小巷子的地上，摊开报纸，将每一张都打开。报纸上通篇尽是有关什么马尔科姆·X、西贡、披头士、温布尔顿网球赛的报道，还有密西西比州杰克逊县的一家汽车旅馆宁肯关门也不愿意接待黑人旅客的新闻，但是，没有任何关于我和罗萨琳的消息。

有时候，你真想双膝跪地，为世上的新闻报道都是那么蹩脚而感谢上帝。

蜜蜂系群居型昆虫，喜集群生活。每个集群为一个家庭单元，由一只产卵雌蜂或蜂王和她那群称作工蜂的没有生殖能力的女儿们组成。工蜂负责采蜜、筑巢以及哺育后代。每年仅在需要雄蜂的时候才繁殖它们。

——《世界各地的蜜蜂》

4

那个女人沿着一排白色的蜂箱轻移脚步，蜂箱就安置在粉红屋附近的树林边。这幢房子的粉红色那么刺眼，待我的目光移开后，它依然在我眼睑上留下了令人惊讶的灼痛感。她身材高挑，一袭白衣素裹，头戴一顶带面网的帽子，面网拂着她的面庞，落在她的肩头，垂到她的背上。她看上去像一位非洲新娘。

她掀去蜂箱的盖子，向里面窥视，来回摇晃着冒烟的白铁桶。成群的蜜蜂飞腾而起，绕着她的头颅翻飞，犹如一簇花环。她两度隐没在雾状的蜜蜂花环之中，然后又慢慢出现，恰似从深夜里升起的一个梦。

我们站在公路对面，我和罗萨琳，一时沉默不语。我没说话是因为我对神秘之境的敬畏，而罗萨琳则是因为红玫瑰鼻烟封住了她的嘴。

“她就是酿制黑圣母蜂蜜的女人。”我说。我目不转睛地看着她，蜜蜂夫人。她是我进入我母亲生活的入口。八月。

罗萨琳无精打采地啐出一口黑色的痰液，然后抹了抹沾在嘴唇上的痰迹。“我希望她酿的蜂蜜比她挑选的油漆好。”

“我同意。”我说。

等到她走进屋里，我们才穿过公路，打开尖桩篱笆上的大门，大门快要被沉甸甸的卡罗来纳茉莉压塌了。除了茉莉，门廊周围还种着细香葱、莳萝和蜜蜂花，香气袭人。

我们站在门廊上，沐浴在房屋墙面反射出来的粉红色光辉里。六月里的小虫拍着翅膀飞来飞去，屋里飘出音乐声，听起来像小提琴，只是那曲子太伤感了。

我的心猛烈地跳动起来。我问罗萨琳是否能听到我的心跳声，扑通扑通声音很大哦。

“我什么声音也没听见，只听见仁慈的主在问，我在这里做什么。”说着，她又啐了一口痰，我希望这是她最后的一点鼻烟。

我上前敲门，而罗萨琳却嘟嘟囔囔地在小声祈祷：请给我力量吧……我主耶稣……我们丧失了微弱的理智。

音乐声戛然而止。我的眼角瞥见窗口有轻微的动静，一扇百叶窗开了一条缝，然后又合上了。

当房门打开时，开门的不是那个白衣女人，而是一个穿红衣服的女人。她的头发剪得极短，恰如稳稳当当扣在头颅上的一顶灰色花饰小泳帽。她凝视着我们，一脸疑惑，神色严厉。我注意到她的胳膊下夹着一把琴弓，像一条马鞭。我脑子里闪过一个念头，她会不会拿琴弓来打我们？

“什么事？”

“请问，你是八月·波特莱特吗？”

“不是，我是六月·波特莱特。”她说，眼睛扫过罗萨琳额头上的手术缝线。“八月·波特莱特是我姐姐。你们是来找她的吗？”

我点点头，就在这时，另一个女人出现了，打着赤脚。她身穿一件绿白相间的无袖条纹布裙，满头朝天竖着短短的小辫子。

“我叫五月·波特莱特，”她说，“我也是八月的妹妹。”她笑呵呵地看着我们。她那咧嘴傻笑的样子让人明白，她不是一个心智完全正常的人。

我希望夹着琴弓的六月也能露齿微笑，但从她的脸上只能看见愠怒。

“八月知道你们要来吗？”她说。这话是冲着罗萨琳说的。

当然，罗萨琳立即接过话茬，早就准备好道出事情的原委。“不，事情是这样的，莉莉有一幅画像——”

我打断了她的话。“我在杂货店里看到一个蜂蜜瓶，听店主说……”

“哦，你们是来买蜂蜜的。嗨，你们为什么不早说呢？请到前厅来吧。我去叫八月。”

我狠狠瞪了罗萨琳一眼，意思是说，*你是不是疯了？不要告诉她们关于画像的事情*。毫无疑问，我们以后一定会说出我们的实情的。

有些人有第六感觉，而有些人在这方面却很迟钝。我认为自己肯定有第六感觉，因为在走进屋里的那一刻起，我便感到浑身发抖，就像一股电流涌上我的脊梁骨，流下我的胳膊，从我的手指尖释放出来。实际上，我正在辐射能量。身体对事物的反应总是比大脑要快得多。我心中疑惑，我的身体已经感觉到了什么，而我的大脑却还浑然不觉。

我闻到屋里到处都是家具打蜡的气味。有人把整个客厅里的家具都打了蜡。宽敞的客厅里铺着带流苏的小地毯，一架旧钢琴上盖着花边长条装饰布，几把藤摇椅上装饰着阿富汗编织毯。每把椅子前面都有一张天鹅绒小凳子。天鹅绒的。我走上前去，伸手摸了摸其中一张小凳子。

接着,我又走到一张翻板活动桌前面,闻了闻一根蜂蜡蜡烛,那气味和家具蜡一模一样。蜡烛插在一个星形烛台里,烛台旁边摆着尚未完成的智力拼图,不过,我看不出拼出来会是一幅什么图案。窗下另一张桌子上摆着一个广口奶瓶,里面插满了剑兰。窗帘是蝉翼纱做的,但不是人们常见的白色蝉翼纱,而是银灰色的,因此,从中透过的空气闪烁着烟雾般的熹微光亮。

请想象一下,墙壁上别无装饰,挂满了镜子是一派什么景象。我数了数,共有五面镜子,每面镜子都镶着宽宽的黄铜边框。

然后,我转过身,回头看着我走进来的那扇门。墙角里供着一尊约莫三英尺高的女人雕像,就是古代安放在船头的那种神像。她是那么古老,说不定是哥伦布首航美洲时乘坐的圣马利亚号轮船上的神像呢。

她的肤色黑得无以复加，蹂躏得恰似饱经风吹雨打的漂流木。她的脸上记录着她经历的风雨沧桑和坎坷历程。她的右臂高举,仿佛是在指引方向,但是她的手指却握成拳头。这使她看起来神情严厉,好像如果有必要的话,她会一拳将你击倒。

虽然她的装束不像圣母马利亚，与蜂蜜瓶上的画像也不一样,但我还是知道她是谁。她的胸膛上画着一颗退了色的红心,在也许是她的身体和船体连接的地方，画着一弯已经变得模糊不清的新月。插在一只高高的红色玻璃杯里的蜡烛在她身上洒下微弱的光辉。她集非凡和谦卑于一体。我不知道该作何感想,只觉得她有一股巨大的磁力,犹如弯月刺入我的胸膛膨胀着,使我感到隐隐作痛。

唯一可以与这种感觉相比的是有一次我卖桃子收摊后,在回家路上产生的那种感觉。当时,我看见黄昏时分夕阳残照,在桃园上空染上了一片火红的霞光,而同时夜色正在渐渐降临。我头顶上的天

空万籁俱寂，周围弥漫着一种神圣的美，树木仿佛变得通体透明，我觉得我能看透树心里某种纯洁的东西。当时，我的胸膛里也感到了和现在一模一样的疼痛。

雕像的嘴唇上浮着美丽而专横的似笑非笑。见此情形，我不由得双手伸向我的喉咙。那个微笑的丝丝笑意都在说，**莉莉·欧文斯，我对你了如指掌**。

我觉得她知道我是一个不折不扣的撒谎者，害人精，一个充满仇恨的人。我是多么痛恨狄瑞和学校里的那些女生，但是，我最恨的还是我自己夺去了母亲的生命。

我真想大哭一场，但转瞬之间，我又想放声大笑，因为那尊雕像也同样使我觉得自己像一个面带微笑的莉莉，仿佛我的内心也充满着善良和美丽，仿佛我身上真的具有亨利夫人所说的全部优秀潜质。

我站在那儿，对自己爱恨交加。那就是我面对黑圣母时产生的感受，她让我同时感到了自己的光荣和耻辱。

我移步走近她，闻到了木头里散发出来的淡淡蜂蜜味。五月走过来站在我身旁，于是，我闻到的只有她头发上的头油味，她手上的洋葱味，还有她呼吸里的香草味。她的手心和她的脚底板一样都是粉红色的，她的胳膊肘比身体的其他部分更黑，不知道为什么，看见这些使我的心里渐生亲切温柔之情。

八月·波特莱特走了进来，戴着一副无框眼镜，腰带上系着一条水绿色薄绸巾。“哪位客人到我们家来啦？”她说道，那嗓音惊得我一下子回过神来。

她的皮肤因流汗和日晒泛着杏仁奶油黄，她的脸庞爬满浅褐色的皱纹，她的头发看上去仿佛落满粉尘，但她身体的其他部位看起来要年轻得多。

“我叫莉莉，她叫罗萨琳。”我说，但当六月跟在她后面出现在门廊里时，我有些犹豫不决。我张着嘴，不知道下面该说什么。但是，接下来脱口而出的话使我自己也惊讶不已。“我们从家里逃了出来，没有任何地方可去。”我告诉她。

要是换了任何一个时候，我都可以轻松地把自己的谎言编得天衣无缝，而现在我却脱口说出了真相，悲惨的真相。我看着三姐妹的脸，尤其是八月的脸。她摘下眼镜，揉着鼻梁两侧的凹痕。屋里鸦雀无声，静得让我能听见隔壁房间里滴答作响的时钟。

八月又戴上眼镜，走到罗萨琳面前，仔细看了看她额头上的缝线，她眼睛下方的伤口，还有她太阳穴和胳膊上的伤痕。“你好像是挨打了？”

“我们出来时，她从大门台阶上跌了下来。”我连忙替她回答，天生爱撒小谎的坏毛病又犯了。

八月和六月交换了一下眼神，而罗萨琳则眯缝起眼睛，让我明白我又故态复萌，抢着替她答话，仿佛她不在场似的。

“好吧，你们可以留在这里，等你们想清楚了想干什么再说。我们总不能看着你们流落街头吧。”八月说。

六月闻此大惊失色。“但是，八月——”

“就让她们住在这里。”她又说了一遍，那口吻让我知道了谁是大姐谁是小妹。“没问题的。我们的蜂房里有帆布床。”

六月愤然而去，红裙子在门边忽闪而过。

“谢谢你。”我对八月说。

“不客气。坐下吧。我去拿些橘子水来。”

我们坐在藤摇椅上，而五月却警觉地站着，咧嘴露着疯女人般的傻笑。我注意到，她胳膊上的肌肉很发达。

“你们怎么都是用月份起名字啊？”罗萨琳问她。

“我们的母亲喜爱春天和夏天。”五月说，“我们还有一个妹妹叫四月，不过……她很小就死了。”五月的笑容消失了，冷不丁地哼起了“噢！苏珊娜”，就好像她的生命维系于此似的。

我和罗萨琳看着她，她的歌声变成了哭声。看她痛哭的悲伤模样，好像四月之死就发生在此时此刻似的。

八月终于用托盘端着四杯橘子水回来了，插在杯口上的橙片真是漂亮极了。“噢，五月，宝贝，你到哭墙那里哭完了再回来。”她说，指着门口，轻轻推了她一下。

八月的举动就好像这是发生在南卡罗来纳州家家户户的寻常事。“请喝——橘子水。”

我轻轻地呷着。但是，罗萨琳端起来一饮而尽，还打了一个响嗝，我以前初中时的男生们一定会羡慕不已的响嗝。简直令人难以置信。

八月装作没有听见，而我则盯着天鹅绒脚凳看，真希望罗萨琳能够文明点。

“你们叫莉莉和罗萨琳，对吗？”八月说。“你们姓什么？”

“罗萨琳……史密斯，莉莉……威廉姆斯，”我撒谎道，又接着说下去，“我很小的时候妈妈就死了，然后，我爸爸上个月在斯伯坦堡县我们农场的一次拖拉机事故中也死了。我在那里没有任何亲人，因此他们要把我送到一个家庭寄养。”

八月摇了摇头。罗萨琳也在摇头，但是，她摇头是别有他因。

“罗萨琳是我们的管家，”我继续说，“除了我以外，她没有任何亲人，于是我们决定去弗吉尼亚找我姨妈。不过，我们身无分文。如果我们留在这里期间，你有什么活儿让我们做做的话，也许我们可以挣一点钱，然后继续上路。我们并不急着去弗吉尼亚。”

罗萨琳怒目瞪着我。屋里一时鸦雀无声，唯有冰块在我们的玻璃杯里摇动轻响。我竟然没有意识到屋里闷热难耐,也没有觉得我的汗腺受到了刺激。我能真真切切地闻到自己身上的体味。我举目看看墙角里的黑圣母,然后目光又回到八月身上。

她放下杯子。我从来没有见过那种颜色的眼睛,最纯净的姜黄色眼睛。

“我也是弗吉尼亚人。”她说。不知什么原因,她的话又激起了刚进屋时流动在我的肢体里的那股电流。“那么,好吧。罗萨琳可以帮五月做做家务,你可以帮助我和扎克养蜂。扎克是我的主要助手,因此我不能支付你们工钱,不过,你们至少有地方住,有饭吃,然后,我们打电话给你姨妈,看她能否寄点车票钱来。”

“我记不确切她的全名。”我说,“我爸爸只是喊她伯尼姨妈;我从来没有见过她。”

“那么,你打算怎么办,孩子,到弗吉尼亚去一家一家挨门挨户打听吗?”

“不是的,夫人,就在里士满打听。”

“我明白了。”八月说。问题是,她真的明白了。她看穿了我的把戏。

那天下午,蒂伯龙上空热浪积聚;最后,终于下了一场雷雨。我、八月和罗萨琳站在毗连厨房后面装着纱门的门廊里,望着暗紫色的乌云压住树冠,狂风肆虐地抽打着树枝。我们在等着雨停,那样八月才能带我们去看蜂房里的新住处。蜂房由院子后面角落里的车库改建而成,与房屋的其他部分一样,油漆成同样热烈的粉红色。

雨雾不时地飘过来,打湿了我们的脸。每一阵雨雾袭来,我都不

愿意抹去脸上的雨水。这样使我眼里的世界看起来如此活泼生动。我禁不住羡慕起暴风雨来，因为它能引起人们的关注。

八月走进厨房，拿着三个烙馅饼的平底铝锅回来了。她把锅递给我们。“走。咱们顶着锅跑过去。至少我们头上不会淋到雨。”

我和八月头上顶着平底锅冲进倾盆大雨。我回头一看，只见罗萨琳把平底锅拿在手里，根本没明白它的用途。

我和八月跑到蜂房后，我们只好挤在门口，等着罗萨琳。罗萨琳不紧不慢地走过来，用平底锅接着雨水，然后又泼出去，像个玩水的孩子。她走在水坑里，仿佛那是波斯地毯似的。当一声惊雷在我们周围炸响时，她抬头看看雨淋淋的天空，张开嘴巴，让雨水落进去。自从那几个人打过她之后，她的脸变得消瘦而疲倦，她的目光变得迟钝，就好像他们将她的眼睛打得全然没了精神。现在，我发现她正在恢复到她从前的模样，就像一个能够经受住任何风吹雨打的女王，仿佛任何东西都无法使她动摇。

她要是能再注意点自己的风度就好了。

蜂房里面很大，放着希奇古怪的酿蜜机具——大水箱、气体燃烧器、木钵、木杆、白色蜂箱，以及堆在架子上的涂了蜡的蜂巢。我的鼻孔几乎浸没在甜蜜的气味里。

罗萨琳身上淌下来的雨水在地上形成了一个大水洼，八月赶紧去拿毛巾。我看见一面墙边摆满了架子，上面放着金属螺盖玻璃瓶。带面网的帽子、工具、蜡烛挂在正门旁的铁钉上，所有东西上面都敷着一层薄薄的蜂蜜。当我走动的时候，觉得鞋底有点黏滞感。

八月将我们领到后面的一间小角房里，里面有一个盥洗槽、一面大镜子、一扇没挂窗帘的窗户，还有两张木架帆布床，床上铺着洁净的白床单。我把旅行包放在第一张帆布床上。

“当我们不分昼夜割蜜时，我和五月有时就睡在这里。”八月说，

"可能会很热,所以你们要开电风扇。"

电风扇搁在沿着后墙置放的一个壁架上。罗萨琳走过去,啪嗒一声打开开关,顿时叶片上的蜘蛛网被吹得满屋子乱飞。她只好拂去吹到她颧骨上的蜘蛛网。

"你需要换上干衣服。"八月对她说。

"我的衣服会自然风干的。"罗萨琳说。说罢,便张开四肢躺在帆布床上,压得床腿都弯了。

"要用卫生间的话,你们得到大屋里去,"八月说,"我们不锁门,只管进来好了。"

罗萨琳的眼睛已经闭上。她已经睡着了,嘴里发出轻轻的喘息声。

八月压低了声音:"她从台阶上摔下来了?"

"是的,夫人,她头朝下跌倒了。在最上面一级台阶上,她的脚被地毯绊了一下,我妈妈也被那块地毯绊倒过。"

编造一个天衣无缝的谎言之秘诀在于不要过多地解释,只要讲一个令人可信的细节就够了。

"好吧,威廉姆斯小姐,明天你就可以开始工作了。"她说。我站在那里,正在疑惑她在对谁说话,威廉姆斯小姐是谁,这时,我猛地想起来,我现在就叫莉莉·威廉姆斯。那是撒谎的另一个秘诀——你必须让你编造的故事始终能够自圆其说。

"扎克要外出一个星期,"她说,"他一家去波利斯岛看他姨妈去了。"

"如果您不介意的话,我想问一下,我将做什么?"

"你将和扎克还有我一起工作,酿蜜,需要做什么就做什么。走,我领你转转去。"

我们走回堆满机具的大屋。她将我领到一排一个一个摞起来的

白色蜂箱前。“这些叫做巢房。”她说，一边将一个蜂箱放在我面前的地上，掀开了盖子。

从外表上看，那蜂箱像一个从梳妆台抽出来的普通的旧抽屉，但里面却是一排挂得整整齐齐的巢框。每个巢框里涂满了蜂蜜，用蜂蜡封好。

她用手指一指。“那边的是起刮刀，我们在那里铲除蜂巢上的蜂蜡。下一道工序是把蜂蜡倒进这边的融蜡机里。”

我跟着她，踏过蜂巢碎片，那是她们的收获，而不是尘埃。她在大屋中央的一个大金属罐前停下脚步。

“这是摇蜜机，”她说，拍拍罐身，仿佛那是一条乖顺的狗，“爬上去看看里面。”

我爬上两级梯子，从罐子边缘往里面看。这时，八月啪嗒一声打开开关，地上的一台旧电动机劈啪劈啪摇晃着发动起来。摇蜜机缓缓启动，就像集市上的棉花糖机一样渐渐加快了速度，直到空气里弥漫着浓郁的蜂蜜香甜味。

“它的作用是分离蜂蜜，”她说，“除去坏的成分，保留好的成分。我一直在想，要是能有这样的摇蜜机来区分人类该有多好。只要把人扔进去，摇蜜机就能区分出好人和坏人来。”

我回头看看她，她那双姜黄色眼睛也正在看着我。我是不是有点多疑了，以为她说到人类的时候，指的就是我？

她关掉电动机，随着一连串滴滴答答的响声，电动机停止了哼哼。弯腰看着摇蜜机上伸出来的褐色管子，她说，“蜂蜜从这根管子流进折流槽，然后流经加热盘，最后流进沉淀槽。那是装蜜口，在那里装桶。你会熟悉工作流程的。”

我对此心存怀疑。我有生以来从未见过这么复杂的事情。

“好了，我想你也像罗萨琳一样需要休息一下了。六点钟吃晚饭。你喜欢吃红薯饼干吗?那是五月的拿手活。”

她走后,我躺在那张空帆布床上,听着大雨打在屋顶上。我仿佛觉得已经旅行了好几个星期,好像在徒步穿越丛林的旅途上,需要不停地躲闪着狮子和老虎,试图到达埋在刚果地下早已消失的钻石城。很巧,那正是我在离家之前,在西尔万听到的最后一次日场音乐会的主题。我觉得我属于这里,我真是这样认为的,然而,在这里与在刚果没什么两样,因为我对这里也很陌生。与黑人妇女一道住在黑人家里,吃她们的饭,睡在她们的床单上——尽管我对此并无反感之意,但是这对于我毕竟是全新的经历,我从来没有觉得我的皮肤这样白。

狄瑞认为黑人妇女不聪明。既然我打算和盘说出真相,也就意味着坦白最残酷的事实,我认为她们可以说是聪明女人,不过,没有我聪明,因为我是白人。我躺在蜂房里的帆布床上,心里想的全是八月是多么聪明,多么有教养,这使我感到吃惊。那使我意识到,我骨子里还是隐藏着某种偏见。

当罗萨琳小憩醒来时,还没等她的头离开枕头抬起来,我便说道,“你喜欢这里吗?”

“我想是的。”她说,扭动着身体想坐起来。“到目前为止。”

“哦,我也喜欢这里,”我说,“所以,我不希望你说出什么话来,把事情弄砸了,行吗?”

她两手交叉放在肚皮上,皱起眉头。“譬如说?”

“不要提我包里的黑圣母画像,好吗?也不要提起我妈妈。”

她抬起胳膊,开始把她松开的辫子编好。“你为什么要保守那个秘密呢?”

我还没来得及梳理我的理由。我想说的是,因为我只想过一段正常人的生活——不是一个寻找母亲的流浪女孩,而是一个在暑假

里访问南卡蒂伯龙的正常女孩。我需要时间赢得八月的喜欢，这样，当她发现了我的所作所为时，也不会赶我走。这些都是我的真实想法，但是，尽管我心里是这样想的，我知道这些想法仍然无法完全解释清楚为什么对八月说起我母亲时，我会如此忐忑不安。

我走过去，开始帮着罗萨琳编辫子。我发现自己双手有点儿发抖。"你告诉我，你什么也不会说。"我说。

"那是你的秘密，"她说，"你爱怎么就怎么好了。"

第二天早晨，我醒得很早，便到外面散步。雨过天晴，太阳在云团后面放出红光。

蜂房后面的松林绵延伸展到四面八方。我依稀能够辨认出隐在远方树下的大约十四只蜂箱，蜂箱顶上的邮票闪着白色的亮光。

头天晚上吃晚饭的时候，八月说她拥有她祖父留给她的二十八英亩土地。在像这样的一个小镇上，一个女孩在二十八英亩土地上可能会迷路哩。她只要打开一扇活动地板门，便可以消失得无影无踪。

阳光钻过一条云隙，从镶着红边的云霞里照射出来。我沿着起自蜂房的一条小路，迎着阳光走进松林。我经过一辆装满园艺工具的手推车。手推车放在一块番茄地旁边，用一根根尼龙软管拴在树桩上。番茄地里夹杂种着橘黄色鱼尾菊和沉甸甸垂向地面的淡紫色唐菖蒲。

我看得出来，三姐妹都很喜爱鸟。林间有一个供鸟儿饮水的池子和很多食皿——挖空的葫芦和成排的大松球触目可见，每个食皿里都涂着花生酱。

在草稀林密的地方，我发现了一堵草草垒起的石墙，尽管高不及膝，却有将近五十码长。石墙蜿蜒环绕着地产，然后突然中断了。看不出这道墙有什么用途。然后，我注意到石块周围的缝隙里塞着很多叠起来的小纸条。我沿着石墙走了一圈，一路上都是这样，数百处这样的小纸条。

我抽出一张打开来，但是字迹被雨水浸泡得模糊难辨。我又抽出一张。*伯明翰，9月15日，四个小天使死了。*

我折好纸条放回原处，觉得自己做错了什么事似的。

我跨过石墙，走进松林，择路穿过长着蓝绿色羽叶的小蕨草，还得当心不要扯破了蜘蛛们辛辛苦苦织了一早晨的图案。我和罗萨琳好像真的发现了消失的钻石城。

走着走着，我开始听见汩汩的流水声。听到流水声，我情不自禁地想去寻找它的源头。我走进松林深处。林木渐密，刺人的灌木直绊腿，但是，我找到了源头，那是一条小河，比我和罗萨琳洗澡的那条河大不了多少。我望着水流蜿蜒而去，不时在河面上平缓地绽开一圈涟漪。

我脱掉鞋子，走进河里。河底都是淤泥，挤过我的脚趾头吧唧吧唧响。一只乌龟就在我眼皮底下从一块岩石上扑通一声跳进水里，差点吓破了我的胆。我说不准还会碰到其他什么尚未看见的生灵——蛇、青蛙、鱼，还有满河的小咬虫。但我已经全然不在乎了。

当我穿上鞋子往回走时，霞光万道，洒满大地。我真希望永远是这样——没有狄瑞，没有加斯顿先生，没有人企图把罗萨琳打得不省人事。只有雨水洗涤过的松林和升起的阳光。

我们暂且想象一下:我们变得很小,可以尾随一只蜜蜂飞进蜂箱里。通常,我们必须适应的第一件事情就是蜂箱里的黑暗……

——《探索群居昆虫的世界》

5

在八月家第一个星期的生活是一种安慰，纯粹是一种如释重负的解脱。这个世界偶然会给你一段这样的时光，短暂的暂停时间；拳击场上暂停的铃声响了，你走向属于你的角落，那里有人在你挨打的生命上怜悯地抚摩着。

整整一个星期，没有人提到我那被认为已在一次拖拉机事故中丧生的父亲，也没有人问起我那久无音信的弗吉尼亚伯尼姨妈。月历姐妹接纳了我们。

她们做的第一件事就是给罗萨琳买衣服。八月爬进她的卡车，直奔艾蒙廉价商店，给罗萨琳买了四条短内裤、一件浅蓝色棉睡袍、三条夏威夷风格的宽松连衣裙，还有一副胸罩，那胸罩结实得足以用于抛掷巨石。

“这可不是慈善捐助，”当八月把这些衣服摊放在饭桌上的时候，罗萨琳说，“我以后会付钱的。”

“你可以用工作来抵付。”八月说。

五月拿着药水和棉球走了进来，开始为罗萨琳清理伤口。

“哪个家伙对你下手这么狠啊，”她说，接着马上哼唱起“噢！苏珊娜”，节奏与上次唱的一样疯快。

六月正在翻看桌上买来的衣服，她猛地抬起头来。“你又唱那首歌了，”她对五月说，“你干吗不出去散散心呢？”

五月把棉球扔在桌子上，离开了屋子。

我看看罗萨琳，她耸耸肩膀。六月一个人清理完罗萨琳的伤口；她不高兴做这事，看她捂嘴掩鼻的样子我就知道。

我溜出去找五月。我要去告诉她，我和你一起从头到尾唱完“噢！苏珊娜”，但是我却找不到她。

是五月教会了我唱蜜蜂歌：

放一只蜂箱在我的坟头，
再让那甘美的蜜汁渗透。
此乃我撒手人寰的时候，
对你们提出的临终请求。
天堂街市何其阳光灿烂，
而我独恋故土难舍蜂蜜。
放一只蜂箱在我的坟头，
再让那甘美的蜜汁渗透。

我喜爱这首歌里蕴涵的质朴稚气。唱起它使我觉得自己又成了一个普通女孩。五月在厨房里揉面或切番茄的时候，常常会唱起这

首歌；八月往蜂蜜瓶上贴标签时，也喜欢哼唱这首歌。它唱出了这里的全部生活。

我们为蜂蜜而活。早晨，我们喝下一勺蜂蜜让我们清醒，夜晚再喝一勺催我们入眠。我们每一餐饭都离不开蜂蜜，蜂蜜平静我们的思绪，增强我们的毅力，而且能够预防致命的疾病。我们涂抹蜂蜜为我们的伤口消毒，或者滋润我们皲裂的嘴唇。在我们使用的沐浴露、润肤霜里，在我们享用的紫莓茶和饼干糕点里，蜂蜜是少不了的。蜂蜜是安全的保证。不到一个星期，我那原先皮包骨头的胳膊和腿都变得圆润丰腴起来，拳曲的头发变成了丝绸般亮泽的波浪。八月说，蜂蜜是诸神的仙馐，是女神的香波。

我跟着八月在蜂房里忙活，而罗萨琳则留在家里帮衬五月料理家务。我学会了使用蒸汽加热刀沿着巢房，割下蜂窝上的蜡帽，然后把它们倒进摇蜜机里。我调节蒸汽发生器下面的火焰，更换八月用于在沉淀槽里过滤蜂蜜的尼龙长统丝袜。我学得很快，她说我是个小精灵。这是她的原话：莉莉，你是个小精灵。

我最喜爱做的事情是将蜂蜡倒进蜡烛模子里。八月做的每根蜡烛要用一磅蜂蜡，在里面压进些许紫罗兰的细碎花瓣，那是我在林子里采集来的。八月的产品邮购业务远及缅因州和佛蒙特州的商店。那里的人们向她订购大量的蜡烛和蜂蜜，她的产品几乎供不应求，其中有为她的特别客户订制的黑圣母牌听装万用蜂蜡。八月说，蜂蜡可以使钓鱼线漂浮在水面，可以使纽扣线更加结实耐久，使家具更加光亮如新，使卡住的窗户活络，使粗糙的皮肤光滑如婴儿小屁股。蜂蜡是一剂神奇的万灵丹。

五月和罗萨琳两人一见如故。五月是个头脑简单的人。我所说的简单并非迟钝，因为她在某些方面很聪明，看起烹饪书来手不释卷。我是说她天真无邪，没有架子，像个大小孩，另外还有一点疯癫。

罗萨琳常说应该送五月进疯人院，不过她还是真喜欢五月。我走进厨房时，会看到她们俩并肩站在水槽前，手里拿着玉米棒子，却不在剥，因为她们在一个劲地说话，或者看见她们将花生酱抹在喂鸟的松果上。

五月爱唱"噢！苏珊娜"的秘密是罗萨琳发现的。她说，如果你说些高兴的事情，五月就有好心境。但是，要是提起不愉快的话题，譬如，罗萨琳头上尽是伤口缝线，或者番茄秧的根烂了，这时五月便会开始哼唱"噢！苏珊娜"。这似乎是她强忍哭泣的偏方。这个偏方对于番茄烂根之类的事情还管用，但是对于其他许多事情就不太灵验了。

有几次，五月哭得惊天动地，一边号啕一边拉扯自己的头发，罗萨琳只好去蜂房把八月喊来。八月会平静地让五月到石墙那里去。让她到石墙那儿去大概是能够使她恢复常态的唯一办法。

五月不许在家里安放老鼠夹，因为连想到老鼠在受折磨她都难以忍受。但是，实在让罗萨琳忍无可忍的是，五月捉到蜘蛛后，竟然把它们放到簸箕里端到屋外。我喜欢五月这样做，因为这使我想起了我那热爱昆虫的母亲。我会去帮五月捕捉长腿蜘蛛，倒不是仅仅因为碾死昆虫可能使五月精神崩溃，而是由于我觉得这样做顺从我母亲的心意。

五月每天早晨一定要吃一根香蕉，而且这根香蕉必须是完美无瑕，绝对不能有一点疤痕。有一天早晨，我看见她一连剥了七根香蕉，才发现一根没有一点疤痕的香蕉。她在厨房里囤积了很多香蕉，一只只石碗里装得满满的；除了蜂蜜以外，这个家里最多的就是香蕉了。每天早晨，五月都要从五根或者更多的香蕉中，寻觅一根称心如意的、瑕疵全无的香蕉，一根不曾在杂货店里被碰伤的香蕉。

罗萨琳做了香蕉布丁、香蕉奶油派、香蕉果冻圈、莴苣叶香蕉

片沙拉，到最后，八月只得对她说，够了够了，把那些讨厌的香蕉扔掉吧。

三姐妹中要数六月最让人难以捉摸。她在黑人高级中学里教授历史和英语。但是，她的真正爱好却是音乐。如果我在蜂房的工作结束得早，我便跑到厨房看五月和罗萨琳做饭，但是实际上，我到那里去为的是听六月拉大提琴。

她为临终的人演奏音乐，到他们的家里，甚至到医院里，奏着小夜曲送他们步入来生。我以前从来没有听说过这种事情，我会坐在桌子前面，呷着甜丝丝的冰茶，思忖着不知这是不是六月鲜有笑容的原因。也许她接触死亡太多了。

我能看得出来，她对让我和罗萨琳留下的主意依然耿耿于怀；我们住在这里是她的一个痛。

一天晚上，我穿过院子到粉红房子的浴室洗澡时，无意中听见她和八月在后门廊上说话。听见她们的说话声，我不由得在一丛绣球花旁停住了脚步。

"你明知她在撒谎。"六月说。

"我知道，"八月说，"但是她们遇到了麻烦，需要有个地方安身。如果我们都不收留她们，那还有谁会收留她们——一个白人女孩和一个黑人妇女？这儿没有人会这样做。"

一时两人谁也没说话。我听见蛾子扑在门廊灯泡上的声音。

六月说："我们收留了一个离家出走的女孩，总不能不让别人知道吧。"

八月转身走到纱门前，向外张望，我往后退了退，躲进更浓的阴影里，后背紧紧贴在墙面上。"让谁知道？"她说，"警察？他们只会把她送到什么地方去。也许她父亲真的死了。如果是这样的话，她暂且和我们住在一起，不比和别人住在一起更好吗？"

“投靠她提到的姨妈怎么样?”

“根本没有什么姨妈,你心里清楚。”八月说。

六月的声音听起来动怒了。“要是她的父亲没有死于所谓的拖拉机事故呢?他难道不会在找她吗?”

接着,说话声停了。我悄悄地挪近门廊边。“六月,我对这事有一种预感。某种感觉告诉我,不要把她送回她不想待的那个地方。至少,现在不能把她送回去。她离家出走想必事出有因。也许是她爸爸虐待她。我相信,我们能帮她一把。”

“那你为什么不直截了当地问她遇到什么麻烦了呢?”

“到时候一切都会明白的,”八月说,“我不想问得太多把她吓走了。等她愿意的时候,她自己会告诉我们的。我们得耐心一些。”

“但是,她是*白人*,八月。”

这是个伟大的新发现——我并不是说我发现自己是个白人,而是我明白了,六月似乎是因为我的肤色才不愿意留我在这里的。我以前不知道还会有这种事情——因为某人是白种人而遭到拒绝。一股热浪流过我的身体。这种感觉就是杰拉尔德所说的“正义的愤慨”。当耶稣掀翻桌子,将行窃的货币兑换商赶出庙宇时,他也产生了“正义的愤慨”。我真想大步走到她们跟前,掀翻桌子,大声说,*对不起,六月·波特莱特,但是你根本不了解我!*

“看看咱们能不能帮帮她。”八月说道,这时六月从我的视线里消失了。“就算我们欠她的好了。”

“我不明白我们欠她什么。”六月说。一扇门啪的响了一声。八月熄了灯,叹了一口气,叹息声流进了黑暗之中。

我走回蜂房,感到羞愧难当,因为八月看穿了我的骗局,但是,同时也觉得一块石头落了地,因为她不打算报警,也不打算送我回去——*至少,现在还没有这个打算*。她说的,*至少,现在还没有这个*

打算。

我主要是对六月的态度怨恨交加。我蹲在树林边草地上，感到两腿之间的小便热乎乎的。我看着小便在泥土地上冲积成小洼坑，臊气直冲夜空。我的小便和六月的小便没有什么不同。当我看着地面上的黑圈圈时，我想到的就是这个。小便就是小便。

每天吃过晚饭之后，我们都坐在她们的小房间里看电视，电视机顶上摆着一盆植物，栽在绘有蜜蜂图案的陶瓷罐里。我们几乎看不见屏幕，因为盆里栽的喜林芋藤蔓垂荡在屏幕上的新闻图像前。

我喜欢沃尔特·克朗凯特的形象，他的黑边眼镜，还有他的嗓音——值得知道的他都知道。显然，他是个爱读书的人。他具有狄瑞所没有的一切品质，这就是沃尔特·克朗凯特，你会喜欢他的。

他向我们播报了发生在奥古斯丁大街上要求取消种族隔离的游行示威，游行队伍受到一群白人的攻击，还有关于白人治安维持会的情况，消防水龙带和催泪瓦斯弹。我们看到了整个过程。三个民权法案工作人员遇害。两枚催泪弹爆炸。三个黑人学生被人持刀追杀。

自从约翰逊总统签署了民权法案，美国人的生活常规似乎就被打乱了。我们看到州长们纷纷在电视上露脸，要求民众“冷静和理智”。八月说，她担心蒂伯龙早晚也会发生我们在电视上看到的情况。

我坐在那里，因为自己是白人而感到发窘，尤其是六月在场的时候，我羞愧难当。

五月一般不看电视，但是，有一天晚上她加入了我们，看到一半

时她便开始哼唱起“噢！苏珊娜”。她生气是因为看到一个名叫雷恩斯的黑人，在佐治亚州被一辆驶过的汽车里的人枪击身亡。电视里播出了他遗孀的镜头，搂着她的孩子们，五月见此突然哭了起来。不用说，仿佛她是一颗拉开盖子的手榴弹，大家都立即站起来，试图使她安静下来，但为时已晚。

五月来回摇晃着身体，拍打着胳膊，抓着自己的脸。她一把扯开上衣，淡黄色的纽扣绷飞了出去，犹如炸开的玉米花。我从来没见过这种情景，真把我给吓坏了。

八月和六月一人拉起五月的一只胳膊，平静地把她领出门去，显然，她们以前就是这样做的。没过多久，我便听见浴缸里放水的声音，我在那个浴缸里用蜜水洗过两次澡。不知是哪个姐妹用一双红袜子套在浴缸的两只支脚上——天知道为什么。我猜想一定是五月干的，她做什么都不需要理由。

我和罗萨琳蹑手蹑脚地走到浴室门口。透过闪开的一条门缝，我们刚好能看见五月坐在微微冒着热气的浴缸里，双手抱住膝盖。六月用手一捧一捧地掬水，慢慢洒在五月的脊背上。现在，她已停止了大哭，只是在轻声抽泣。

八月的声音从门后传来。“这就对了，五月。别去想那些不愉快的事情了。就忘掉它好了。”

❀

每天晚上看完新闻节目后，我们都要跪在客厅里的地毯上，向黑圣母像祷告，或者应该说，是我和三姐妹跪着，而罗萨琳坐在椅子上。八月、六月和五月称圣像为“我们的锁链圣母”，我不明白其中的缘由。

万福马利亚，你充满圣宠！主与你同在。你在妇女中受赞颂……

三姐妹一人拿着一串木珠，在手指间不停地捻动。起初，罗萨琳拒绝参加，但是没过多久她就和我们一起做晚祷了。第一个晚上过后，我就记住了祷告词。那是因为我们一遍一遍地重复相同的内容，因此，我嘴里停止祷告之后很久，脑子里还在自动地不断重复着。

那有点像天主教的祷告词，但是，当我问八月她们是不是天主教徒时，她说，"怎么说呢，也是也不是。我母亲是个虔诚的天主教徒——她每星期要到里士满的圣马利教堂去做两次弥撒，但是，我父亲却是一个折中主义的东正教徒。"

我虽然不知道折中主义的东正教徒属于哪个教派，但我使劲点点头，好像我们西尔万也有很多折中主义的东正教徒似的。

她说，"我和五月、六月传承了我母亲信奉的天主教的一些教义，另外还融合了我们自己的一些内容。我说不准该把它叫做什么，但是它适合我们。"

当我们念了三百遍万福马利亚后，接下来我们又默诵各人的私人祷告，这一部分做得短之又短，因为我们的膝盖快要受不了了。我真不该有什么抱怨，比起跪在玛莎怀特粗砂石上，这实在算不了什么。最后，三姐妹用手从额头往下到肚脐划一道，晚祷便结束了。

一天晚上，当她们做完祷告，大家离开房间，只剩下我和八月两人的时候，她说，"莉莉，你要是请求马利亚帮助的话，她会帮助你的。"

我不知道该如何回答是好，于是，我耸了耸肩膀。

她示意我挨着她坐在旁边的摇椅上。"我想给你讲个故事。"她说，"以前，当我们做家务事厌倦了，或者在生活中我们的心情不好时，我们的母亲常常给我们讲这个故事。"

"我没有厌倦做家务事啊。"我说。

“我知道，但这是个好故事。还是听听吧。”

我坐在椅子上摇来摇去，听着摇椅因之出名的吱吱响声。

“很久以前，在遥远的德国，有一个年轻的修女，名叫比阿特丽克斯，她深爱马利亚。不过，因为当修女必须要做很多的繁杂事务，必须遵守很多规矩，所以，她身心疲惫，不想当修女了。于是，在一个夜晚，她感到这一切再也无法忍受时，便脱下修女袍，叠好摆在她的床上。然后，她爬出修道院的窗户逃跑了。”

原来是这样，我明白下文是什么了。

“她以为她要过上好日子了，”八月说，“但是，对于一个逃跑的修女来说，生活并非像她想象的那般如意。她颠沛流离，茫然不知所措，只好沿街乞讨。过了一段时间，她想重新回到修道院去，但她知道她们再也不会接受她了。”

显然，我们不是在说修女比阿特丽克斯。我们正在说的是关于我的故事。

“那她后来怎么样了？”我问，装作很感兴趣的样子。

“后来，有一天，经过多年的流浪受苦之后，她乔装打扮，回到她以前的修道院，想最后再去看一眼。她走进小礼拜堂，向她旧时的一个姊妹打听，‘你还记得比阿特丽克斯修女吗？就是逃走的那个修女。’‘你在说什么呀？’那个姊妹答道。‘比阿特丽克斯修女没有逃跑啊。她正在祭坛那儿扫地哩。’哦，你可以想象这话使真的比阿特丽克斯感到多么震惊失措。她走到那个正在扫地的女人跟前，看看她的脸，发现那不是别人，正是圣母马利亚。马利亚对比阿特丽克斯笑笑，接着，将她领回原来住的房间，把她的修女袍还给她。莉莉，你瞧，在那漫长的岁月里，一直是圣母马利亚在替她干活。”

当我慢慢停止摇晃椅子时，摇椅的吱吱声不响了。八月到底想说什么？难道圣母马利亚会在我的家乡西尔万顶替我，所以狄瑞没

有发现我离家出走了?即使对于天主教徒来说,这样的故事也过于离奇了。我想她是在告诉我,我知道你是从家里逃出来的——有时候人人都会一时冲动离家出走——但是迟早有一天你会想回家的。只需向圣母马利亚求助就可以回家了。

我找了个借口走了,很高兴离开了被关注的中心。从那以后,我开始请求圣母马利亚的特别帮助——不过,和可怜的比阿特丽克斯修女不同的是,我请求圣母马利亚不要带我回家。不要,我请求她能否让我永远不要回家。我请求她拉起一圈帷幔遮住粉红屋,那样谁也无法发现我们了。我每天都这样祷告着,我相信,心诚则灵。没有人来敲门,把我们抓去蹲监狱。圣母马利亚拉起了帷幔保护我们。

我们在那里度过的第一个星期五的夜晚,做完晚祷以后,落日余晖映染的橘黄色和粉红色晚霞依然挂在天空,我和八月一起去养蜂场。

之前我还没来过养蜂场,因此,八月先给我上了一课,她称之为"蜂场礼仪"。她提醒我说,人生世界实际上就是一个大养蜂场,无论在人生世界还是在养蜂场,相同的规则同样行之有效:不要害怕,热爱生活的蜜蜂并不想蜇你;但是,也别犯傻,长袖和长裤一定要穿。不要打蜜蜂。甚至连打蜜蜂的念头也不要有。如果你感到气恼的话,就吹口哨。生气会激怒蜜蜂,而吹口哨会缓解蜜蜂的脾气。要装作明白自己在做什么的样子,即使你并不明白。最重要的是,对蜜蜂要有爱心。每一个小生命都想得到关爱。

八月被蜇过无数次,已经产生了免疫力。蜜蜂很少伤害她。她说,实际上蜜蜂叮咬能治她的关节炎,但是,我并没有关节炎,所以

我得把自己包裹好。她让我穿上她的一件白色长袖衬衫，然后将一顶白色遮阳帽扣在我头上，整理好面网。

如果这是一个男人世界的话，那么，面网便把扎人的胡子全都掩盖起来了。一切看起来都很轻柔而美妙。当我遮着防蜂面网跟在八月后面行走时，觉得自己宛如浮游在夜空的一朵云彩后面的小月亮。

她在粉红屋周围的树林里分散摆放了四十八个蜂箱，还有二百八十个蜂箱分别安放在各个农场，河边的场地和丘陵沼泽地也都有她的蜂箱。由于蜜蜂可以为农作物授粉，农民们都喜欢她养的蜜蜂。蜜蜂授粉使西瓜瓤更红，黄瓜个头更大。农民们喜欢她的蜜蜂，不肯收钱，但是八月坚持送他们每家五加仑蜂蜜作为报酬。

她开着一辆旧平板卡车，从该县的一头跑到另一头，不断地查看她的蜂箱。她称卡车为"蜂蜜货车"。她开着货车巡查蜜蜂状况。

我看着她往红色手推车上装东西，就是我在后院里见过的那辆红色手推车，装的是巢框，就是那些嵌在蜂箱里让蜜蜂造蜜的板片。

"我们必须确保蜂王有充裕的地方产卵，否则我们就会导致蜂群离巢了。"她说。

"什么叫蜂群离巢啊？"

"是这样，如果一只蜂王和一群具有独立意识的蜜蜂离开蜂箱里的其他蜜蜂，另外寻找地方居住的话，就会产生蜂群离巢现象。它们通常会聚集在某处的一根大树枝上。"

显然，她不喜欢出现蜂群离巢现象。

"因此，"她说道，言归正传了，"我们要做的事情是把积满蜂蜜的巢框取出来，再把空的巢框放进去。"

八月拉着手推车，我跟在后面走，提着装满松针和烟叶的喷烟器。扎克已经在每个蜂箱顶上放了一块砖头，告诉八月该做哪些工

作。如果砖头放在蜂箱前面，表示蜂群快要挤满蜂巢，需要另换一个蜂箱。假使砖头放在后面，便说明存在问题，譬如蜂蜡出蛾了，或者蜂王生病了。要是看见砖头侧面向上，那就是通报蜜蜂阖家幸福，没有雄蜂，只有雌蜂和她的众多女儿们。

八月划了一根火柴，点燃了喷烟器里的干草。我看见她的脸庞被火光照亮了一下，随即又隐没在昏暗的夜色里。她摇晃着喷烟器，往蜂箱里喷烟。她说，烟比镇静剂更加有效。

不过，当八月掀开蜂箱盖子时，成群的蜜蜂一涌而出，像一根根又粗又黑的绳子，继而又细分成若干股，鼓振着小翅膀绕着我们的脸飞舞。当空蜜蜂如雨，正如八月教诲，我把爱心献给了蜜蜂。

她拉出一个巢框，一块爬满了黑色和灰色蜜蜂的帆布，上面积淀着银色的摹拓品。"那就是她，莉莉，看见了吗?"八月说，"那就是蜂王，那只大蜜蜂。"

我行了个屈膝礼，像人们觐见英国女王那样，逗得八月大笑起来。

我想讨她喜欢，那样她就会永远收留我了。如果我能够让她爱我的话，也许她就会忘掉比阿特丽克斯修女回家的故事，让我留下来不走。

当我们步行回家时，天已经黑了，萤火虫在我们的肩头周围飞舞，熠熠闪亮。我隔着窗户看见罗萨琳和五月在洗涮碗碟。

我和八月坐在一株桃金娘旁边的花园折叠椅上，不断飘落的花瓣铺了一地。大提琴的琴声从屋里流涌出来，越涨越高，越涨越高，最后升腾而上脱离了地球，朝着金星浮游而去。

我顿时明白了这种音乐是如何勾出死人灵魂，渡引他们前往来世。我希望六月的琴声能够超度我母亲。

我茫然凝视着毗连后院的那堵石墙。

“那边的墙缝里有纸条。”我说，仿佛八月并不知道这件事。

“对，我知道。那堵墙是五月的。她自己亲手垒的。”

“五月垒的？”我试图想象出五月搅拌水泥，用围裙来回兜运石头的模样。

“她从屋后穿过树林的那条河里运回很多石头。她这堵墙垒了有十年多。”

搬石头——怪不得她的肌肉这么发达。“塞在石缝里的纸条是什么呀？”

“哦，这事说来话长，”八月说，“我想你已经注意到了——五月有些特别。”

“没错，她容易心烦意乱。”我说。

“那是因为五月对待事物的态度与我们不同。”八月伸过手来放在我的臂膀上，“莉莉，当你我听到什么伤心事时，我们会难过一阵子，但不会使我们感到天要塌了。就好比我们在心的周围有一个内置保护层，防止痛苦摧垮我们。但是，五月——她没有这个保护层。她什么事情都会往心里去——所有的愁苦悲痛，仿佛那些都是发生在她自己身上的事情一样。她无法分辨。”

这是否意味着，如果我告诉五月关于狄瑞让我跪砂石堆，他那无数的残忍小刑罚，还有我杀害自己母亲的事情，她听了后会和我有同样的感受？我想知道，当两个人同时感受这些事情时，会发生什么样的结果。那会将痛苦一分为二吗？会减轻所承受的痛苦吗？就像分享某人的喜悦时会使喜悦加倍？

厨房窗户里传出来罗萨琳说话的声音，接着，飞出五月的欢笑

声。此时此刻，五月听上去正常而快乐，我想象不出她怎么会那样——此刻还在欢笑，一转脸又为世人的痛苦而癫狂发病。我最不希望做的就是那种人，但是我也不希望像狄瑞那样，除了他自己的自私生活以外对什么都麻木不仁。我不知道哪一种人更糟糕。

“她生来就那样吗？”我问。

“不是的，当初她是个快乐的孩子。”

“后来发生什么事了？”

八月两眼盯着石墙。“五月有个双胞胎姐姐。我们的妹妹四月。她们两人就像是两个身体一条心似的。我从来没有见过那样的事情。如果四月牙疼，那么，五月的牙龈便会红肿，像四月的症状一样。我们的父亲只用皮带抽打过四月一次，我向你发誓，五月的腿上也出现了伤痕。她们两人形影不离，一刻也不能分开。”

“我们到这里的第一天，五月就告诉我们说，四月死了。”

“就是从那时起，五月开始犯病了。”她说，然后看着我，好像在做决定，是否要继续讲下去。“那可不是一个好听的故事。”

“我的故事也不好听。”我说，她笑了笑。

“四月和五月十一岁那年，她们一人拿着一枚五美分的硬币到店里去买冰淇淋。她们曾经看见白人孩子在店里一边吃蛋筒冰淇淋，一边看漫画书。店主把蛋筒冰淇淋递给她们，却告诉她们必须到外面去吃。四月很犟，说她想看漫画书。她按照自己的想法与那个人争辩，就像她常常同父亲斗嘴一样，最后，那人拽起她的胳膊，把她拖到门口，她的冰淇淋掉到了地上。她一路哭喊着不公平回到了家。我们的父亲是里士满唯一的黑人牙医，他见过的不公平事情太多了。他告诉四月，‘这个世界上没有什么事情是公平的。你现在该懂了吧。’”

我在想，我在十一岁前早就懂得这一点了。我吹了一口气掠过

脸颊，低下头，身体弯得像北斗星。六月的琴声涌了出来，为我们奏起了小夜曲。

“我想大多数孩子也许事情过去就算了，但是四月却对这事耿耿于怀。”八月说，“她对生活丧失了信心，我猜想你也许会这样说。小小年纪，她看见了她以前不曾注意过的事情。她的行为开始有些过激，不肯去上学，什么事情也不想做。在她十三岁时，她便患有可怕的抑郁症，当然，在整个过程中，无论她感觉怎样，五月也有同样的反应。然后，在四月十五岁那年，她拿着我们父亲的手枪，打死了自己。”

我没有料到结果会是那样。我倒吸了一口气，接着抬起手来捂住了嘴。

“我知道，”八月说，“听到这种事情很可怕。”她停顿了一下，“当四月死去时，五月心里的什么东西也随之死去了。从那以后，她从来没有正常过。仿佛世界本身变成了五月的双胞胎姐姐。”

八月的脸融进树阴里。我在椅子里将身体往上坐直，这样我仍然可以看得见她。

“我们的母亲说，她像圣母马利亚一样，胸襟坦荡。母亲精心呵护着她，但母亲去世以后，照顾她的责任就落在了我和六月身上。我们多年来一直设法帮助五月。她看过医生，但是除了把她送进疯人院以外，医生们对她的症状都没有任何办法。于是，我和六月想出了哭墙这个主意。”

“什么墙？”

“哭墙。”她又说了一遍，“就像耶路撒冷的哭墙。犹太人去哭墙哀悼。对于他们来说，这是排遣苦难的一种方式。你瞧，他们把祷文写在纸条上，然后塞进墙缝里。”

“那些纸条是五月放进去的吗？”

八月点点头。“你看见塞在石缝之间的那些纸片，都是五月记下来的事情——是她背负的所有感情重负。似乎这是唯一能帮她的办法。”

我朝着哭墙的方向望去，这会儿在黑暗中看不见哭墙。伯明翰，9月15日，四个小天使死了。

“可怜的五月。”我说。

“是啊，”八月说，“可怜的五月。”我们坐着难过了一会儿，直到蚊子聚拢在我们周围，追随我们进了屋。

在蜂房里，罗萨琳熄了灯躺在帆布床上，电风扇开足了风量呼呼地吹。我脱去外衣，只剩下裤子和无袖套头衫，但还是很热，人懒得动弹。

我心里烦躁，胸口隐隐作痛。我猜度，莫不是狄瑞也在屋子里来回踱步，像我希望的那样觉得痛苦万分。也许他在自省，身为父亲，他待我不好太不应该，但我怀疑他会不会良心发现。他也许更想千方百计加害于我。

我把枕头翻来掉去想凉快些，一边想着五月和她垒的哭墙，想着她怎么会变成那样一个人，离不开像哭墙那样的东西。想到可能塞在那些石缝里的纸片，我觉得心惊肉跳。那堵墙使我想起罗萨琳做菜经常用的血淋淋的肉块。她将肉块翻来覆去深深地切开，塞进带着苦味的野蒜蒜泥。

最令我痛苦的是躺在床上思念母亲。这种事情常常发生；每到深夜，当我放松戒备之心时，几乎总会想念母亲。我在床上辗转反侧，真希望我能和她一起睡觉，闻着她的肌肤香味。我心中疑惑：她是穿着薄薄的尼龙睡衣就寝吗?她头发上夹着小发卡吗?我仿佛看见她靠在床上。我想象着自己爬上床来到她身边,一头钻进她怀里。想到这,我嘴一撇直想哭。我想象着把头贴在她的胸口上,听那心脏搏动的声音。妈妈,我几乎喊出声来。她会低头看着我说道,孩子,妈妈就在你身边。

我听见罗萨琳在床上翻身的声音。"你没睡着?"我说。

"躺在这个火炉上,谁能睡得着?"她说。

我想说,你能睡得着,因为那天我见她在弗罗格莫·斯蒂杂货店兼营餐厅外面也睡着了,那天起码也有这么热。她的额头上还贴着一片新换的创可贴。早些时候,八月把镊子和指甲剪放进锅里,坐在炉子上煮沸消毒,然后拆除了罗萨琳的伤口缝线。

"你的脑袋怎么样了?"

"我的脑袋很正常啊。"她话里有刺,说出来像一根根又小又硬的针尖似的。

"你是疯了还是怎么啦?"

"我为什么要疯啊? 就因为你成天和八月在一起, 我就要在意啊。你爱搭理谁就搭理谁呗,不关我的事。"

我简直不敢相信;罗萨琳好像吃醋了。

"我并没有成天和她在一起。"

"不要太多哦。"她说。

"那么,你想要我怎么样?我和她一起在蜂房里干活。我只好和她在一起呀。"

"那今天晚上呢?你们坐在草坪上也是在工作吗?"

"我们只是随便聊聊。"

"是啊,我知道。"她说,然后转过身去面对着墙,弓起厚实的背,一声不吭了。

“罗萨琳，别这样。八月也许知道一些关于我妈妈的事情。”

她用胳膊肘撑起身子，看着我。“莉莉，你妈不在了，”她轻轻地说，“她不会回来了。”

我一骨碌坐直身子。“你怎么知道她就不可能活在这个小镇上呢？狄瑞也许在撒谎，说她死了，就像他撒谎，说妈妈抛弃了我一样。”

“哦，莉莉。小丫头。你千万别再胡思乱想了。”

“我感觉她就在这里。”我说，“她以前来过这里，我知道。”

“也许她来过这里。我说不准。我只知道，有些事情最好还是顺其自然。”

“你这话什么意思？难道我不应该尽力弄清楚我亲身母亲的事情？”

“要是——”她停住不说了，揉了揉脖子后面，“要是你发现了你不想知道的事情怎么办？”

我听出她的话里分明是说，*你妈妈抛弃了你，莉莉。认命吧*。我真想大声呵斥她是多么愚蠢，但是话到嘴边却哽住了。我开始打起嗝来。

“你认为狄瑞告诉我，她不要我是真的，对不对？”

“我对这一无所知，”罗萨琳说，“我只是不想让你受到伤害。”

我又躺了下来。万籁俱寂中，我的打嗝声在屋子里跳飞反弹。

“屏住呼吸，拍拍头，再揉揉肚子。”罗萨琳说。

我不理她。我终于听见她的呼吸加深，沉沉地睡着了。

我穿上短裤和凉鞋，蹑手蹑脚走到八月填写蜂蜜订单的写字台前。我从便笺簿上撕下一张纸，在上面写下我母亲的名字。黛博拉·欧文斯。

我抬头向窗外看去，知道我只能借着星光行路了。我轻手轻脚地穿过草地，又来到了树林边，向五月的哭墙走去，一路上不停地打嗝。我双手放在石头上，只希望心中不要过分悲痛。

我想让自己的感情得到片刻的放松发泄，放下我心灵的护城河之桥。我把写着母亲名字的纸条塞进一条似乎适合她的墙缝里，把她托付于哭墙。在这个过程中，我不知什么时候停止了打嗝。

我背倚石墙坐在地上，脑袋向后仰，看着满天的星斗，那里面一定夹杂着所有的间谍卫星。也许其中一颗间谍卫星此刻正在拍摄我的照片呢。即使在黑暗中，卫星也能发现我。世上的一切都不安全。我必须谨记这一点。

我开始想到，在狄瑞或者警察找到我们之前，也许我应该想方设法打听到母亲的下落。但是，从何下手呢？我总不能直接拿出黑圣母像让八月看，那样，真相准会毁了一切。说不定她会决定——也许会决定，准保会决定，我没把握——她有责任打电话让狄瑞来领我回家。另外，如果她知道罗萨琳是个真正的逃犯，难道她能不去报警吗？

黑夜似乎像个我必须弄明白的墨水斑点。我坐在那里，仔细打量着夜色，试图透过黑暗看见一抹银色的光亮。

蜂王必须分泌出一些吸引工蜂的物质,而这只能通过直接与她接触才能获得。这种物质显然会在蜂箱里激励工蜂的正常工作行为。这一化学媒介称为"蜂王质"。实验证明，工蜂直接从蜂王身体上获得这种物质。

——《人类与昆虫》

6

第二天早晨，在蜂房里，我被院子里发出的一声巨响惊醒了。我从帆布床上爬起来，发现一个黑人男子正在捣鼓卡车，这是我见过的个子最高的黑人。他弯腰俯在马达上，工具在他脚旁摊了一地。六月把扳手和其他工具递给她，仰脸朝他微笑着。

在厨房里，五月和罗萨琳正在忙着调薄饼面糊。我不太喜欢吃薄饼，但是我并没有说出来。那是薄饼而不是砂石，这我就感激不尽了。在砂石上跪过半辈子后，你吃什么都不会在乎了。

垃圾桶里塞满了香蕉皮，放在上面的电动咖啡机冒着泡泡，涌进小巧的玻璃喷嘴。噗噜，噗噜。我喜欢这声音，也喜欢这味道。

“那个人是谁?”我问道。

“那是尼尔，”五月说，“他爱上了六月。”

“我觉得六月好像也很爱他哦。”

“是啊，但她不承认。”五月说，“她一直在吊那个可怜家伙的胃口，他追求她好多年了，但她既不嫁给他，也不愿让他离开她。”

五月在煎饼浅锅里将面糊滴成一个大大的L形。“这块饼是你的。”她说。L代表莉莉。

罗萨琳布置好餐桌，把蜂蜜放在一碗热水里温热。我把橙汁倒进玻璃果冻杯里。

“六月为什么不肯嫁给他？”我问。

“很久以前，她本来会和另外一个人结婚的，”五月说，“但是，举行婚礼的时候，那人没来。”

我看看罗萨琳，担心这段被人遗弃的爱情悲剧会诱发五月的异常举动，但是，五月在全神贯注地烙着我的薄饼。我突然第一次意识到，三姐妹一个都没结婚，好奇怪哦。待字闺中的三姐妹就这样生活在一起。

我听见罗萨琳发出“唉——”的一声叹息，我知道她想起了自己那令人伤心的丈夫，真希望举行婚礼时他没有来。

“六月决心不再和男人来往，说她永远不嫁人，但她后来遇见了尼尔，当时他来到她工作的学校出任新校长。我不知道他的妻子出了什么事，不过，他来这里以后，就一直孤身一人。他千方百计想让六月嫁给他，但六月就是不肯。我和八月也都没法说服她。”

五月的胸中涌出一声喘息，接着响起了“哦！苏珊娜”。又犯病了。

“天哪，别再唱了。”罗萨琳说。

“对不起，”五月说，“我只是没法控制。”

“那你干吗不去哭墙呢？”我说，拿下她手里的刮板，“没事的。”

“说的对，”罗萨琳对她说，“你想做什么就做什么。”我们隔着纱门张望，看着五月夺路跑过六月和尼尔身边。

过了一会儿，六月进了厨房，尼尔紧跟其后。我担心他的头会碰到门。

“什么事又让五月伤心了？”六月想知道原委。她的目光盯着冰箱底下窜出来的一只蟑螂。“你们没有当着她的面踩蟑螂吧？”

“没有，”我说，“我们甚至都没有看见蟑螂。”

她打开水槽下面的地柜，从后面掏出一罐杀虫剂。我想告诉她我母亲在家里消灭蟑螂的独特方法——用全麦饼干屑和药蜀葵，但是我立即想到，*这是六月，别多事*。

“那是什么事惹她生气了？”六月问道。

因为尼尔在场，我不愿意说出事情的原委，但是，罗萨琳对此却毫无顾忌。“她生气是因为你不愿意嫁给尼尔。”

在此之前，我从来没有想到黑人也会脸红，或者也许是愤怒使六月的脸和耳朵变成了乌梅的颜色。

尼尔大笑起来。“听见了吧。你应该嫁给我，别再惹你妹妹生气了。”

“噢，你滚。”她说着，推了他一把。

“你答应请我吃薄饼的，我还没吃呢。”他说。他穿着牛仔裤和油渍斑斑的汗衫，架着一副牛角框眼镜。他看上去像个非常勤快的机修工。

他微笑着看看我，又朝罗萨琳笑笑。“你是准备把我介绍给她们，还是打算让我蒙在鼓里呢？”

我注意到，如果你仔细观察人们在头五秒钟里看着你眼睛时的眼神，就会发现他们眼睛里流露出转瞬即逝的真实感情。当六月看着我的时候，她的眼神变得冷漠而刻薄。

“这是莉莉和罗萨琳，”她说，“她们在这里小住几天。”

“你从哪里来？”他问我。这是整个南卡罗来纳州人们最普遍的问候语。我们想知道你是不是我们中的一员，想知道你的表兄是否认识我们的表兄，想知道你妹妹是不是和我哥哥同校，想知道你是不是和我们以前的东家去同一个浸信会教堂。我们在寻找能使我们的故事自圆其说的词句。不过,黑人问白人从哪里来倒是件稀罕事,因为问也问不出太大的名堂来,因为黑人和白人的身世不大可能有什么联系。

“斯帕坦堡县。”我说,不得不停顿了一下,回想一下自己之前是怎么说的。

“你呢?”他对罗萨琳说。

她两眼瞪着水槽上方挂在窗户两侧的O形果冻铜模子。“与莉莉同一个地方。”

“什么烧焦了?”六月说。

煎饼浅锅冒烟了。L形薄饼烤成了脆皮。六月从我手中一把夺过刮板,铲起糊渣,倒进垃圾桶里。

“你们打算在这逗留多久?”尼尔问。

六月死盯着我看。等着我的回答。她的嘴唇抿得紧紧的。

“还要住些日子吧。”我答道,眼睛望着垃圾桶。L代表莉莉。

我能感觉得出来他心中的种种疑问,我知道我无法面对那些问题。

“我不饿。”我说,走出了后门。

穿过后门廊时,我听见罗萨琳在问他,“你去登记投票了吗?”

星期天,我以为她们会去教堂,但是,她们没去,她们在粉红屋里举行了一个特别的礼拜仪式,有许多人来参加。这是一个名为“马利亚女儿会”的团体,是八月发起组织的。

十点前,马利亚女儿会的成员开始陆续来到客厅。最先到的是

个名叫奎尼尔的老婆婆和她的成年女儿维奥利特。母女俩衣着相同，都穿着鹅黄色裙子和白色上衣，不过，至少戴的帽子不同。接着来到的是伦尼尔、梅比丽和格蕾茜，她们的帽子格外别致，我从来没有见过。

后来，我发现伦尼尔是个张扬的帽子行家。我说的是那顶紫色的毡帽，有墨西哥阔檐帽那么大，帽子后面装饰着人造水果。这就是伦尼尔戴的帽子。

梅比丽戴的是镶着金色流苏的虎皮帽。但是，那天最惹眼的人要数格蕾茜，她戴着一顶深红色高筒帽，帽子上装饰着黑色面纱和鸵鸟羽毛。

似乎这样还嫌不够，她们还在耳朵上夹着彩色人造钻石耳环，棕色的脸颊上搽着一圈一圈的胭脂。我认为她们真的好美哦。

除了所有的女儿之外，原来马利亚不止耶稣这一个儿子，还有一个名叫奥蒂斯·希尔的男人，他的牙齿又短又硬，身穿一套又肥又大的深蓝色衣服。所以，严格地说，这个小团体应该叫做“马利亚子女会”才对。奥蒂斯是和太太一起来的，人人都称他太太“甜女”。她身穿一袭白裙，戴着绿松石色棉布手套，头上包着祖母绿头巾。

八月和六月没戴帽子，没戴手套，也没戴耳环，与她们相比显得特别寒酸，但是，五月——大好人五月——头戴一顶宝蓝色帽子，帽檐一边翻上，另一边耷下。

八月搬来了一些椅子，面对马利亚木雕圣像摆成一个半圆形。我们全都落座后，她点燃了蜡烛，六月拉起了大提琴。我们齐颂万福马利亚，奎尼尔和维奥利特手里捻着木珠。

八月站起来说道，她非常高兴我和罗萨琳能和她们在一起；然后，她翻开《圣经》念了起来，“马利亚说……你看，今后，世世代代都要称我有福。那些有权能的人为我成就了大事……那些狂傲的人正在心里妄想，就被他赶走了……他叫有权柄的失位，叫卑贱的升高，叫饥饿的得到美食，叫富足的空手回去。”

她将《圣经》放在椅子上，说道，“自从讲过我们的锁链圣母的故事以后，已经有些日子了，因为我们家来了客人，她们从来没有听过我们雕像的故事，我想我们应该把这个故事再讲一遍。”

这时，我开始明白了一件事：八月最爱讲好听的故事。

“说真的，我们大家能再听一遍太好了，”她说，“故事就必须反复地讲，否则，就会慢慢地被遗忘了，到那时，我们连自己是谁都不记得了，也不会记得我们为什么来到这个世上。”

格蕾茜点点头，帽子上的鸵鸟羽毛在空中来回摇摆，让你觉得房间里仿佛真有一只鸵鸟似的。“说得对。就讲讲那个故事吧。”她说。

八月挪了挪椅子，靠近黑圣母雕像，面对着我们坐了下来。当她开始讲故事时，听起来一点也不像是八月在讲，却仿佛有人附在她的身体上讲故事，似乎是来自另一个时空的什么人。在讲故事的过程中，她的眼睛始终看着窗户那个方向，好像她在观看天幕上演出的话剧似的。

“好吧，”她说，“在奴隶时代，当奴隶们挨打，被人当作财产一样对待的时候，他们日日夜夜祷告，盼望着解放。”

“在查理斯顿附近的群岛上，他们到圣所去唱赞美诗，做祷告，每一次都有人会祈求上帝拯救他们。祈求上帝给他们安慰，给他们自由。”

我听得出来，这些开场白她已经重复过成百上千次了，她讲的这些与某些老奶奶口里讲的套路一模一样，老奶奶又是从老老奶奶口里听来的，故事讲得像一首歌，抑扬顿挫的节奏听得我们来回摇晃，听得我们仿佛脱离了现世，仿佛自己也来到了查理斯顿群岛寻

求救赎。

“有一天，”八月说，“有个名叫奥拜迪亚的奴隶正在往船上装砖头，那条船将开往阿力士河的下游。这时，他看见什么东西被冲上了河岸，走近一看，发现是一尊女人木雕像。她的身体用一块整木头雕成，是一个黑人妇女，高举着一只手臂，拳头紧握着。”

讲到这里，八月站起身来，摆出了雕像的姿势。她看上去就和立在那里的雕像一模一样，高举着右臂，握紧拳头。她保持这个姿势站了一会儿，我们坐在那里，像被符咒镇住一样。

“奥拜迪亚从河里捞出雕像，”她接着讲下去，“费了好大劲才把雕像立起来。这时，他想起来他们曾经热切地祈求上帝拯救他们，祈求上帝给他们安慰，给他们自由。奥拜迪亚知道，是上帝送来了这座雕像，但是他却不知道她是谁。”

“他在她面前的烂泥里跪了下来，心里清清楚楚地听见了她说话的声音。她说，‘别害怕。我在这里。从此，我会照顾你们。’”

与修女比阿特丽克斯的故事相比，这个故事要精彩十倍。八月一边讲，一边在屋里来回走动。“奥拜迪亚试图抱起这个被水浸透了的女人——上帝派来眷顾他们的女神，但是她太重了，于是他又去叫来了两个奴隶，他们合力把她抬到圣所，安放在壁炉上。”

“等到下一个礼拜日，人人都听说了河里冲上来一座雕像，还有她对奥拜迪亚说的话。圣所里来了满满一屋子人，有的被挤到门外，有的坐在窗台上。奥拜迪亚告诉他们，他知道她是上帝派来的，但不知道她是谁。”

“他不知道她是谁！”甜女大声插话，打断了故事。接着，所有马利亚的女儿们都激情鼎沸，一遍又一遍地说，“他们谁都不知道。”

我看看罗萨琳，她坐在椅子上身体前倾，和她们一起嚷嚷的样子，差点让我没认出她来。

大家安静下来后，八月说，“当时，年纪最大的奴隶是个名叫珀尔的女人。她走路拄着拐杖，当她说话时，人人都服她。她站起来说道，‘这是耶稣的母亲。’”

“人人都知道耶稣的母亲名叫马利亚。她历尽种种苦难，她坚强，她忠贞，她有慈母心肠。过去，他们戴着锁链由水路被送到岛上，如今上帝将她从同一条河里送到了他们这里。他们认为，她似乎了解他们所受的一切磨难。”

我凝视着雕像，觉得自己心里又疼得肝肠寸断。

“于是，”八月说，“人们喧嚣起舞，拍手欢呼。他们依次一个个走过去，用手触摸她的胸膛，想得到她心中的慰藉。”

“每个礼拜天，他们都来圣所参拜，跳着舞蹈，触摸她的胸膛。最后，他们在她的胸膛上画了一颗红心，这样人们便可以触摸到她的心脏了。”

“我们的圣母使他们的心里充满了勇气，对他们轻声耳语逃跑计划。勇敢一些的奴隶逃跑了，逃往北方，那些没有逃跑的人再也不愿忍气吞声地活下去了。如果他们感到软弱时，只要再去触摸一次她的心脏，便又充满勇气。”

“她的声威日益强大，连奴隶主都知道了。一天，他用马车将她拖走，用锁链将她锁在车库里。但是，没有依靠任何人的帮助，她在夜里逃了出来，回到了圣所。奴隶主将她锁在谷仓五十次之多，她每次都挣脱了锁链跑回圣所。最后，他只得作罢，任她留在圣所。”

房间里安静极了，八月伫立片刻，让人们慢慢地回味着她讲的一切。当她再次说话时，她向两侧伸开双臂。“于是，人们称她为我们的锁链圣母。他们这样称呼她，并不是因为她戴着锁链……”

“并不是因为她戴着锁链。”女儿们齐声颂道。

“他们称她为我们的锁链圣母，是因为她挣脱了锁链。”

六月把大提琴架在两腿之间，奏起了《奇异恩典》，马利亚的女儿们站立起来，和着音乐一起摇晃着，犹如海底的一蓬色彩斑斓的海藻。

我以为这就是故事的大团圆结局了，但是，且慢，六月移步来到钢琴前，丁丁冬冬弹起了根据爵士乐改编的《到各山岭去传扬》。这时八月带头排起了康茄舞的队列。她舞着走到伦尼尔身边，她伸手搭在八月的腰上。格蕾茜再搂着伦尼尔的腰，接着是梅比丽，然后她们绕着屋子转圈子，弄得奎尼尔只好抓住她那深红色的高筒帽。当她们扭回来时，奎尼尔和维奥利特加入了队列，然后甜女也入列了。我心里也想成为其中的一员，但是我只是作壁上观，罗萨琳和奥蒂斯也在看。

六月似乎越弹越快。我往脸上扇风，想透一口气，觉得有点头晕。

当舞蹈结束时，马利亚的女儿们在我们的锁链圣母面前站成半圆形，个个都气喘吁吁的。然后，她们下面的动作让我感到窒息。她们每次一个人，轮流上前触摸雕像上那颗退色的红心。

奎尼尔和她女儿一起走上前去，手掌贴在木雕上抚摩着。伦尼尔把手指按在马利亚的心脏上，然后缓慢地、从容地亲吻着每一个手指，此情此景看得我热泪盈眶。

奥蒂斯把额头贴在心脏上，站在那里的时间比她们任何人都长。从头到心，仿佛正在加满他的空油箱。

当每一个人过来时，六月继续奏乐，最后只剩下我和罗萨琳两人了。五月朝六月点点头，示意她继续弹奏，然后握起罗萨琳的手，把她拽到我们的锁链圣母前面，于是，连罗萨琳也去摸马利亚的心脏了。

我也想去摸摸她那颗正在消失的红心，从来没有过比这更强烈的愿望。当我从椅子上站起身来时，脑袋依然晕乎乎的。我举起一只手，朝黑圣母走过去。但正当我要走到她前面时，六月停止了奏乐。她在一首歌的半当腰停住了，我伸着手被晾在一片寂静之中。

我缩回手，东瞧瞧西看看，好像是隔着火车的厚玻璃窗看风景。我眼前一片模糊，流动着花花绿绿的波浪。我想，**我不是你们中间的一员**。

我感到周身麻木。我想，要是我能越变越小多好啊——直到变成一个无足轻重的小点点。

我听见八月在责骂，"六月，你是怎么回事啊?"但是，她的声音听起来是如此的遥远。

我呼唤着锁链圣母，但是，实际上我也许并没有大声喊出她的名字，只是在内心深处听见我自己的喊声。之后，我便什么都不记得了。她的名字回响着穿过旷野的空间。

当我苏醒过来时，发现自己正躺在八月的床上，床在大厅对面，额头上敷着一块冰冷的毛巾，八月和罗萨琳俯身看着我。罗萨琳撩起裙子，正在为我扇着风，大腿几乎都露出来了。

"你什么时候开始头晕的?"她说，一屁股坐到床沿上，我禁不住一骨碌滚到她身边。她把我搂进怀里。不知为什么，我胸中充满了难以承受的伤感，我使劲强忍着，嚷嚷说我要喝杯水。

"也许是太热了。"八月说，"我要是把电风扇打开就好了。屋里一定有90华氏度。"

"我没事。"我告诉她们，但是说实话，我自己也不知道是怎么回事。

我感到偶然间发现了一个神奇的秘密——人闭上眼睛就可以逃离现实生活，而并不需要真正死去。你只需要昏过去就行。只不过我不知道怎样才能做到这一点，不知道当我需要昏过去时，怎样才能使自己消失。

我的昏厥打断了马利亚女儿们的聚会，还把五月送到了哭墙前。六月已经上楼，回到她自己的房间并锁上了门。这时，马利亚的女儿们都挤在厨房里。

我们将之归咎于闷热。太热了，我们说。闷热促使人们尽做荒唐事。

你们真应该看看那天晚上八月和罗萨琳对我是何等的百般呵护。莉莉，你想喝点根啤吗?要枕羽毛枕头吗?来，喝了这勺蜂蜜。

我们坐在小房间里，我吃了用托盘端来的晚饭。这样用餐是一种特殊待遇。六月还待在她的房间里，任八月在门口怎么喊她也不开门，五月被罚不许看电视，因为今天她在哭墙那儿逗留的时间太长了，她只好待在厨房里剪贴《麦克卡尔》杂志上的菜谱。

克伦凯特在电视上说，美国将发射一个火箭飞行器到月球上去。“7月28日，美国将在佛罗里达州肯尼迪宇航中心发射漫游者七号。”他说。漫游者七号将飞行253665英里之后，才会在月球上着陆。这次登月任务是拍摄月球表面的照片并传回地球。

“哦，我主耶稣，”罗萨琳说，“火箭要上月亮了。”

八月摇摇头。“接下来，他们还要在月球上行走呢。”

当肯尼迪总统宣布我们要送载人飞船登月时，我们都认为他是疯了。当时，西尔万的报纸将这次发射称为“疯月幻影”。我曾剪下这篇文章，贴在教室的时事布告板上。我们都说，人类登月。真棒。

但是，你可千万不能小瞧残酷竞争的力量。我们想打败俄国人——让我们成为世界的中心。现在看来，这一天似乎为时不远了。

八月关了电视机。“我想出去吹吹风。”

我们一起出去散步，罗萨琳和八月挽着我的胳膊，生怕我再跌跟头。

此刻正是天色将黑未黑时，也是我从来不敢偏爱的时刻，因为忧愁系留于空间，在来来往往之间徘徊游移。八月凝视着天空，月亮正在冉冉升起，月亮很大，泛着神秘的银光。

“莉莉，好好看看它，”她说，“因为一会儿你就看不见了。”

“是吗？”

“没错，是的，因为只要人生活在这个地球上，对于我们来说，月亮就始终是一个谜。想想看，她威力强大，引力可以主宰海洋的潮汐，当她落下去后，总是会再回来的。我母亲常常告诉我，我们的圣母居住在月球上，所以，当她的脸明亮照人时，我应该欢乐起舞，当月色暗淡时，我应该蛰伏冬眠。”

八月凝视着天空，看了好久好久，然后扭头转向屋子，说道，“现在，世道再也不会和从前一样了，在人们登上月球，在上面行走之后。研究月球将成为又一个宏大的科研项目。”

我想起了那天夜晚我和罗萨琳露宿河边时做的梦，我梦见月亮裂成了碎片。

八月回到屋里去了，罗萨琳也朝蜂房里的帆布床走去，但是，我还留在那里望着天空发呆，想象着漫游者七号升空飞向月球的情景。

我知道，总有一天四下无人时，我会回到客厅里去触摸圣母的心脏。然后，我会给八月看我母亲的照片，看看月亮会不会裂成碎片，从天空掉下来。

人们为何将蜜蜂与性等同起来？蜜蜂本身并没有过着放纵的性爱生活。蜂箱更近似于修道院，而非花街柳巷。

——《蜂王必死：蜜蜂与人类轶事》

7

每次听见警笛声我便会心惊肉跳。那也许是远处驶过的一辆救护车,或者电视上警车追逐逃犯发出的声音——虚惊一场。我一直提心吊胆,担心狄瑞或者“鞋子”加斯顿先生会驾车而来,终止我神仙般的生活。我们来到八月家已经整整八天了。我不知道黑圣母的帷幔能为我们遮掩多久。

7月13日,星期一早晨,吃过早饭后,我正走回蜂房。突然,我发现车道上停着一辆陌生的黑色福特车。刹那间,我紧张得几乎停止了呼吸,然后我想起来,今天是扎克回来工作的日子。

从今以后我要和八月、扎克一起干活。我并不以此为荣,我不喜欢受人侵扰。

他并不像我想象的那样讨厌。我发现他在屋子里握着一个蜂蜜漏勺,像拿着一个麦克风,嘴里唱着歌,“在蓝莓山上,我找到了心爱的姑娘。”我躲在走廊上悄悄张望,不弄出一点声响来,但是,当他唱起《拉斯维加斯万岁》,并学着猫王的姿势扭动屁股的时候,我不禁笑出声来。

他猛地转过身来，一不小心弄翻了一个巢框，地上顿时一片狼藉。

“我只是在唱唱歌。”他说，好像我以为这是什么新鲜事似的。“哦，你是谁啊？”

“我叫莉莉，”我说，“我和八月她们小住几天。”

“我叫扎克里·泰勒。”他说。

“曾经有个总统叫扎克里·泰勒。”我告诉他。

“是的，我也听说过。”他掏出衬衫里面挂在一条项链上的犬牙坠饰，举到我的眼皮底下，“你看看。扎克里·林肯·泰勒。”然后，他微笑着，我看见他的脸颊一边有个酒窝。这个酒窝使我一直难以忘怀。

他拿来一块毛巾擦地板。“八月告诉过我，说你在这里给我们当帮手，但是她只字未提你是个……白人。”

“是的，我是白人，一点没错。”我说，“我是一个道道地地的白人。”

然而，扎克里·林肯·泰勒身上一块白的地方也没有，就连他的眼白也不完全是白色。他的肩膀很宽，腰身细细的，像大多数黑人男孩一样，留着大平头，但是他的面孔很吸引人，我想不看都不行。如果说他看到我是个白人感到惊讶的话，他的英俊相貌则让我格外震惊。

在我读书的学校里，同学们常常取笑黑人的嘴唇和鼻子。我自己也随大流，觉得这些玩笑很好笑。现在，我真想写一封信到学校去在大会上朗读，告诉他们，我们大家过去都大错特错了。我会说，你们应该看看扎克里·泰勒。

我不知道八月怎么会忘了告诉他我是个白人。她却对我讲了很

多关于他的事情。我知道她是扎克里的教母。他很小的时候，他生父就抛弃了他，他母亲在六月任教的那所学校的餐厅里当女侍。他在一所黑人中学读书，马上要上高二了。他各门成绩都是优，而且是学校橄榄球队的中卫。她说他跑起来快得像一阵风，这也许能成为他去北方某大学念书的砝码。这大大出乎我的意料之外，因为我也许要去上美容学校。

我说："八月到萨特菲尔德农场检查蜂箱去了。她说让我在这里帮你干活。你想安排我做什么活啊？"

"我想，你把那边蜂箱里的一些巢框取出来，再帮我把起刮刀放上去。"

"法兹·多米诺和猫王，你最喜欢谁？"我问道，一边放下第一个巢框。

"迈尔斯·戴维斯。"他说。

"我不知道他是谁。"

"你当然不知道啦。但是，他是世界上最棒的小号手。我要是能吹得像他那样好，要我放弃什么都行。"

"要你放弃橄榄球呢？"

"你怎么知道我打橄榄球啊？"

"我知道的事情多着哩。"我说，朝他微笑着。

"看得出来。"他忍住不对我笑。

我觉得，我们会成为好朋友。

他按下开关，摇蜜机开始转动，渐渐加速。"你怎么会待在这儿的？"

"我和罗萨琳要去弗吉尼亚投奔我姨妈。我爸爸在一起拖拉机事故中死了，我从小就没了母亲，所以，我想去那里找亲戚，以免被送进孤儿院之类的地方。"

"但是,你怎么会在这里的?"

"噢,你指的是八月家啊。我们搭便车来到蒂伯龙,敲开了八月家的门,她便留下了我们。事情就是这样。"

他点了点头,似乎这个回答合情合理。

"你在这里工作多久了?"我问他,很高兴赶紧换个话题。

"一上高中就在这里干活了。在没有橄榄球赛的时候,放学后我就到这里来,每个星期六和暑假都来工作。我用去年挣的工钱买了辆汽车。"

"就是停在那边的福特吗?"

"正是,那是59年产的福特菲尔兰。"他说。

他又按了一下开关,摇蜜机吱吱嘎嘎地停了。"走,我带你去看看。"

车身亮得能映出我的脸庞。我想他一定好几个晚上没睡觉,用内衣擦车。我绕着汽车走了一圈,仔细察看。

"你能教我开车吗?"我问。

"不能用这辆车。"

"那是为什么呀?"

"因为你看上去像个一定会弄坏东西的女孩。"

我向他转过脸,想为自己辩解一番,却发现他在窃笑,又露出了那个酒窝。

"我敢肯定,"他说,"你肯定会把东西弄坏的。"

*

我和扎克每天都在蜂房里一起工作。八月和扎克已经从蜂场提取了大部分蜂蜜,但是,载货托板上还有几摞蜂箱。

我们开启加热盘，让融化的蜂蜡流进白铁管里，然后将巢框倒进摇蜜机里，接着用崭新的尼龙软管过滤蜂蜜。八月喜欢在她的蜂蜜里保留一些花粉，因为花粉对人体有益，所以我们也照着这样做。有时候，我们弄碎一些蜂巢，将它们放进蜂蜜罐里，然后再把蜂蜜装进去。在此之前，我们必须确定它们是新蜂巢，里面没有孵化的蜂卵，因为没有人希望他们食用的蜂蜜中夹杂着蜜蜂幼虫。

不干这些活的时候，我们就把蜂蜡倒进模子里制作蜡烛，或者清洗玻璃瓶。最后，我的双手在清洁剂中泡得像玉米壳一样僵硬。

一天之中我最害怕的就是晚餐时间，因为在那时我必须和六月坐在同一张餐桌上。你也许会以为，为弥留之际的灵魂演奏音乐的人一定是个比较善良的人。我也不明白她为什么那么怨恨我。就算我是个白人，就算我利用了她们的好客之道，这似乎也不足以成为她怨恨我的理由吧。

“莉莉，你的事情进展如何？”每天晚餐时，在饭桌上她都会询问。好像此前她已经在镜子前练习过一样。

我会说，“事情进展还算顺利。六月，你呢？”

六月就会看着八月，八月便好像饶有兴致似的听着我们说话。“还好。”六月会说。

每天晚上演完这段餐桌开场白之后，我们便各自摊好餐巾，在接下来的用餐时间里，都尽量无视对方的存在。我知道八月竭力想弥补六月对我的无礼，但我想对她说，*你以为我和六月·波特莱特相互关心对方的事吗？你就别操那份心了*。

一天晚上，我们做完晚祷后，八月说：“莉莉，如果你想触摸我们圣母的心，你就去吧。六月，是不是啊？”

我连忙朝六月瞥了一眼，她勉强挤出一丝笑容。

“以后再说吧。”我说。

我要告诉你，假如我此时躺在蜂房里的帆布床上奄奄一息，唯一能够救我的办法是让六月回心转意，那么我宁愿死去，直奔天堂。或许该下地狱。我甚至不知道自己该上天堂还是下地狱。

我和扎克在松树下的阴凉处吃饭是最愉快的时刻。五月几乎每天为我们准备的都是大红肠三明治。我们还可以吃上烛台沙拉，就是将半根香蕉竖在一块菠萝片上。“让我来点上你的蜡烛，”她一边说，一边划起一根想象中的火柴。然后，她用牙签将一颗瓶装樱桃插在香蕉尖上，就好像我和扎克还在上幼儿园似的。但是，我们会顺着她的心意，在她点燃香蕉蜡烛的时候，装作非常激动的样子。餐后甜点是她冻在冰格里的酸橙冰块，我们嘎扎嘎扎地嚼得脆响。

有一天吃过午饭后，我们坐在草地上，听着罗萨琳晒在晾衣绳上的床单被风刮得哗哗直响。

“在学校里你最喜欢哪门功课？”扎克问道。

“英语课。”

“我想你一定喜欢写作文。”他转动着眼珠说。

“说真的，我是喜欢写作文。我原来的打算是当一个作家，再利用业余时间教教英语。”

“*原来的打算*？”他说。

“现在，我成了孤儿，我认为自己没有多大前途。”我指的是违反校规的逃学者。鉴于目前这种状况，我不知道自己是否还能重返学校。

他打量着自己的手指。我能闻到他身上刺鼻的汗味。他的衬衫上好几处沾上了蜂蜜，招引来一群苍蝇，他只得不停地挥赶苍蝇。

过了一会儿，他说道，“我也是。”

“你也是*什么*？”

“我也不知道自己会有多大前途。”

“怎么会啊?你又不是孤儿。”

“不错,”他说,“但我是个黑人。”

我觉得很尴尬。“不过,你可以为大学橄榄球队打球,然后做个职业球员。”

“为什么白人总认为我们只能在体育方面获得成功呢？我不想打橄榄球。”他说,“我想当律师。”

“我没什么意见,”我说,有点不高兴,“只是我从来还没有听说过有黑人律师哩。有些事你连听都没听说过,怎么可能想象呢。”

“屁话。人应该去想象从未发生过的事。”

我闭上眼睛。“那好吧,假设有一个黑人律师。你是黑人佩里·马森。人们从全州各个地方来找你,那些被诬告的人们,在最后关头,你在证人席上找出真凶,使案情真相大白。”

“对,”他说,“我会用真相踢得他们屁滚尿流。”他开怀大笑起来,吃过酸橙冰块的舌头绿如青草。

我开始喊他踢人屁股的扎克律师。“哦,瞧,谁来了,踢人屁股的扎克律师。”我会说。

大约也就是在这个时候,罗萨琳开始不停地问我知不知道自己在干什么——试图想让月历姊妹收养自己?她说我正生活在一个梦幻世界里。“梦幻世界”成了她最爱说的口头禅。

我们是生活在一个梦幻世界里。我们假装过着正常的生活,而有人正在追捕逃犯,我们以为能够在这里永远住下去,我认为我能弄清楚一切值得知道的与我母亲有关的情况。

每次当我回嘴说,生活在一个梦幻世界里有什么不好?她就会

说，你该醒·醒了。

一天下午，当我独自一人在蜂房里时，六月溜达着过来找八月。或许这只是她的借口。她双手交叉抱在胸前。“我说，”她说，“你们来这里已经——多久了？两个星期了吧？”

这话还不够明白吗？

“你要是想赶我们走的话，我和罗萨琳马上就走好了，”我说，“我会写信给我姨妈，她会寄车费来。”

她扬了扬眉毛。“我还以为你不记得你姨妈姓什么呢，原来你知道她的姓名和地址啊。”

“实际上，我一直都知道。”我说，“我只是想多待几天再走。”

当我这样说的时候，她脸上的表情似乎温和了一些，但那也许是我一厢情愿的想法吧。

“天哪，怎么会提到你要走的事情？”八月站在走廊里说道。我和六月谁也没有看见她进来。她狠狠地瞪了六月一眼。“在你调整好准备离开之前，莉莉，没有人愿意让你走。”

我站在八月的写字台旁边，玩弄着一叠纸。六月清了清嗓子。“噢，我得回去练琴了。”她说着，一阵风似的出了门。

八月走过来，在写字台后面的椅子上坐下。“莉莉，你有话可以对我说。这你是知道的，对吗？”

见我不回答，她便抓着我的手，一把将我拉到她身边，坐在她的大腿上。她的大腿瘦骨零丁，不像罗萨琳的大腿那般柔软有弹性。

我别无他求，只想把一切对她说清楚拉倒。我想走过去，从帆布床下面拖出我的旅行包，掏出我母亲的遗物。我想拿出黑圣母画像说，这个是我母亲的，与你贴在蜂蜜瓶上的画像一模一样。画像背后写着：南卡罗来纳州蒂伯龙，所以，我知道她一定来过这里。我想拿着她的照片说，你以前见过她吗？别着急，好好想一想。

但是，我还没有用手摸过客厅里黑圣母的心，我至少应该先触摸一下她的心脏，否则，我很害怕说出所有真相。我依偎在八月的胸膛上，放弃了说出心底秘密的愿望，非常害怕她会说，*没有，我这辈子从来没有见过这个女人*。事情就是那样。什么事情也不知道反而更好。

我挣脱她站了起来。“我想我该去厨房帮忙了。”我头也不回地穿过院子。

那天晚上，夜色深沉，蟋蟀在欢唱，罗萨琳鼾声如雷，而我却痛哭了一场。我也说不清楚为什么会哭。我想，大概是因为所发生的一切吧。是因为我不愿意对八月撒谎，她对我太好了。是因为罗萨琳说——我们是生活在梦幻世界里，她的话也许是对的。还因为我非常肯定，圣母马利亚没到桃园去做我的替身，像她顶替比阿特丽克斯那样。

尼尔几乎每天晚上都过来，在门廊上陪在六月身边，而我们其他人都在小房间里看电视剧《亡命天涯》。八月说她希望那个亡命者能够继续追踪下去，抓住那个独臂人，将其绳之以法。

播放广告的时候，我假装去喝水，便悄悄溜到大厅，想听听六月和尼尔在说些什么。

“我希望你能告诉我，为什么不肯嫁给我。”一天晚上，我听见尼尔说。

接着听见六月说，“因为我不能嫁给你。”

“那不是理由。”

“但那是我唯一的理由。”

“听我说，我不可能一辈子等下去。”尼尔说。

我正期待着听到六月对这话的回答呢，这时，尼尔突然走了出来，在我耳朵贴在墙上偷听他们最私密的谈话时，当场发现了我。他看了我片刻，好像打算把我交给六月似的，但是，他砰的一声关上大门走了。

我拼命地逃回小房间，但是还没等抬腿，就听见六月的喉咙里开始发出抽泣的声音了。

一天上午，八月派我和扎克到六英里外的县城去将最后一批蜂箱运回来准备割蜜。我的上帝啊，那天真热，此外，每平方英寸空气里至少有十只蚊虫。

扎克开足了马力，将蜂蜜货车开得飞快，时速大约有三十英里。风吹拂着我的头发，卡车里充满了新刈的青草香味。

路旁落满了新摘的棉花，是从开往蒂伯龙轧棉厂的运棉卡车上吹下来的。扎克说，由于棉籽象鼻虫的原因，今年农夫们棉花种得早，收得也早。公路两旁星罗棋布的棉田，看上去就像一个白雪世界，见此情景，我真希望来一场暴风雪，让万物凉下来。

我做起了白日梦，希望扎克能够停车，因为风雪太大，他看不清道路，我幻想着我们打起了雪仗，用柔软雪白的棉桃互相对掷。我想象着我们用白雪筑起了一个洞穴，抱在一起睡觉取暖，我们的四肢交织在一起，像黑白相间的麻花辫。我们相拥而眠的念头惊得我浑身发抖。我双手交叉插在胳肢窝里，浑身直冒冷汗。

“你没事吧？”扎克问道。

“没事啊，为什么这样问？”

“你在浑身发抖。”

“我没事。我有时候会这样。”

我转过脸，看着车窗外面。窗外什么也没有，唯有一片片田野，偶尔掠过一个摇摇欲坠的木质谷仓或涂得花花绿绿的废弃的旧房子。“还有多远？”我说话的口气好像是嫌旅途很长似的。

“你不舒服还是怎么的？”

我不想回答他的话，而是透过脏乎乎的挡风玻璃盯着外面看。

当我们驶下公路，开上一条坑坑洼洼的泥土路时，扎克说我们到了克莱顿·福里斯特先生的地产上。福里斯特先生将黑圣母牌蜂蜜和用蜂蜡做的蜡烛放在他律师事务所的等候室里，这样可以方便他的当事人购买蜂蜜和蜡烛。扎克的一部分工作是将新产的蜂蜜和蜡烛运送到代售点。

“福里斯特先生允许我在他的律师事务所里随便走动。”他说。

“哦。”

“他跟我讲他胜诉的案子。”

我们的卡车开进了一条车辙，我们从座位上一下子弹了起来，脑袋重重地撞到卡车顶棚上，不知何故，这使我的情绪来了个一百八十度的大转弯。我开始大笑起来，仿佛有人抓住我，使劲挠我的胳肢窝似的。我的头不断地撞到车厢顶上，我也笑得越来越厉害。到最后，我好像笑疯了一样。我狂笑的架势就像五月大哭的情形一样。

起初，扎克把车子朝车辙里开只是想听到我的笑声，但是，到后来他变得紧张起来，因为我似乎笑得停不下来了。他清了清嗓子，放慢了车速，直到不再颠簸为止。

最后，那种感觉消失了，说不清是什么感觉。我想起了那天在马利亚女儿们聚会上昏厥时的愉悦，想到此时我是多么希望就在卡车里再昏厥一次啊。我是多么羡慕乌龟的硬壳啊，它们可以随心所欲地消失在里面。

我感觉到了扎克的呼吸，他的衬衫向上拉到胸口，一只胳膊垂放在方向盘上。那只胳膊结实而黝黑。他的皮肤凝聚着神秘的色彩。

有些想法是十分愚蠢的，比如，认为某些事情是不可能发生的，哪怕是被黑人所吸引这样的事。以前我的确认为这种事情是不可能发生的，就像水不可能往高处流，盐不可能变成糖一样。这是自然法则。也许事情很简单，我只不过是被自己所不具备的特质吸引罢了。也许是人们愉悦时产生的欲望，而根本不在乎我们生死相依的法则。扎克说过，*你应该想象从未发生过的事情*。

他把蜂蜜货车停在隐于密林间的二十个蜂箱群旁边，浓密的树林夏日里为蜜蜂遮阴，冬月里为蜜蜂挡风。蜜蜂比我想象的更加娇气。无论是小昆虫，或是杀虫剂，或是恶劣天气，都有可能使蜜蜂遭受灭顶之灾。

他下了车，从卡车后面拖出一大堆设备——头盔、备用蜂箱、新巢框，还有喷烟桶。他把喷烟桶递给我，让我点燃。我穿过樟脑草和野杜鹃，踏过火蚁冢，摇晃着喷烟桶，扎克忙着掀开蜂箱上的盖子，伸头朝里看，看有没有贮满蜂蜜的巢框。

他的举动给人的印象是，他是一个真心喜爱蜜蜂的人。我简直不敢相信，他竟会那样的温和，那般的仁慈。他搬出来的巢框中有一个渗出了梅子颜色的蜂蜜。

"是紫色的!"我说。

"当天气变得炎热，花朵凋谢时，蜜蜂便开始吮吸接骨木的花粉。酿出来的便是紫色的蜂蜜。紫色蜂蜜要两美元一瓶。"

他把手指浸到蜂窝里蘸蘸，然后撩起我的面网，将手指伸近我的嘴唇。我张开嘴，让他的手指伸进去，咂得干干净净。他的嘴唇上浮起最纯净的微笑，一股暖流涌上我的身体。他向我伏下身子。我希

望他撩起我的面网吻我，而且从他凝视我的眼睛的眼神我也看得出来，他也想吻我。我们就这样无言相对，蜜蜂绕着我们的头顶团团飞舞，发出烤咸肉般的嗞嗞声，此刻，这声音里不再蕴藏着危险。我意识到，危险是可以慢慢习惯的。

但是，他没有吻我，而是转身走向另一个蜂箱，继续他的工作。喷烟桶灭了。我跟在他身后，两个人谁也没有说话。我们把贮满蜂蜜的蜂箱摞在卡车上，嘴巴像贴了封条，两人都一声不吭，直到我们重又坐到蜂蜜卡车上，经过县界标志牌。

蒂伯龙，人口：6502
威利弗雷德·马尚的故乡

“威利弗雷德·马尚是谁啊？”我说，急切想打破沉默，让一切恢复常态。

“你是说，你从来没有听说过威利弗雷德·马尚？”他说，“她是一个举世闻名的作家，写过三本关于南卡罗来纳州落叶乔木的书，都得了普利策奖。”

我咯咯笑了起来。“她的书没有得过普利策奖。”

“你最好给我闭嘴，因为在蒂伯龙，威利弗雷德·马尚写的书和《圣经》一样重要。我们每年都庆祝威利弗雷德·马尚节，所有学校都举行植树仪式。她总是来参加活动，头戴一顶大草帽，提着一篮玫瑰花瓣，向孩子们撒花瓣。”

“没这回事。”我说。

“噢，没错，威利小姐异常神秘。”

“我想，落叶乔木是个有趣的题材。但是，如果换了我，我情愿写以人为主题的作品。”

“哦，对了，”他说，“你打算将来当一个作家。你将与威利小姐齐名。”

“你好像不相信我能当作家似的。”

“我可没有那样说啊。”

“你就是那个意思。”

“你在说些什么呀?我没有那个意思。”

我扭过头去，专心致志地看着车窗外面的景色。共济会会所、热门二手车、燧石轮胎商店。

扎克在迪克西咖啡馆旁边的停车标志前停下车来，这家咖啡馆实际上就坐落在三县牲畜公司的前院内。不知什么原因，这使我感到很恼火。我闹不明白的是，人们闻着母牛的臊味，一日三餐怎么能够吃得下去。我想对着窗外大声喊，“你们为什么不另外找个地方吃该死的早餐呀?这里的空气里有牛粪味!”

人们安于闻着牛粪味吃早餐的生活方式让我感到恶心。我觉得满眼刺痛。

扎克驱车过了十字路口。我能感觉到他看穿了我的心思。“你在生我的气?”他说。

我想说，*是的，我怎么能不生气，因为你认为我永远成不了大器*。然而，我嘴里说出来的话却言不由衷，真是蠢得丢人。“我永远不会向任何人撒玫瑰花瓣。”我说，然后，我不禁放声大哭起来，就像一个行将淹死的人，大口吸着气，发出急促的呼吸声。

扎克把车停到路边，连声说道，“天哪!你怎么啦?”他一只胳膊搂住我，把我从座位上拉到他身边。

我原以为自己痛哭全都是因为我那没有指望的前途，也就是亨利夫人鼓励我相信的那个前途。她经常找书给我看，给我开列暑假阅读书目，大谈争取获得哥伦比亚大学奖学金的问题。但是，此刻坐

在扎克身边，我知道自己哭是因为他有一个我喜爱的酒窝，因为我每一次看着他的时候，我便感到有一种火热而奇特的感觉在我的腰际和膝盖之间循环，因为我一直在努力做一个保持自我的正常女孩，而我知道我已经捅破了窗户纸进入了一个绝望的境地。我意识到，我是在为扎克而哭。

我把头靠在他的肩膀上，不知道他怎么能够受得了我的举动。在短暂的一个上午，我丑态百出：神经质的大笑、藏而不露的性欲、卑鄙的行为、歇斯底里的大哭。如果说我试图让他看到我身上最丑陋的东西的话，我今天的表现可以说是淋漓尽致了。

他紧紧地拥抱了我一下，挨近我的头发对我说，“一切都会好的。总有一天你会成为一个优秀作家的。”我看见他朝我们的车后瞥了一眼，然后又看了看马路。“好了，回到你自己的座位上去吧，把脸擦一擦。”他说，递给我一块散发着汽油味的擦地板的抹布。

当我们回到蜂房时，大家都不在，只有罗萨琳在收拾她的衣服，准备搬到五月的房间去。我才出去了短短两个小时，我们整个的生活安排已经发生了翻天覆地的变化。

“你怎么要住到那里去？”我问她。

“因为五月夜里一个人睡觉害怕。”

罗萨琳将睡在临时现加的一张双人床上，五月梳妆台最底下的一个抽屉给她放衣服，卫生间就在旁边。

“我简直不敢相信你居然要把我一个人扔在这儿！”我大声嚷嚷着。扎克抓起手推车，飞快地推到外面，开始卸下蜂蜜卡车上的蜂箱。我认为，他已经受够了女人情绪的折磨。

“我不是要扔下你。我只是想睡到床垫上罢了。”她边说边把她的牙刷和红玫瑰牌烟草装进口袋里。

我双臂交叉放在衣襟前面，因为一直哭个不停，衣服上依然湿乎乎的。“那好吧，你走好了，我不在乎。”

“莉莉，那张帆布床对我的背不好。也许你没注意到，那床腿都被压弯了。我要是再在上面睡一个星期的话，床就要彻底塌了。没有我，你也能过。”

我的胸口一阵紧缩。没有她，我也能过。她疯了吗？

“我不想从梦幻世界里醒来。”我说，一句话还没说完，我的嗓子就嘶哑了，话在嘴里变得含混不清。

她坐到帆布床上。现在，我怒火中烧，非常讨厌那张帆布床，因为是它把罗萨琳赶到五月的房间去的。罗萨琳把我拉到她身边。“我知道你不想醒来，但是当你醒来时，我会在这儿的。我只是要睡到五月的房间里去，不过，我不会到其他地方去的。”

她像过去一样拍拍我的膝头。她轻轻拍着，我们两人什么话也不说。现在，我觉得仿佛我们又回到警车里，向监狱驶去。似乎没有她那只轻轻拍着的手，我便不存在一样。

当罗萨琳拿着她仅有的几件东西朝粉红屋走去时，我也跟她去了，想看看她的新居是什么样。我们走上台阶，来到装着纱门的门廊上。八月坐在门廊上用两条铁链从天花板上垂下来的吊床上。她来回荡着，趁着工间休息喝杯橙汁，看会儿她从流动图书馆借来的新书。我一扭头看见了书名。《简·爱》。

五月在门廊的另一头，在操作洗衣机脱水器的橡胶滚筒绞干衣

服。那是一台崭新的粉红色楷模夫人洗衣机，因为厨房里没有地方了，于是她们就把洗衣机放在门廊上。在电视广告里，使用楷模夫人洗衣机的女人身穿睡衣，看起来一副享受生活的样子。五月却看起来又热又累。罗萨琳拿着东西经过时，她笑了笑。

“罗萨琳搬过来住，你觉得好吗？”八月问，把书支在她的腹部。她呷了一口橙汁，然后用手抹了抹玻璃杯上冰凉的水气，再把手掌按在脖子前面。

“我想是的。”

“罗萨琳在这里，五月会睡得好一些。”她说，“对不对，五月？”我瞥了五月一眼，但是因为洗衣机的响声，她似乎没有听见。

我突然感到，我不想跟罗萨琳进去看她把衣服塞进五月的梳妆台抽屉里。我看着八月的书。

“你在看什么书？”我问，以为我只是随便问问罢了，但是，天哪，我错了。

“这本书讲的是一个女孩，她很小的时候母亲就死了。”她说。然后她看着我，那神情使我感到很不舒服，就像她给我讲比阿特丽克斯的故事时那种感觉一样。

“后来那女孩怎么样了？”我问，尽力保持声音平静。

“我刚开始看，”她说，“才看到她感到茫然忧伤。”

我转过脸，看着外面的园子，六月和尼尔正在采摘番茄。我聚精会神地看着他们，洗衣机的转动曲柄发出尖厉的响声。我能听见衣服掉进滚筒后缸里的声音。她知道了，我想。*她知道我的身世了*。

我伸开双臂，仿佛是在推开一堵堵看不见的空气墙，我低下头，看见了地面上映着我的影子，一个瘦骨嶙峋的女孩，头发湿漉漉、乱蓬蓬的，她的手臂伸开，手掌立起，好像试图阻止来自两个方向的交通车辆。我真想俯下身去吻她，她是那么弱小，神情却是那么坚定。

当我回眸再向八月的时候，她依然在看着我，仿佛她在期待我能说些什么。

“哦，我想我要去参观罗萨琳的新床了。”我说。

八月拿起她的书，事情就过去了。难关已过，以为她知道我是谁的感觉也消失了。我的意思是说，那种感觉毫无道理：八月·波特莱特怎么会知道我的底细呢？

大约就在这时，六月和尼尔在番茄地里开始发生了激烈争吵。六月大声嚷嚷着什么，尼尔也不甘示弱地高声回嘴。

“唉。”八月说。她放下书，站起身来。

“你为什么就不能不提这事？”六月大声说道，“你为什么总是老话重提？请你牢牢记住：我不会嫁给你。昨天不嫁，今天不嫁，明年也不嫁！”

“你怕什么呀？”尼尔说。

“告诉你吧，我天不怕地不怕，什么也不怕。”

“噢，那么说，你是我见过的最自私的婊子。”他说，抬腿朝他的汽车走去。

“噢，我的天哪！”八月低声说道。

“你竟敢这样骂我！”六月说，“你给我回来！你别走，我还没说完呢！”

尼尔径自继续往前走，连头也没回一下。我注意到，扎克停止了往手推车上装蜂箱，在静静地观看，他摇摇头，仿佛不敢相信他又在亲眼目睹一幕最丑恶的人性大曝光。

“如果你现在走了，就别想再回来！”她吼道。

尼尔钻进汽车。突然间，六月朝汽车跑过去，手里抓着番茄。她身体朝后一仰，扔出一只番茄，啪嗒！正打中挡风玻璃。第二只番茄打在汽车门把上。

“你别回来！”她喊道，尼尔驱车而去。地上留下一溜番茄汁。

五月跌坐在地上，大声痛哭，好像内心受到了极大的伤害，我仿佛能够看得见她肋骨下面柔软鲜红的伤口。我和八月把她搀扶到哭墙旁，她又在纸片上写下六月和尼尔的名字，然后塞进石缝里。

*

那天剩下的时间里，我和扎克忙着处理我们运来的蜂箱。蜂箱堆了六层高，整个蜂房里就像是筑起了一个微型天际线。八月说，蜂房就像一座蜜蜂城。

整个提炼蜂蜜的过程中，我们要经过十二道工序——从起刮刀到装瓶槽。八月不喜欢让她的蜂蜜放得太久，因为那样香味会流失。她说，我们必须在两天内完工。就是这样。至少我们不需要把蜂蜜储存在特别的温室里，以免蜂蜜产生结晶现象，因为我们的每一个房间都是温室。有时候，南卡罗来纳州的炎热对某些事情还有益处呢。

正当我以为一天的工作已经完成，可以去吃晚饭，掐着念珠做晚祷时，错了，我们的工作才刚刚开始哩。八月吩咐我们把空蜂箱装车运到树林里，那样可以引来蜜蜂，把他们清理得干干净净。她冬天存放蜂箱时，必须先让蜜蜂把蜂巢里残留的蜂蜜吸吮得一干二净。她说那是因为残蜜容易招引蟑螂。但是，实际上，我知道那是因为她喜欢为她的蜜蜂举办一次小型年终晚会，看着它们飞落到蜂箱上，就像是发现了蜜蜂天堂。

在我们工作的整个过程中，我惊讶地发现，恋爱中的人们是多么糊涂。譬如，我自己就是个典型。每小时六十分钟里，我有四十分钟似乎都在想着扎克。扎克，这是不可能的事。那是我对自己说过无数次的话：不可能。我可以如实告诉你：这三个字是投掷在爱情火焰上的一根又粗又大的木柴。

*

那天夜晚，一个人睡在蜂房里觉得怪怪的。我思念起罗萨琳的鼾声，就像你在习惯了枕涛而眠以后，会思念大海的波涛声一样。我以前没有意识到，她的鼾声对于我是何等的安慰。寂静、诡异而轻柔地哼哼着，几乎要撕裂我的耳膜。

我不知道是因为内心的空虚，加上令人窒息的闷热，还是因为刚刚才九点钟，尽管我累了一天，但还是难以入睡。我剥去上衣和内裤，躺在汗津津的床单上。我喜欢赤身裸体的感觉。躺在床单上，那是一种光滑陶醉的感觉，一种身心释然的感觉。

然后，我在想象中听见一辆汽车开上了车道。我想象着是扎克来了，想到他在深夜里就在蜂房外面，我的呼吸不禁急促起来。

我爬起来，穿过黑暗的空间摸到墙上的镜子前。珍珠白的亮光透过洞开的窗户在我身后泻了一地，贴近我的皮肤，在我周围晕成一个真正的光环，不仅在我的头部，连我的肩膀，我的肋骨和大腿都笼罩在光环里。虽然我是最不配笼罩在光环里的凡人，但是，我还是仔细打量着沐浴在光环里的自己。我双手托起乳房，打量着粉红略带褐色的乳头，纤细的腰，以及每一条柔和润泽的曲线。我第一次感觉到自己不再是个瘦弱的黄毛丫头了。

我闭上了眼睛，充满渴望的气球终于在我胸中爆裂了。当气球爆裂时，那种感觉你是不会知道的——我一会儿梦见扎克，一会儿又渴望梦见我母亲，想象着她在呼唤我的名字，对我说：*莉莉，孩子。你是我的花蕾*。

当我转身看向窗外时，那儿空无一人。一切都是我的幻想。

我们努力工作，收完了所有的蜂蜜。两天后，扎克拿着一个最漂亮的笔记本——绿色的封面上印着玫瑰花蕾——来了。我从粉红屋里出来时碰见了他。“这是送给你的，”他说，“你可以开始写作了。”

就是在那一刻，我明白了，我再也找不到比扎克里·泰勒更好的朋友了。我伸出双臂搂住他，一头扎进他的怀里。他发出一声类似“哇”的惊叹，片刻之后，他的胳膊便抱住了我，我们就那样相互拥抱着，那是真正的拥抱。他的双手在我后背上下抚摸，最后我几乎要晕过去了。

最后，他松开我的胳膊说，“莉莉，我喜欢你胜过我认识的所有女孩子，但是，你必须明白，像我这样的黑人男孩，即使看一眼像你这样的女孩子，都会招来杀身之祸的。”

我情不自禁地抚摸起他的脸，抚摸着那个长着酒窝的地方。“我很抱歉。”我说。

“是啊。我也是。”他说。

数日来，我无论去哪里都随身带着那个笔记本。我不停地写着。我虚构了一个故事，说罗萨琳的体重减轻了八十五磅，看上去时髦整洁，没有人认出她是警察追捕的逃犯。还有一个故事是描写八月的，她开着流动蜂蜜货车到处跑，类似于流动图书馆，只不过她分发的不是书，而是成瓶的蜂蜜。然而，我最喜爱的故事是，扎克当上了踢人屁股的律师，而且像珀里·梅森一样在电视上主持自己的节目。有一天吃午饭的时候，我把这个故事念给他听，他听得比孩子还认真。

他只说了一句“让位吧，威利弗雷德·马尚”。

蜜蜂不仅依赖与蜂群的身体接触，而且需要蜂群的社交友谊和支持。若将一只蜜蜂与她的姐妹们分开，她很快就会死亡。

——《蜂王必死：蜜蜂与人类轶事》

8

在蜂房里，八月把挂在她写字台旁边墙上年历上的7月那一页撕了下来。我想告诉她，准确地说，7月还有5天没过完哩，但是，我想她是知道的。事情很简单，她只是巴望7月快点结束，那样她就可以开始进入8月，专门属于她的月份。就像6月是六月的月份，5月属于五月一样。

八月曾对我讲过，她们小时候，当她们的专属月份到来时，她们的母亲会免除她们的家务活，让她们吃最爱吃的食物，哪怕对牙齿有害也没有关系；晚上可以晚睡整整一小时，随她们的心愿，想做什么就做什么。八月说，她的心愿就是读书，所以整整一个月，在她的妹妹们上床睡觉以后，她都会支着腿坐在安静的客厅沙发上读书。听八月的口气，那段时间是她少女时期的华彩乐章。

听了她这番话以后，我花了很长时间，思考着自己想以哪个月份起个名字。我选择了十月，因为十月是个气候适宜的黄金季节，那么，我的姓名首字母便是O.O.，代表十月·欧文斯，这会交织成为一个有趣的字母图案。我想象着在十月的整整一个月里，我每天早餐都可以吃到三层夹心巧克力蛋糕，在平常就寝时间之后的一小时里，写作高质量的小说和诗歌。

我朝八月看去，她站在写字台旁边，手里拿着撕下来的7月份月历。她一袭白裙，腰间系着一条水绿色的丝巾，与我第一天来到这里时看见她的装束一样。系着那条丝巾别无他意，只是为了增加一丝优雅飘逸而已。她哼起她们的蜜蜂歌：*放一只蜂箱在我的坟头，再让那甘美的蜜汁渗透*。我想，她一定有个非常优雅的好母亲。

"来，莉莉，"她说，"我们要把这些蜂蜜瓶子都贴上商标，就我们俩来贴吧。"

那天，扎克一整天都在忙着把八月的蜂蜜送到全镇各个代销点，同时将前一个月的货款收回来。扎克称之为"蜜钱"。尽管采蜜旺季已经过去，但是仍然还有蜜蜂出来寻花，忙着它们的工作。(你是很难让蜜蜂停止工作的，如果你试过就会知道。)扎克说，八月的蜂蜜卖五毛钱一磅。我猜想，她靠蜂蜜一定赚了很多钱。我闹不明白的是，她为什么不住在别处某幢惹眼的粉红公寓里。

在等待八月打开装着刚运到的黑圣母商标的箱子时，我仔细察看起一个蜂箱来。人们没有意识到蜜蜂是多么的聪明，甚至比海豚还聪明。蜜蜂精通几何学，筑成一排又一排无可挑剔的六角形，那角度非常精确，你都会以为它们是用尺子量过的。它们吮吸普通的花朵汁液，将之变成世界上人人都爱浇到饼干上的蜂蜜。我亲眼目睹了大约有五万只蜜蜂，用了整整十五分钟时间去寻找八月留下来让它们清理的那些空蜂箱，接着又用蜜蜂的某种高级语言将这个发现告诉同伴们。但是，我观察到的最重要的一点是，蜜蜂工作得非常勤劳，简直到了不顾性命的程度。有时候，你真想对它们说，*放松一点，休息一会儿吧，你们应该休息*。

当八月伸手到箱子里拿商标时，我端详了一下回信地址：明尼苏达州圣保罗45号信箱，圣母修道院礼品商店。接着，她从写字台抽屉里掏出一个鼓鼓的信封，倒出几十个不同的，小一些的商标，商标上印着：南卡罗来纳州蒂伯龙——黑圣母牌蜂蜜。

我的工作是用一块湿海绵将两种商标的背面都润湿，然后递给八月贴在蜂蜜瓶上，但是我怔了一会儿，凝视着黑圣母的画像，这张黏到我母亲那块小木板上的画像，我不知仔细端详过多少回了。我十分羡慕包在她头上的那条奇妙的金色头巾，头巾上还装饰着红色的星星。她的目光神秘而慈祥，她的皮肤是深褐色，很有光泽，比烤面包还黑，看上去有点像涂了黄油似的。每当想到我母亲也曾经凝视过这同一幅画像，我心里就会怦怦直跳。

我不愿去想象，如果那天在弗罗格莫·斯迪杂货店兼餐饮部，我没有看见黑圣母画像的话，我的归宿会在哪里。也许会睡遍了南卡罗来纳的所有河堤，也许会与母牛同饮一池水。也许会在楝树丛后面小便，希望享受使用手纸的惬意。

"我希望你不要误会我的意思，"我说，"但是，在我看见这幅画像之前，我从来没有想到圣母马利亚是黑人。"

"黑面马利亚并不像你认为的那样罕见。"八月说，"在欧洲，像法国和西班牙那些地方，有上百种黑圣母像哩。我们贴在蜂蜜瓶上的黑圣母十分古老。她是波希米亚的布雷兹尼卡黑圣母。"

"你是怎么知道这一切的？"我问道。

她停下手头的工作，面带微笑，仿佛这个话题勾起了一段甜蜜而淡忘的回忆。"我想这得从我母亲的祈祷卡说起。我母亲有收藏祈祷卡的习惯。那时，虔诚的天主教徒都有这个习惯——你知道，就是那些画有圣徒画像的卡片。她会和别人交换祈祷卡，就像小男孩互换棒球球星卡一样。"说到这里，八月禁不住放声大笑起来，"我敢打赌，她有一打黑圣母卡。我常常喜欢摆弄她的卡片，尤其是黑圣母卡。上学后，我如饥似渴地阅读了一切能弄到的有关黑圣母的资料。那就是我为什么了解波希米亚的布雷兹尼卡黑圣母的原因。”

我试图说出“布雷兹尼卡”这个词，但发音总是不准。“嗨，我不会念她的名字，但是我喜爱她的画像。”我润湿了商标背面，看着八月将商标贴在瓶子上，然后，她又把第二个商标贴在它下面，这个活计她好像已经做过一万遍似的。

“莉莉，别的你还喜欢什么？”

以前从来没有人问过我这个问题。我喜欢什么？我想脱口而出，说我喜欢母亲的照片，照片上的母亲倚在汽车上，她的头发看上去就像我的头发一样，还有她的手套，她那未署名的黑圣母画像。但是，我不得不把到嘴边的话咽回去。

我说，“哦，我喜欢罗萨琳，我还喜欢写小说和诗歌——只要给我一些写作素材，我便乐此不疲地写作。”过后，我真得好好想一想——别的我还喜欢什么？

我说，“说到这事可能有点犯傻，但是，放学后，我喜欢喝可口可乐，并把椒盐花生米倒到瓶子里。喝完吃光以后，我喜欢把瓶底翻过来，看看产地。”有一次，我喝的可乐是麻省生产的，我将此作为一个贡品收藏着，想看看生活里的有些东西到底能保留多久。

“我喜欢蓝色——真正的宝蓝色，就像五月在马利亚女儿们聚会时戴的那顶帽子的颜色。自从来到这里以后，我学会了喜欢蜜蜂和蜂蜜。”我还想说，还有你，*我喜欢*你，但是我觉得太难为情，说不出口。

“在爱斯基摩人的一种语言中，有三十二个表达喜欢的词，你听说过吗？”八月说，“而我们只有这一个词。我们的表达方式非常有限，所以，当你说喜欢椒盐花生可口可乐和说你喜欢罗萨琳时，只好使用同一个词。我们没有更多的方式去表达我们心中的喜爱，这不是很可怜吗？"

我点点头，心中在想，她的知识到底有多渊博。也许在八月里她获准晚睡的时候，她读过的那些书里有一本就是关于爱斯基摩人的故事。

"我想，我们必须创造更多表达喜爱的说法。"她说。然后，她微微一笑。"你知道吗，我也喜欢把椒盐花生米放在可口可乐里？另外，蓝色也是我最喜爱的颜色。"

你知道"物以类聚，人以群分"那个谚语，对吧？那就是我当时的感受。

我们在忙着往蓝果树花蜜瓶子上贴商标，那是我和扎克在克莱顿·福里斯特的地产上收回来的蜂蜜，另外还有几瓶从蜂巢里收来的紫蜂蜜，那是蜜蜂从接骨木花粉上采集来的。商标上波西米亚圣母的肤色在金色的蜂蜜映衬下，色调非常和谐养眼。遗憾的是，紫蜂蜜却不能为她大大增色。

"你怎么会想到把黑圣母像商标贴在蜂蜜瓶上的呢？"我问道。从第一天开始，我就对这件事充满了好奇。通常，人们习惯于把蜜蜂商标贴在蜂蜜瓶上。

八月沉默不语，手里拿着一瓶蜂蜜，眼睛看着远处，仿佛在寻找答案，如果找到了那个答案就是当天的意外收获。"我真希望你能够看见马利亚女儿们第一次见到这个商标时的情形。你知道那是为什么吗？因为她们看着她的时候，发现平生第一次看到了黑皮肤的女神。你瞧，莉莉，每个人都需要一个相貌与自己相同的上帝。"

我真希望自己在场，目睹马利亚女儿们看到这一重大发现时的惊喜场面。我可以想象得到当时的情形，她们戴着绚丽无比的帽子欢呼起舞，羽毛摇曳生姿。

有时候，我会觉得自己的双脚在剧烈颤抖，那架势都使我以为双脚会脱离腿骨掉下来——罗萨琳称之为“吉米腿”——现在低头一看，我发现双脚又在快速抖动。通常，晚上我们在锁链圣母面前祷告的时候，“吉米腿”会发作。就好像我想站起来，加入康茄舞的队列，在屋子里跳舞。

“客厅里的黑圣母雕像是怎么来的？”我问。

“说真的，我也说不清楚。我只知道她在某个时候来到了我们家。你还记得奥拜迪亚将雕像抬到圣所的故事吗？奴隶们认为那是马利亚来到了他们中间。”

我点点头。我每个细节都记得。自从她给我讲了那个故事之后，我在脑海里无数次地回想过。奥拜迪亚双膝跪在淤泥中，向冲上岸来的雕像顶礼膜拜。雕像自豪地矗立于圣所，我们女王的拳头高举在空中，所有的信众都前来依次触摸她的心脏，希望获得一些生存下去的力量。

“那么，”八月说，手不停地贴着商标，“你知道，其实她只是一条旧船船头上的雕像，但是人们需要寻找安慰和救赎，于是，当他们看见雕像时，就以为看见的是马利亚，所以说是马利亚的圣灵重塑了她。实际上，她的圣灵无处不在，莉莉，真是无处不在——在岩石里，在树林里，甚至在人们的心里，但是，有的时候，她将专注于某些地方，以某种特殊的方式照亮你的道路。”

我从来没有这样想过，我觉得内心深受震撼，就好像我也许根本不知道自己生活在什么样的世界里，也许我们学校的老师也不知道自己生活在什么样的世界里，他们所说的一切只不过是碳、氧和矿物质，是些人们所能想象得到的最无聊的东西。我开始幻想着这个世界上到处都是乔装打扮的马利亚，人们能够触摸的红色心脏被隐藏起来，只是我们没有认出她们而已。

八月把已经贴好商标的蜂蜜瓶装到一个硬纸板箱子里，然后放在地上，接着又拿出一些瓶子来。“我只是想告诉你人们为什么如此细心地保护我们的锁链圣母，并将她一代代地传下来。我们所能记得的是，在内战以后的某个时间，她传到了我外祖母那代人手中。”

“在我比你现在还小的时候，我和六月、五月——还有四月，那时她还活着，我们姊妹几个要去我们的外婆家住上一夏天。我们坐在客厅的地毯上，大妈妈——我们都这样称呼她——就给我们讲这个故事。每一次她讲完后，五月都会央求道，‘大妈妈，再讲一遍吧’，于是，她会从头到尾再讲一遍。我发誓，如果你用听诊器听我的胸腔的话，你便会听见我大妈妈的声音，在一遍一遍地讲着那个故事。”

我被八月的话迷住了，竟然停住了手中的活。我真希望我有一个那样的故事活在我的内心世界里，它是那么的响亮悦耳，你可以用听诊器听见它，而不是我藏在心底的结束我母亲生命，同时也结束我自己生命的那个故事。

“你可以一边干活一边听啊。”八月微笑着说，“所以，大妈妈去世以后，我们的锁链圣母就传给了我母亲。她安放在我母亲的卧室里。我父亲讨厌把她放在那里。他想把雕像扔出去，但是，我妈妈说，‘如果她走了，我也走。’我想，是这座雕像促使我妈妈成为天主教徒的。她可以跪在雕像面前，不会觉得自己的行为有什么古怪。我们看见她在那儿与我们的圣母说话，仿佛她们是两个邻居，在一起喝着甘甜的冰茶。母亲会和我们的圣母打趣；她会说，‘你知道吗？你应该生个女儿而不是儿子。’”

八月放下手中正在贴着的蜂蜜瓶，一脸悲喜交集，还夹杂着殷殷渴望。我想，*她是在思念母亲了*。

我停止润湿商标，不想做得太快，免得催促她赶紧贴。当她又拿起蜂蜜瓶来时，我说，“你是在这幢房子里长大的吗？”我想知道关于她的一切事情。

她摇摇头。“不是，但我母亲是在这里长大的。这里是我过暑假的地方，”她说，“这幢房子属于我外公外婆，还有房子周围的所有地产。大妈妈也养蜂，就是现在的蜂场那个地方。在她养蜂之前，这儿从来没有人见过女人养蜜蜂。她总喜欢告诉人家，女人是最优秀的养蜂能手，因为她们天生具有一种特殊的能力去呵护蜇人的昆虫。‘这种能力来自于多年来对孩子和丈夫的爱，’她会说。”八月大笑起来，我也跟着一起笑。

“是大妈妈教你养蜂的吗？”

八月摘下眼镜，扯起腰间的丝巾把眼镜擦干净。“除了养蜂以外，她还教给我很多关于蜜蜂的知识。她经常给我讲一个又一个荒诞离奇的蜜蜂故事。”

我来了劲。“讲一个给我听听吧。”我说。

八月用手指敲敲前额，好像要从她的脑袋深处敲出一个故事来似的。然后，她的眼睛一亮，接着说道，“那好吧。有一次，大妈妈告诉我，在圣诞前夜她出去查看蜂窝，听见蜜蜂在吟唱路加福音中的圣诞故事。”接着，八月开始哼唱起来，“‘马利亚生下了她的头生子，用襁褓裹起，放在马槽里。’”

我咯咯笑了起来。“你相信那是真的吗？”

“哦，又相信又不相信，”她说，“莉莉，有些事情是真会发生的。而有的事情呢，像这件事情，不一定真的会发生，但还是发生了。你明白我说的意思吗？”

我听得一头雾水。“不太明白。”我说。

“我是说，蜜蜂并没有真的在吟唱路加福音里的故事，不过，如果你独具慧耳的话，你可以贴近蜂箱听一听，在你内心的某个地方，能听见圣诞故事哩。在日常生活世界的另一侧，你可以听见任何人都听不见的寂寞无声的事情。大妈妈就有那样的耳朵。但我的母亲实际上就没有那种天赋。我想是隔代遗传吧。”

我渴望知道更多关于她母亲的事情。“我想，你母亲一定也养蜜蜂吧。”我说。

听到这话，她似乎忍俊不禁。“不，不，不，她一点也不感兴趣。她一有机会就离开这里，去里士满与她的一个表姐一起生活。她在一家旅馆的洗衣房里找了个工作。你记得你第一天来到这里时，我曾告诉过你，我是在里士满长大的吗？噢，里士满是我父亲的家乡。他是里士满的第一个黑人牙医。我母亲牙疼去找他看病时，他们相识了。”

我坐在那里愣了一会儿，想着生活中的奇特造化。如果不是因为牙疼，八月就不会在这里了。也就不会有五月、六月和黑圣母牌蜂蜜了，我也不会坐在这里与她聊天了。

“我喜欢里士满，但是我的心总是在这里。”她说，“我渐渐长大了，总是迫不及待地想到这里来度暑假。大妈妈去世的时候，她把这里的全部财产都留给了我、六月和五月。现在，我在这里养蜂都快十八年了。”

阳光照在蜂房窗户上，不时有一片云彩飘过，光线便随之时隐时现。我们坐在金黄色的阳光下，沉默了一会儿，埋头工作不说话。我担心自己问了那么多问题会使她感到厌烦。最后，我终于又忍不住了。我说，“那么，在你来到这里以前，你在弗吉尼亚做什么？”

她揶揄地看了我一眼，好像在说，*我的天哪，你想知道的事情真不少啊*。不过，她立即娓娓道来，而手里贴商标的动作一点也没有放慢。

“我在马里兰州一所黑人师范学院读书。六月也是在那里读的书，但是很难找到工作，因为没有那么多地方要黑人老师。结果，我做了九年保姆。最后，我终于找到了一份教历史的工作。我教了六年历史，直到我们搬到这里。”

“六月呢？”

她笑了起来。“六月——她不可能去给白人当保姆。她去了一家黑人殡仪馆工作，给死人穿衣服做头发。”

她做那工作似乎再合适不过了。对于她来说，与死人相处也许会容易些。

“五月说，六月有一次差点就结婚了。”

“有这回事。大约在十年以前。”

“我想知道——”我停住不说了，想找个适当的方法问她。

“你想知道是不是有一次我也差点结婚了，对不对？”

“对啊，”我说，“我想我要问的就是这件事。”

“我决定终身不嫁。我生活中的约束已经够多的了，虽然没有什么人指望我去侍候他。莉莉，我并不是反对婚姻。我只是不赞成婚姻中的角色安排。”

我陷入了沉思。*不过，不仅仅是婚姻有这种角色安排*。我和狄瑞是父女关系，我伺候他算什么呀？*莉莉，给我倒点茶来*。*莉莉，给我把皮鞋擦擦*。*莉莉，去把拖拉机钥匙给我拿来*。我由衷地希望，她不是说这些事情在婚姻里也存在。

“你从来没有恋爱过吗？”我问。

“恋爱和结婚，那是两回事。我有过一次恋爱，我当然恋爱过。人活一辈子都应该有恋爱的经历。”

“但是，你爱他没有爱到要嫁给他的程度吗？”

她对我微笑着。“我非常爱他，”她说，“但我更爱自由。”

我们把所有的蜂蜜瓶都贴上了商标。接着，哎呀，不好，我多润湿了一个商标，便把它贴在我的T恤衫上，正好在我的乳沟里。

八月看看钟，说我们时间掌握得很好，离午饭还有整整一个钟头的时间。

“走，”她说，“我们看看蜜蜂去。”

虽然我曾和扎克一起巡视过蜜蜂，但是，自从我和八月第一次查看蜂窝以来，没有再和她一道去查看过。我穿上棉布长裤，还有不知是六月还是八月的白衬衫，袖子得卷上个十道八道才正好。然后，我戴上丛林头盔，让面网垂挂在脸上。

我们走进粉红屋旁边的树林，她的故事依然轻轻地萦绕在我们的肩头。我能感觉到它们触碰着我的身体，像是一件真真切切的大披肩。

“有一件事我想不明白。”我说。

“什么事啊？”

“你最钟爱的颜色是蓝色，你为什么把房子油漆成娇艳的粉红色？”

她朗声大笑。“那是五月的杰作。那天，我去油漆店挑选油漆颜色，她也跟去了。我本意是要选择悦目的茶色油漆，但是五月执意要买这种称作加勒比海红的油漆。她说，这种颜色会给她一种在跳西班牙佛来明哥舞的感觉。我心里暗暗想道，这是我所见过的最俗艳的颜色，镇子里很多人都会议论我们的，不过，如果这种颜色能够让五月开心的话，我想她就应该住在这种颜色的房子里。”

“我还一直以为是你喜欢粉红色呢。”我说。

她又笑了起来。“你知道，莉莉，有些事情并不那么重要。譬如，房屋的颜色。在整个人生计划里，那又算得了什么？但是，让一个人

开心——唔，那很重要。人的最大问题就在于——”

“他们不知道什么事情重要，什么事情不重要。”我说，接嘴说出了以为她要说的话，并为此自鸣得意。

“我想说的是，问题是，他们明知道什么重要，却不去选择它。莉莉，你知道做出选择有多难吗？我爱五月，但是心里仍然难以接受选择加勒比海红。世界上最难的事情，莫过于选择重要的事情。”

我没有看见一只离群的蜜蜂。蜂箱集散地看上去像一个被遗弃的社区，暑气难挡，令人头昏胸闷。这一切给人的印象是，蜜蜂们正在蜂窝里美美地睡午觉。也许超负荷的工作终于把它们累倒了。

“蜜蜂在哪里啊？”我问。

八月把手指放在唇上，示意我不要出声。她取下头盔，将脸的一侧紧贴在蜂箱盖板上。“你来听。”她小声说道。

我也取下头盔，夹在腋下，脸挨近她的脸，我们面对面地侧俯在蜂箱盖板上。

“你听见了吗？”她说。

一个声音突然在耳边响起。嗡嗡声何其美妙，响亮而丰满，好像某人在炉子上放了把茶壶，水快烧开了。

“它们在为蜂窝降温。”她说，她的呼吸拂过我的脸，带着荷兰薄荷的清香，“那是成千上万只蜜蜂振翅扇风的声音。”

她闭上眼睛，在这妙音中沉醉了，那神情使人联想到一场动听的交响乐音乐会上的听众，陶醉于高深莫测的音乐。我觉得在家里的组合音响上从来没有听到过如此美妙的旋律，我希望这样说并不是表明我的落伍。你只有亲耳听到才会相信——那无可挑剔的高音部，那优美的和声部，那忽高忽低的音量。我们的耳朵像是贴在一个巨大的音箱上。

这时，我半边脸整个儿开始振动起来，仿佛音乐钻进了我的毛

孔。我注意到八月的皮肤也在微微震颤。我们站直身体后，我感到脸颊又疼又痒。

“你在听蜜蜂空调的声音。”八月说，“大多数人完全不了解蜂箱里面的复杂生活。蜜蜂过着一种秘密的生活，我们对此一无所知。”

我喜欢蜜蜂过着一种秘密生活的说法，恰如我正在过的秘密生活。

“它们还有什么其他秘密吗？”我想知道。

“有啊，例如，每只蜜蜂都有自己的角色。”

她如数家珍，一一道来。筑巢的蜂群负责修建蜂窝。我说，蜜蜂建造六角形蜂巢的方法表明，它们一定是心算高手，于是，她微笑着说，是的，蜂巢的建造者真的有数学天分。

采集蜂具有良好的导航本领，而且有着不知疲倦的心脏，四处翻飞采集花蜜和花粉。还有个蜂群叫做殡仪蜂，它们的工作很令人同情，负责把死蜜蜂耙出蜂巢，保持蜂巢里的清洁。八月说，哺育蜂具有带儿育女的天赋，它们喂养所有的幼蜂。它们或许是最富自我牺牲精神的蜂群，就像教会社团里的某些女人说，“不，你吃鸡脯吧。我吃鸡脖子和鸡胗就行，真的。”唯一的男性是雄蜂，它们无所事事，只等着与蜂王交配。

“当然，”八月说，“还有蜂王和她的侍从。”

“蜂王有侍从啊？”

“有啊，像侍女一样。它们喂蜂王吃饭，给她洗澡，不让她挨冻，不让她受热——服侍得无微不至。你可以看到，它们一直围着蜂王团团转，前前后后忙乎不停。我还见过它们爱抚她哩。”

八月又把头盔戴上。“我想，如果我什么事也不做，只是周而复始地整天产卵，我也需要安慰啊。”

“她所做的事情就是——产卵？”我说不准我指望她做什么，但她不应该头戴皇冠坐在宝座上，发下一道道谕旨。

“莉莉，产卵是她的主要工作。她是蜂巢里所有蜜蜂的母亲，它们全仰仗她传宗接代。我不在乎它们的工作是什么——它们都知道蜂王是它们的母亲。她是千万个儿女的母亲。”

千万个儿女的母亲。

我戴上头盔，这时八月掀起了蜂箱盖板。它们蜂拥而出，突然间群蜂飞舞，乱成一团，嗡嗡声大作，我吓得跳了起来。

“一动也不要动，”八月说，“记住我对你说的话。不要怕。”

一只蜜蜂径直飞到我的额头上，先碰到了面网，接着又撞到我的皮肤上。

“她在向你提出小小的警告哩，”八月说，“当它们撞你的额头时，它们是在对你说，*我盯上你了，所以你得当心一点哦*。向它们表达你的爱心，一切都会平安无事的。”

我爱你们，我爱你们，我脑子里在想。*我爱你们*。我想用三十二种方式表达我的爱。

八月抽出巢框，连手套都没有戴。当她工作的时候，蜜蜂在我们周围团团飞舞，渐渐地越聚越多，最后化成一缕微风拂过我们的面庞。这使我想起蜜蜂从我的卧室墙缝里飞出，把我围在蜜蜂旋风中心的情景。

我望着地面上千姿百态的蜂影。漏斗形的蜜蜂阵。而我，仍然呆站着像个篱笆桩。八月俯身探看蜂箱，检查巢框，观察巢脾上有无分泌的蜂蜡，半月形的头盔一下一下颤动着。

蜜蜂开始轻轻落在我的肩膀上，就像小鸟栖在电话线上。蜜蜂落在我的手臂上，叮在面网上的蜜蜂如繁星满天，因此我隔着面网什么都看不见。*我爱你们*。*我爱你们*。蜜蜂叮满了我的全身，连裤脚管翻边里也钻得满满的。

我的呼吸加快，胸膛里好像有什么东西在缠绕着，并且越缠越紧，突然间，仿佛有人啪嗒一声关闭了恐惧开关似的，我觉得身体快要瘫了。然而，我的头脑变得异常冷静，仿佛我的一部分现在已经脱离了自己的躯体，正安然无恙地坐在树枝上，远远地眺望着这一壮观景象。我的另一部分在随着蜜蜂起舞。我的身体一动不动，但是，在我的意识里，我正与它们一起在空中旋转。我加入了蜜蜂的康茄舞队列。

我几乎忘了自己身在何处。我闭上眼睛，慢慢举起手臂，在蜂云里挥舞着。到最后，我就那样站在那里，手臂向两侧伸开，仿佛进入了一个我以前从未去过的梦境里。我向后仰起头，张大着嘴。我正在飘向某个地方，一个与现实生活不太相关的地方。就好像我嚼了一棵牙疼树的树皮，疼得我头昏眼花。

我身陷蜂群中，仿佛跌进了长满施过魔法的三叶草的田野里，使我对周围的一切都没有反应，仿佛八月用喷烟器熏了我，让我安静下来，使我什么也做不了，只能抬起胳膊，来回摇晃。

然后，没有一点儿预兆，所有的免疫力都消失了，我感到肚脐和锁骨之间的身体被掏得空空的，开始隐隐作痛。那是失去母亲的心灵深处啊。我能看见母亲在壁橱里，我能看见那锈滞的窗户，还有地板上的那只手提箱。我听见了喊叫声，接着是一声巨响。我几乎弯下了身子。我放下胳膊，但是没有睁开眼睛。我怎么能脑袋里装着这些事情度过我的余生呢？我能有什么好办法驱走梦魇吗？我们为什么不能回到从前，改正我们做过的错事呢？

后来，我会想起上帝在创世纪之初，经常用以惩罚人类的灾祸，那些责成法老改变心意，允许摩西带领子民出埃及的灾祸。摩西说，**容我的百姓去**。我曾在电影上看到过蝗灾，漫舞的蝗虫遮天蔽日，好像日本的神风突击机敢死队。在桃园的家里的时候，那天晚上，当蜜蜂第一次钻出墙缝时，我曾想到它们是上帝派来降服灾难，专门惩罚狄瑞的。上帝说，容我的女儿去，也许那就是蜜蜂出现的真正寓意，是一场使我得解放的天灾。

但是，此时此地，我四周都是叮人的蜜蜂，失去母亲的心在悸动作痛，我知道这些蜜蜂不是天灾。我觉得蜂王的侍女们是带着狂热的爱心飞到这里，体贴入微地百般呵护我。看看谁来了，原来是莉莉。她是如此的疲惫茫然。蜜蜂姊妹们，快来呀。我是花蕾中心的雄蕊，集它们全部的安慰于一身。

"莉莉……莉莉。"我的名字从遥远的地方传来。"莉莉！"

我睁开眼睛。八月透过她的眼镜凝视着我。蜜蜂抖落了脚上的花粉，开始返回蜂箱。我可以看见飘浮在空中的细小花粉。

"你没事吧？"八月问。

我点点头。真的没事吗？我不知道。

"你知道，我们俩得好好谈一谈，是不是？这一回谈的不是我，是谈你的事情。"

我希望自己能够像蜜蜂一样，径直朝她的前额撞上去，给她个警告，再用手指敲敲。我盯上你了。得小心点哦。就此罢手吧。

"我想是的。"我应道。

"现在就谈，怎么样？"

"现在不行。"

"但是，莉莉——"

"我肚子饿了，"我说，"我想，我要回家去，看看午饭做好了没有。"

我不等她开口，就径直朝粉红屋走去。我几乎看见跑道的终点了。我抚摸着衬衫上贴有黑圣母标签的地方。她已经快要脱胶掉下来了。

満屋里弥漫着炒羊角豆的味道。罗萨琳正在厨房里忙着摆桌子，五月用勺子从肉汤里捞出金褐色的果仁。我不知道怎么会有炒羊角豆的，因为午饭通常是大红肠三明治，没完没了的大红肠三明治。

自从那次六月跟尼尔发火，朝他乱扔西红柿后，五月便没有哭闹过，我们都捏着一把汗。这么长时间没有发作了，我担心就连羊角豆炒糊了这点小事，也许都会让她再度情绪失控。

我进屋直喊饿，罗萨琳叫我再忍一会儿。她的下嘴唇肿了起来，都是红玫瑰烟草的过错。厨房的味道如影随形地跟着她，什么味道都有：多香果粉味、新泥土味、烂菜叶子味。在糊羊角豆和烟草的气味中，我都无法自由自在地呼吸。罗萨琳走到后门廊上，身体探出门外，一口痰轻轻射过了绣球花。

没有人像罗萨琳这样会吐痰。我曾经想入非非，认为她能在吐痰竞赛中赢一百块钱，我们两人可以拿着这笔奖金，到亚特兰大住进一家不错的汽车旅馆，把饭菜叫人送到房间里吃。我一直渴望能够住汽车旅馆，但是，在那一刻，如果你让我在有着恒温游泳池，房间里有电视机的豪华汽车旅馆和粉红屋之间选择的话，我会毫不犹豫地选择粉红屋。

不过，也曾有两三次，就在我醒来之后，当我想起我的老家时，我会涌起转瞬即逝的乡愁，接着就会想起我跪在厨房地面上，粗砂石扎疼我的膝盖，或者在狄瑞怒冲牛斗的时候设法躲着他，但经常是冤家路窄总撞个正着。我会想到他向我猛扑过来，大声叫喊着**耶稣H.基督，耶稣H.基督呀！**当我打断他的话，追问他H代表什么的时候，我被他刷了一记最重的耳光。在我脑海里一刹那间涌起的回忆和思乡情结终会随风飘去。无论何时，我都会选择粉红屋。

扎克跟在八月后面慢腾腾地走进了厨房。

“嗳呀，嗳呀！午饭吃羊角豆和猪排。有什么事情要庆祝吗？”八月问五月。

五月轻轻走到她身边，低声说，“我已经有五天没有去哭墙了。”我看得出她为此而感到多么自豪，她是多想相信，她歇斯底里大哭大喊的日子一去不复返了，这顿羊角豆午餐算是庆贺吧。

八月对她微笑着。“五天了，真的吗？噢，应该好好设宴庆祝。”她说。听到这话，五月脸上容光焕发。

扎克一屁股坐到椅子上。

“蜂蜜都送完了吗？”八月问他。

“除了克莱顿先生的律师事务所以外，其他地方都送完了。”他说。他心烦意乱地摆弄着眼前的东西。起先是杯垫，接着是他衬衫上的线头。仿佛他急着要说什么似的。

八月朝他看了一眼。“你有心事？”

“你知道镇上的人都在说什么吗，”他说，“他们说，这个周末杰克·帕兰斯要来蒂伯龙，身边还带着一个黑女人。”

我们全都停下了手上的活计，大家面面相觑。

“杰克·帕兰斯是谁？”罗萨琳问道。尽管我们都还没有开始吃饭，但是罗萨琳已经在吃一块猪排了，一边咀嚼一边张嘴说话。我试图让她看见我使的眼色，指指我闭上的嘴巴，希望她明白我的意思。

“他是个电影明星。”扎克说。

六月不屑地嗤之以鼻。“嗨，那不蠢吗？一个电影明星跑到蒂伯龙做什么呀？”

扎克耸耸肩膀。“听说，他姐姐住在这儿。这个星期五，他来探望姐姐，还打算带这个黑女人去看电影。不坐包厢，而是准备坐在楼下的白人席。”

八月转脸看着五月。“你何不到菜园里去摘几个西红柿来午饭时吃啊？”她说，然后一直看着五月出了门。我看得出来，她是担心杰克·帕兰斯试图在电影院废除种族隔离之事会毁了五月的羊角豆宴。“人们对此感到不安吗？”她问扎克。她的目光看上去很严肃。

“是的，夫人。”他说，“在加里特五金商店里面，有些白人在商量要在电影院外面站岗。”

“天哪，要出乱子了。”罗萨琳说。

六月的嘴唇打出一连串噗噗噗的声音，八月无奈地摇了摇头。我有生以来第一次清醒地意识到，在世人眼里，肤色的问题有多么重要。最近肤色问题仿佛成了太阳，宇宙间的万物成了围绕太阳运行的行星。今年自从学校放暑假以来，每天遇到的都是肤色问题。真是烦死人了。

在西尔万，刚入夏时我们就听到一种传言，说有许多人要从纽约市乘汽车到镇上来，反对镇里游泳池实行的种族隔离制度。人们说会发生恐慌。全城处于紧急状态，因为在南方人看来，没有什么比让北方人来左右我们的生活方式更烦人的了。在那之后，就是在埃索加油站因为那几个男人惹的大乱子。我似乎觉得，如果上帝消除了人类的肤色差别，世界便会美好多了。

当五月回到厨房时，八月说，“我们开开心心地吃饭吧。”意思是暗示大家，午饭时不要再提杰克·帕兰斯了。

五月摘来了三只大西红柿。当她和罗萨琳去切番茄片时，八月走进小房间放了一张纳特·金·科尔的唱片——留声机都老掉牙了，连自动播放唱片的方式都没有。她很迷恋纳特·金·科尔，音量调得太大了。她走回来时皱起了眉头——是人们吃了一口十分可口的食物时，常会流露出的那种表情。六月瞧不上纳特·金·科尔。她只欣赏贝多芬和他的全部交响曲。她走过去调低了音量。“吵得我无法思考。”她说。

八月说，“你知道吗？你就是思考得太多了。停止异想天开的思考，跟着自己的感觉走一回，会给你带来说不尽的益处呢。”

六月说，她想把午餐端到自己的房间去吃，谢谢。

我想那样也好，因为我在看着五月和罗萨琳手里正在切的西红柿，头脑里在排练着准备讲的话，*六月，那你要不要来点西红柿？你不爱吃西红柿吗？*现在，我至少可以不用没话找话说了。

我们一直吃到不想吃为止，那是南卡罗来纳人在家人聚餐时的吃法。扎克离开餐桌，说他要去送十几瓶蜂蜜到克莱顿·福里斯特律师事务所。

“我可以去吗？”我问。

八月打翻了她的甜茶，这可不像八月的举动。你不会把失手打翻茶水和八月联系在一起。五月当然会做出这种事来，但是八月决不会。茶水流过桌子，淌到地面上。我想，这场泼茶悲剧也许又要使五月犯病了。但她只是站起身来，小声哼起“哦！苏珊娜”，抓起了一块毛巾，并没有出现真正的紧急情况。

“我不知道，莉莉。”八月说。

“就让我去吧。”我真正的愿望是能和扎克在一起待一会儿，想去开开眼界，见识一下真实生活中的律师事务所。

“那好，你就去吧。”她说。

律师事务所的位置与大街隔着一个街区，三个多星期以前的那

个星期天,我和罗萨琳就是从那个街区进的城。它看上去不像我想象中的律师事务所,整个事务所实际上就是一幢大房子,白色墙壁上装着黑色百叶窗,全封闭走廊上放着几把硕大的逍遥椅,一定是想到当事人胜诉以后,可以如释重负地瘫坐在椅子上稍事休息一下。草坪上的一块牌子上写着:克莱顿·福里斯特律师事务所。

福里斯特先生的秘书是个白种女人,看上去快有八十岁了。她坐在接待处的一张写字台后面,正在涂着火红色的唇膏。她的头发烫成细细的小卷,令人沮丧地弯曲着。

"你好,莱茜小姐,"扎克说,"我又送来一些蜂蜜。"

她把唇膏缩回管内,神色有些不悦。"又来货了。"她说着,摇了摇头。她疲惫不堪地叹了一口气,手伸进抽屉摸出一个信封。"这是上批蜂蜜的钱。"她把信封放在写字台上。

她上下打量了我一番。"你是新来的?"

"我叫莉莉。"我说。

"她和八月住在一起。"扎克解释说。

"你住在她家?"她说。

我真想告诉她,她的唇膏溶化流进嘴巴周围的皱纹里了。"是的,夫人,我住在她家。"

"哦,我得走了。"她说。她抓起手提包,站起身来。"我约了牙医。把蜂蜜瓶放到那边的桌子上好了。"

我想象着她会把这个新闻小声告诉候诊室里等待补牙的所有人。莉莉这个白人女孩和黑人波特莱特姐妹住在一起。你不觉得奇怪吗?

她离开后,福里斯特先生从他的办公室里走了出来。我注意到的第一件东西是他的红吊带。我从来没有见过瘦人使用吊带,吊带很漂亮,与他的红领结很相配。他一头浅棕色的头发,弯弯的浓眉下闪着一双蓝眼睛，脸上荡漾着的笑意让人觉得他是一位心地善良的人。显然，他一直不忍心解雇莱茜小姐。

他看着我。“这位年轻漂亮的小姐是谁啊？”

“莉莉……嗯……”我不记得自己最近使用什么姓氏了。我想那是因为他夸我漂亮，让我飘飘然忘乎所以了。“就叫我莉莉好了。”我站在那里傻乎乎的，一只脚搁在另一只脚后面，“我暂时和八月住在一起，然后要去弗吉尼亚投靠我姨妈。”他是个律师，我担心他会让我做测谎试验。

“好极了。八月是我的好朋友，”他说，“我希望你过得愉快。”

“是的，先生。我非常愉快。”

“你在处理什么案子？”扎克问道，把装着蜂蜜钱的信封塞进口袋里，然后将装着蜂蜜瓶的纸箱放在靠窗的桌子上。桌子上放着一个装在镜框里的牌子：**代售蜂蜜**。

“普通的案子，契约、遗嘱什么的。不过，我有件东西给你。到我办公室来，我拿给你看。”

“我就在外面等着，顺便把蜂蜜放放好。”我说，不想碍他们的事，但是，最主要的原因是，有福里斯特先生在场我感到不自在。

“你真的要在外面等吗？欢迎你一起来。”

“真的。我喜欢在外面。”

他们在走廊里看不见了。我听见了关门声。街道上传来汽车喇叭声。窗式空调发出的响声，排气口蒸发出来的汽水滴进地面上的狗食碗里。我把蜂蜜瓶摆成金字塔形。底层七瓶，中间四瓶，顶层一瓶，但看起来并不美观，于是，我拆了金字塔，重新一字儿摆成简简单单的几排。

然后，我溜达过去看挂了整整一面墙的照片。第一张是南卡罗来纳大学的毕业证书，另一张是杜克大学的毕业证书。下一张是福

里斯特先生在船上拍的照片，戴着太阳镜，抱着一条和我差不多大的鱼。接下来是一张福里斯特先生和博比·肯尼迪握手的照片。最后一张是福里斯特先生和一个身材娇小的金发姑娘站在大海里的合影。她正在踏浪。飞溅的浪花在她身后摆成一个蔚蓝色的扇形，恰似水里的孔雀开屏，他在帮她踏浪，伸手把她拉起来跳过浪花，低头向她微笑着。我打赌他一定知道她最喜欢哪种颜色，知道她爱吃什么午后小吃，知道她的一切喜好。

我走过去坐到房间里的一张红沙发里。威廉姆斯，我终于想起了我编造的姓氏。我数了数屋里的盆栽植物，一共有四盆。我又开始数从写字台到大门口的地板，十五块。我闭上眼睛，想象着大海涌出晶莹闪亮的银色浪花，浪花上浮着白色的泡沫，到处波光粼粼。我想象着自己在跳浪花。狄瑞抓着我的手，把我向上一托，我便跃过了海浪。我必须全神贯注才能想象出这幅画面。

表达爱的三十二种方式。

难道他就不可能用其中的一种方式表达对我的爱，哪怕是像把椒盐花生米放进你的可口可乐里这样的小事都别想？难道狄瑞根本就不知道我喜欢蓝色？他要是在家里想我，不停地说，*为什么，为什么我不能爱她多一点呢*，那该怎么办？

莱茜小姐的电话就在写字台上。我拿起听筒，拨0接通了接线员。“我要打个对方付费电话。”我告诉她，并把号码报给她。快得几乎令我难以相信，我听见我们家的电话铃响了。我盯着走廊上那扇紧闭的门，一边心里数着铃声。三声，四声，五声，六声。

“你好。”他的声音让我恶心。我没有料到听到他的声音我的两条腿会发软，我只好两腿跨坐在莱茜小姐的椅子上。

“这是莉莉·欧文斯打给您的付费电话。”接线员说，“您愿意付费吗？”

“你他妈的说得很对，我付钱。”他说，还没等我说话，他就开腔了，“莉莉，你到底在什么地方？”

我不得不把听筒离耳朵远一点，生怕他的声音震裂了我的耳膜，“狄瑞，对不起，没有办法，我必须离开。但是——”

“告诉我，现在你在哪里，听见我的话吗？你知道你惹了多大麻烦吗？把罗萨琳劫出医院——他妈的，你满脑子想的是什么？”

“我只是——”

“我来告诉你，你是什么玩意。你他妈的是个傻瓜，存心找麻烦，这下惹火烧身了吧。都是因为你，弄得我在西尔万都不敢上街，人人都会戳我的后脊梁。我只好什么都不干，到处去找你，连桃子都完蛋了。”

“够了，别喊了，行不行？我说过对不起了。”

“莉莉，你的一声对不起就能弥补损失吗？我对上帝发誓——”

“我打电话就是想问你几件事。”

“你在哪里？回答我。”

我使劲捏着椅子扶手，捏得指关节都痛了。“我想问你，你知道我最喜欢什么颜色吗？”

“天哪。你在胡说些什么呀？快告诉我你在哪里。”

“我刚才问的是，你知道我最喜欢什么颜色吗？”

“我只知道一件事，那就是我要找到你，莉莉，等我找到你，我会把你撕成八瓣——”

我把听筒放回电话机座上，又坐到沙发上。我坐在下午明亮的光线里，看着从百叶窗里射进来的阳光。我告诉自己，*不许哭。我看你敢哭。他不知道你最喜欢的颜色又怎么样？那又怎么样？*

扎克出来了，手里拿着一本褐色封面的大书，因为年代久远有些发霉了。“瞧，这是克莱顿先生送给我的。”他说。看他一脸得意的样子，说真的，你会想到他刚生了一个六磅重的宝宝。

他把书反过来，于是，我看见了封面上的书名。《南卡罗来纳州法律报告，1889》。扎克用手抚摸着封面，一些碎纸屑落到了地板上。“我要建个法律图书馆。”

“那很好啊。”我说。

福里斯特先生朝我靠近几步，专注地看着我，我顿时觉得一定是我在流鼻涕，该擦一擦了。

“听扎克说，你是斯帕坦堡县人，你的双亲都去世了？”

“是的，先生。”眼下我不愿意做的事就是，站在他的律师事务所的证人席上，让他咄咄逼人地向我发问。那样的话，不出一个小时，我和罗萨琳就要进监狱了。

“你是怎么——”

“我真要回去了。”我把手按在下腹部，“我有点女人的小麻烦。”我试图装作非常神秘且极具女人味，小受生理问题的烦扰，那些问题男人们想象不到也不愿意去烦神。我运用这个法宝将近一年了，只消说出“女人的麻烦”这句话，便可以随心所欲地达到目的。

“哦，”扎克说，“那好，我们走吧。”

“见到你真好，福里斯特先生。”我说。我捂着腹部，开始小撤退，慢慢走向门口。

“相信我，莉莉，”他说，在我身后喊道，“我很高兴认识你。”

✻

你有没有写过你明知永远不会寄，但却又不得不写的信？我回到蜂房里，提笔给狄瑞写信。我写这封信折断了三支铅笔的笔尖，写下的一字一句……好像是用烙铁烙在纸上一样。

亲爱的狄瑞：

你对我大吼大叫，我讨厌死了。我又不是聋子。我给你打电话，真是愚蠢。

假如你在备受火星人的折磨，而唯一能够解救你的方法是把我最喜欢的颜色告诉他们，那么，你立刻就会死去。我在想些什么？我所要做的就是记住，在我九岁那年的父亲节，我亲手做了一张贺卡送给你，依然期待着你的父爱。这件事你还记得吗？你当然不记得。但是，我记得，因为做那张贺卡我几乎费尽了心血。我从来没有告诉过你，我做了大半夜，查字典，查找以D—A—D—D—Y开头的单词。在主日学校里，普勒夫人教我们做的拼词游戏中，譬如JOY，J代表耶稣(Jesus)；O代表他人(others)；Y代表你自己(yourself)。我受到启发想出了这个主意，但是，你却不感兴趣。这是生活的正确顺序，她说，如果你遵循顺序，你就会得到快乐，快乐，快乐。好，我尝试了一下，把自我放到最末位，我依然在等待，希望快乐来到我身边。因此，组词练习没有什么益处，只是激发了我做贺卡送给你的灵感。我想，如果我为你拼出Daddy的组词含义，那会一直有助于你。在此，我想说的是，试着去做这些，我将非常感激。我使用的词是：喜悦，一心向善。

我期望你把贺卡支撑在你的梳妆台上，然而，第二天，我却发现它在电话桌上，你还把桃子皮剥在了卡上，桃皮和桃核都粘在纸上。我一直想对你说，你的行为十分卑鄙。

D — DESPICABLE(卑鄙)

A — ANGRY (易怒)

D — DUD OF A FATHER (失败的父亲)

D — DISAPPOINTMENT (失望)

Y — YOKE AROUND MY NECK (我脖子上的枷锁)

这样写，不符合耶稣—他人—自我的生活哲学，但是，我终于当着你的面说出这番话，这给我带来了快乐。

爱你的，

莉莉

又及：我无论如何也不相信母亲遗弃了我。

我把信读了一遍，然后撕成了碎片。心中块垒一吐为快之后，我顿觉身心轻松释然。但是，说这样做给我带来了快乐，却不是真话。我差点想再写一封不会寄出的信，对父亲说声对不起。

那天夜晚，当粉红屋里的人沉沉入睡后，我悄悄地进了屋，想去上厕所。我从来不用担心穿过房间找不到路，因为八月从厨房到卫生间装了一路夜灯。

我是光着脚丫子走过来的，脚底板上沾着露水。我坐在马桶上解小便，想尽量动静小一些。我能看见粘在脚趾头上的桃金娘花瓣。在我头顶上，罗萨琳的鼾声透过了天花板。排空膀胱总是让人如释

重负。那比做爱还要舒服，罗萨琳曾经说过。舒服归舒服，不过，我打心里希望她说错了。

我朝厨房走去，然后一转念又原路折回；你猜到了我的心思。我朝着相反方向走向客厅。步入客厅，我听见一声深感满足的叹息，一时我竟然没有意识到这声叹息来自我自己的肺叶。

马利亚雕像旁边红玻璃杯里的蜡烛还在燃烧，看起来像搏动于黑山洞里的一颗小巧玲珑的红心，用光亮照亮世界。八月让蜡烛日夜不灭地燃着。这情景使我想起人们在约翰·F.肯尼迪墓前点燃的永不熄灭的火，无论山崩海啸，永远不灭。

夜深人静时，我们的锁链圣母看上去与平常非常不同，她的容颜比平日显得更加苍老更加黑，拳头也比我记忆中的更大。我想知道她在全世界远涉重洋走过的所有地方，我想知道人们低声向她倾诉的所有那些伤心事，还有她经历忍受的千辛万苦。

有时候，在我们捻着木珠做完祷告以后，我不记得怎样画十字才正确，画得不伦不类的样子，就像浸礼会信徒做的那样。不管三七二十一，我只管把手放在心上，就像在学校效忠宣誓一样。我觉得两种方式同样好，就像现在发生的情况——我的手自然而然就放到了心上不动了。

我祈求她，处罚我，请处罚我。帮助我知道该怎么办。宽恕我吧。我母亲在天国是否安好？别让他们找到我们。如果他们找到了我们，别让他们带我回去。如果他们找到了我们，保佑罗萨琳不要被害。让六月爱我。让狄瑞爱我。帮助我不再撒谎。让世界更加美好。驱除人们心中的卑鄙念头。

我又向她靠近些，于是，我得以看见她胸膛上的心脏了。在我的脑海里，我听见蜜蜂在黑暗的音箱里振翅舞动的声音。我看见我和八月两人耳朵贴在蜂箱上。我回忆起她第一次讲述我们的锁链圣母

这个故事时的声音。给他们救赎，给他们安慰，给他们解放。

我伸出手，用手指抚摸着黑圣母的心脏。我站在雕像前，任花瓣粘在脚趾上，我的掌心平坦扎实地按在她的心脏上。

我住在黑暗的蜂箱里，你就是我的母亲，我告诉她。你是万人之母。

蜜蜂家族整体组织结构的维系取决于它们之间的交流，即它们与生俱来的传送和接收信息的本领，以及编码和解码的能力。

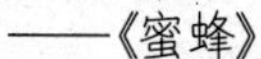

——《蜜蜂》

9

7月28日是一个可以载入史册的日子。每当我回想起那一天的情形，脑海里出现的就是人们乘坐大木桶漂游尼加拉瓜大瀑布。自从听说这事以后，我就一直想象着这样一幅情景：人们蹲伏在木桶里，静静地飘来飘去，像婴孩浴盆里的橡皮鸭子。突然间，水面上波涛汹涌，木桶团团打起转来，远处吼声如雷。我就知道他们在说，*混蛋，我在想什么？*

早晨八点，温度达到了九十四华氏度，看来正午之前大有升高到一百零三度的趋势。八月摇着我的肩膀喊醒了我，她说，今天是个大热天，快起来，我们必须喂蜜蜂喝水。

我头也没梳便爬上蜂蜜卡车，五月从车窗里递进来奶油吐司和橙汁，罗萨琳塞给我一保温瓶冰水。她们两人基本上是在追着卡车跑，因为八月已经把卡车开出了车道。我觉得这简直就像是红十字会在紧急行动去拯救蜜蜂王国。

在卡车后车厢里，八月装了好几加仑已经调好的糖水。"当气温到达一百度时，”她说，“花朵晒蔫了，蜜蜂便没有食物吃了。它们躲在蜂箱里振翅扇风纳凉。有时候，它们就活活热死了。”

我觉得我们自己好像也会活活热死。你连车门拉手都不敢碰，生怕会造成三度烫伤。汗水流下我的乳沟，湿透了我的胸罩带子。八月打开收音机想听天气预报，但是我们听到的是，漫游者七号终于在月球表面登陆，着陆地点在一个称作云海的地方；另外一则报道是，在密西西比州，警察正在寻找三个民权工作者的尸体，还报道了发生在东京湾的恐怖事件。最后一则报道是有关“发生在家门口的事”，说蒂伯龙、佛罗伦萨和奥伦吉伯格等地的黑人今天一路游行到哥伦比亚，要求州长实施《民权法案》。

八月关掉了收音机。行了，别啰嗦了。你又改变不了整个世界。

“粉红屋附近的蜂箱我已经加过水了。”她说，“扎克正在照应县城东面的蜂箱。因此，我们俩负责县城西面的蜂箱。”

我们花了整整一个上午抢救蜜蜂。我们驱车驶进林间僻静的边边角角，那儿几乎没有什么路，我们要突击抢救钉在木板条上的二十五只蜂箱——隐藏在那里像一座失陷的小城。我们掀开蜂箱盖子，往食皿里加了糖水。我们事先装了一些砂糖在衣袋里，现在，我们在食皿周围撒了一圈砂糖，权作犒劳。

在我把蜂箱盖子重新盖好的时候，我的手腕被蜜蜂蜇了一口。八月为我挑出了蜇刺。

“我刚才向它们表白爱心啦。”我说，心里腾起一种被出卖的感觉。

八月说，“天气炎热的时候蜜蜂不高兴，我才不在乎你献给它们多少爱呢。”她从口袋里掏出一小瓶橄榄油和蜜蜂花粉调和剂，涂在我的皮肤上——她的专利解药。那是我永远都不希望尝试的解药。

“算是你的见面礼吧，”她说，“不被蜜蜂叮过，你就成不了一个真正的养蜂人。”

一个真正的养蜂人。这句话让我心里感到非常踏实，正在这时，不远处的一块空地上突然惊飞起一群黑鸟，遮天蔽日。我暗自对自己说，奇迹会层出不穷吗？我会将此添加到我的生涯规划清单上。我要当作家，当英语教师，还要当养蜂人。

“你认为有一天我可以养蜜蜂吗？”

八月说，“上星期你不是告诉我，说你喜欢的事情之一就是蜜蜂和蜂蜜吗？那么，如果是这样的话，你就会成为一个出色的养蜂人。其实，人们也许不善于做某些事，莉莉，但是，只要他喜欢做，那就够了。”

蜜蜂蜇咬所引起的疼痛一直延伸到我的胳膊肘，不由得使我惊讶地意识到，一个小不点儿的昆虫竟能对人施行如此严厉的惩罚。我可以无比自豪地说，我没有叫痛。你被蜜蜂蜇都蜇了，无论怎么怨天尤人，都无法改变你被蜇的事实。我二话没说，继续投入拯救蜜蜂的行动中。

我们给蒂伯龙的所有蜂箱都添过水，撒上足以让人类吃了会增肥五十磅的砂糖之后，才驱车回家，又热又饿，汗流浃背。

✻

卡车驶上车道时，我们发现罗萨琳和五月坐在后门廊上呷着甜茶。五月说她把我们的午饭留在冰箱里了，午饭是冷猪排三明治和酸菜丝。我们吃午饭的时候，听见六月在楼上她自己的房间里拉大提琴，就像在演奏哀乐似的。

我们埋头狼吞虎咽地吃完午饭，两人都没有说话，然后准备离开餐桌。我们累得疲惫不堪，正在发愁怎么才能站起来时，突然听见了长声尖叫和大笑声，就是在学校课间休息时听到的那种喧闹声。我和八月双腿沉重地走到门廊上，看看是怎么回事。原来是五月和罗萨琳光着脚，穿着衣服，穿过洒水器跑来跑去。她们俩玩水都玩疯了。

罗萨琳的夏威夷连衣裙已经湿透了，紧紧贴在身上，而五月用自己的裙袂兜起水，将水泼到自己的脸上。阳光照在她乌亮光泽的发辫上熠熠生辉。

“怎么啦，你们不想活了吗？”八月说。

当我们走到那里时，罗萨琳举起洒水器对准了我们。“你们要是过来就全身湿透。”她说，“哗啦”一声！我们被冰凉的水浇了个满怀。

罗萨琳将洒水器喷头朝下，灌进五月兜起的裙袂里。“你们要是过来就全身湿透。”五月说，学着罗萨琳的话，她追着我们，把裙子里的水泼到我们的背上。

我可以这样告诉你们：我们俩没有一个人大声抗议此事。最后，我们都原地站在那里，任两个发疯的黑女人把我们浇了个浑身透湿。

我们四个人都成了水中仙女，围绕着清冽的水花翩翩起舞，就像印第安人围着熊熊燃烧的篝火跳舞一样。松鼠和卡罗来纳鹪鹩也大着胆子跳过来，喝起积在水洼里的水，你仿佛能看见褐色草叶直起腰杆返青了。

这时，门廊的门砰的响了一声，六月怒不可遏地冲了出来。我一定是被凉水、气氛和舞蹈陶醉了，竟然操起洒水器喷头说道，“你要是过来就全身湿透。”我说完便扬起水管向她浇去。

她大喊大叫起来。“你想找死啊！”我知道自己神经搭错了，但是却一发不可收拾。我把自己当成了消防队员，把六月看作了疯狂燃

烧的地狱之火。

她从我手里夺过洒水器喷头，转过来对准我。一部分水冲到我的鼻子上，刺得鼻子疼痛。我又去抢洒水器喷头，我们一人抓住一边，弄得水龙直喷到我们的肚子和下巴上。我们跪倒在地上，扭打成一团抢喷头，水花在我们之间交织成间歇性喷泉。六月杏眼圆睁瞪着我，眼睫毛上挂着又密又亮的水珠。就在这时，我听见五月又哼起了"哦！苏珊娜"。我大笑着，让她知道我们只是在闹着玩，没事的，但是我仍然不肯放手。我不会让六月·波特莱特占上风的。

罗萨琳说，"人们说，如果你把水龙带对准扭打在一起的两条狗，它们便会分开，但是，我想这一招也不是永远都灵验。"

八月大笑起来，但我看见六月的目光变得柔和起来，她想忍住不笑，但是，一旦荷兰男孩抽回堵住堤坝的手指，笑声就会像决堤的水一样忍也忍不住——在她的目光变得柔和的一刹那，整体防御便全线崩溃了。我几乎可以看见她在额首反思，*我竟然和一个十四岁的小丫头抢夺花园洒水器喷头。真是荒唐之极。*

她松开手，大笑着张开四肢仰面朝天躺到草地上。我扑通一声倒在她身边，也大笑不止。我们笑得刹不住车。我并不完全明白我们在笑什么——但让我很开心的是，我们能够一起开怀大笑。

我们爬起来后，六月说，"天哪，我感到浑身虚弱，就好像有人把我身体里的元气全都吸走了似的。"

罗萨琳、五月和八月又扮演起水中仙女的角色。我回头望着我和六月并排躺着的地面，湿漉漉的青草被压趴了，紧紧贴在泥土上。我小心翼翼地跨过青草。见我如此当心，六月也提脚跨越而过，然后，令我惊讶不已的是，她过来拥抱了我。六月·波特莱特拥抱了我，我们身上的衣服上下摩擦着，发出海绵似的悦耳声音。

在南卡罗来纳，如果气温超过一百零四华氏度的话，人们就必须卧床休息。实际上，这是一条不成文的规定。有些人可能把这看作是一种偷懒的行为，但说真的，当我们躺下避暑的时候，我们便可以让自己的大脑有时间思考一些问题，探索生活的真谛，通常让我们的头脑思考一番需要思考的问题。上六年级时，我们班有个男生头颅里有一块钢片，他总是抱怨说，是因为钢片阻碍他从来答不出考试答案。我们老师会说，“得了吧。”

不过，从某种意义上来说，那个男生说得有道理。地球上的每一个人头脑里都有一块钢片，但是，如果你不时地躺下来，尽量保持静止不动，脑袋便会像电梯门一样悄悄开启，让一直耐心等待在周围的所有秘密思想进入电梯，揿下按钮，一直冲上楼顶。当那些隐秘之门关闭太久时，生活中真正的麻烦就来了。不过，那只是我个人的看法。

八月、五月、六月和罗萨琳这会儿应该是在粉红屋他们自己的房间里，熄灯躺在电风扇下面。我在蜂房里躺在自己的帆布床上，告诉我自己，我可以海阔天空地爱想什么就想什么，除了不能想我母亲，毫无疑问，她是唯一等着进电梯的人。

我能感觉到我思绪万千。眼前全是梦幻世界里的点点滴滴。只要走错了一步，便会惹上无穷的麻烦。自从打电话给狄瑞以后，我就非常想把这件事告诉罗萨琳。我想对她说，*如果你一直想知道，我离家出走是否让狄瑞良心发现，或者他会不会因此而改变他的一贯做法，那你就别浪费时间了*。但是，我没法使自己向她承认，我是非常在乎他才打电话给他的。

我住在这里有什么错，难道就不能保守自己的秘密？我躺在帆布床上，两眼凝视着放亮的一方窗户，感到心力交瘁。保守秘密竟如此费劲。*让我上去吧，我母亲说。让我上那该死的电梯吧。*

唉，好吧。我拖出旅行包，仔细看着母亲的照片。我不知道自己在她肚子里时是幅什么情景，只不过是一团蜷曲的肉体在她幽暗的体内游动吧，我们两人之间有的只是无言的交流吧。

虽然我心里还在思念着母亲，但已不像以前那样想得要命。我戴上母亲的手套，突然间发现手套很紧了。等到我十六岁时，手套戴在我的手上就会像婴儿手套似的。我会成为漫游仙境的爱丽斯，吃了糕点以后个子长大了一倍。我的手掌会把手套的缝撑破，而且我永远也无法再戴这副手套了。

我从汗津津的手上剥下手套，心中涌起一阵战战兢兢的感觉，感到心中的内疚又像一把锯子似的在割噬着我，感到了我无法停止的一连串谎言，还有被赶出粉红屋的恐惧。

“不。”我倒吸了一口气。这个词很久很久才发出声来。一声恐惧的窃窃私语。不，我不敢往下想。我不会再有这样的感觉。我不会让这件事毁了眼前的一切。*不*。

我认为卧床避暑是个乡巴佬的主意。我爬了起来，到粉红屋去找些冷饮喝。在我做了所有这些事情之后，假如我还能设法上天堂的话，我希望只给我几分钟时间，与上帝私下里说几句话。我想说，*我说，我知道您创世纪用心良苦，但是，您怎么能放手让世界变成这个样子呢？您为何就不能坚持您创造天堂的初衷呢？*人们的生活一团糟。

我走进厨房时，五月正伸开两腿坐在地上，大腿上放着一盒全麦饼干。那样正好——只有我和五月两个人，两个在床上安安静静躺五分钟都做不到的人。

“我看见一只蟑螂。”她说，把手伸进一袋药蜀葵，我以前没有注意到那袋药蜀葵。她抓出一朵，把它一点一点碾碎了。不可理喻的五月。

我打开冰箱，站在那里两眼盯着冰箱里的食物，仿佛我在等待葡萄汁瓶子跳进我的手里，说，*来，喝我吧*。我似乎弄不明白五月在做什么。有时候，人们对一些重大事情的领悟慢得令人心焦。譬如，你崴了脚脖子，直到你走过一个街区之后，才感觉到疼痛。

我一杯果汁快喝完时，才抬头看见五月用药蜀葵和全麦饼干屑，正在地上铺筑微型高速公路——从水槽处开始，蜿蜒通向门口，金黄色的饼干屑和黏糊糊的白色药蜀葵碎片，细细密密地摆了一长溜。

“蟑螂会顺着这条路跑到外面去的，”五月说，“这样做每次都很灵。”

我不知道自己盯着地面上的这条细线看了多久，看着五月扭头朝着我的脸，急切地等着我说什么，但是我却一时想不出要说什么。厨房里充斥着冰箱电机那一成不变的哼哼声。我心里泛起一种奇异而闷塞的感觉。一段回忆涌来。我站在那里等待着，让回忆涌现……*一说到昆虫，你母亲就像疯了一样*，狄瑞曾经说过。*她常常会用全麦饼干屑和药蜀葵连成一条线，把蟑螂引到屋外*。

我又看着五月。我想道，*我母亲该不是跟五月学会的引蟑螂术吧？*

自从我踏进粉红屋那一刻起，我的某种预感使我相信，我母亲曾经到过这里。不，不是相信，更多的是在做白日梦，是痴心妄想。但是，此时此刻，这实实在在的可能性似乎近在眼前，却又仿佛很牵强附会，真是荒唐。*那不可能*，我再次想道。

我走到桌子旁坐下。黄昏的影子照进房间。影子是桃色的，渐显

渐隐，厨房里鸦雀无声。甚至连冰箱的哼哼声也不响了。五月又去干她的活了。她好像忘了我还坐在那里呢。

我母亲引蟑螂出屋的招数也许是从书本上学会的，也许是从她母亲那里学来的。我怎么就知道各个地方的家庭不是使用这种特别的驱蟑螂法呢？我站起来，走到五月身边。我觉得自己的膝关节在发抖。我把手搭在她的肩膀上。好，我想道，开始。我说，“五月，你认识一个叫黛博拉的人吗？黛博拉·方塔尼尔。弗吉尼亚州的一个白人妇女。那是很久以前的事了。”

五月是个十分直率、毫无城府的人。她回答问题时从来不会斟酌再三。她连头也不抬，脱口就说，“噢，认识，黛博拉·方塔尼尔。她在蜂房里住过。她最讨人喜欢了。”

原来如此。真相大白了。

刹那间，我感到一阵头晕目眩。我不得不伸手撑在厨房的案板上，以便稳住身体。我低头看着地面，一行饼干屑和药蜀葵看上去像是活了一样。

我有满肚子的问题要问，但这时五月开始唱起了“哦！苏珊娜”。她放下饼干盒，慢慢站起来，开始抽起鼻子来。与黛博拉·方塔尼尔有关的什么事情让她难过起来。

“我想我要去哭墙那里待一小会儿。”她说。她就这样离开我走了，我站在厨房里，热得喘不过气来，世界在我脚下倾斜了。

在回蜂房的路上，我专心注视着脚下，走在车道上硬邦邦的泥土块上，还有露出地面的树根，刚浇过水的草皮，以及我的脚踏在大地上的感觉，脚下的泥土是那么坚实古老，且生机勃勃。我每走一步都是这种感觉，一直伴随着我，毫无变化。我母亲的足迹就在那里。

噢，认识，黛博拉·方塔尼尔。她在蜂房里住过。她最讨人喜欢了。

回到蜂房里，我支起双腿坐在帆布床上，双手抱住膝盖，将半个脸蛋靠在上面。我用全新的眼光审视着地板和墙壁。我母亲曾经在这间屋里走来走去。一个真实存在的人。不是我凭空想象的一个人，而是一个有血有肉、活生生的人。

我最不想做的事情就是睡觉，但是当人的肌体受到打击时，整个身体所渴望的就是睡上一觉，再做个梦。

约莫过了一个小时，我从梦乡里醒来，记不清刚才梦见了什么。然后，突然间，整个梦境又涌回我脑海。

我正在用蜂蜜修筑一条穿过房间的盘山小路，一会儿像是在蜂房，一会儿又像是在西尔万的故园。我从一扇我从未见过的门开始修路，一直修到我的床脚下。然后，我坐在床垫上等待着。门开了，我母亲走了进来。她沿着蜂蜜小路，不时地转弯拐角穿过房间，走到我的床边。她浅笑盈盈，她端庄秀丽。但是，我突然发现她不是一个常人。她长着六条蟑螂腿，一边各三条，钻出她的衣服，刺过她的胸腔，长在她的躯干上。

我难以想象是谁往我的头脑里灌输了这种幻象。现在的天空染着一层朦胧的玫瑰色，身上凉飕飕的需要盖一条被单。我拉过被单盖在腿上。我觉得胃不舒服，像是要呕吐的样子。

如果我现在告诉你，说我从来没有怀疑自己做过那个梦，说我从来没有闭上眼睛梦见母亲长着蟑螂腿，说我从来没有怀疑过她为什么会那副模样来到我身边，暴露出她最丑陋的原形，那么，我就得故伎重演，对你撒谎了。蟑螂的确是令人厌恶的生灵，但你不能杀害它。它将繁衍生存下去。只要把它赶出去就行了。

✻

其后的几天里，我有点儿神经紧张。哪怕有人失手掉了一枚硬币在地板上，我都会大惊失色。在餐桌上，我手里戳着食物，眼睛却茫然盯着空中，像掉了魂似的。有时候，我母亲长着蟑螂腿的形象会跃进我的脑海，我不得不吞一勺蜂蜜，以免反胃呕吐。我像热锅上的蚂蚁一样坐立不安，看电视上的美国音乐台节目连五分钟都坐不住，平常我会一字不漏地不放过狄克·克拉克说的话。

我在屋里走来走去，这儿停停，那里站站，想象着每一间屋子里都有我母亲的身影。裙摆散开坐在钢琴琴凳上。跪在我们的圣母身边。细细阅读五月从杂志上剪下来贴在冰箱上的食谱集锦。我目光呆滞地盯着这些幻象看，每次抬起头来都发现八月或者六月或者罗萨琳正在看着我。她们咂着舌头，摸摸我的脸，看我是不是发高烧了。

她们说："怎么啦?什么让你走火入魔啦?"

我摇摇头。"没什么，"我撒谎道，"没事。"

实际上，我觉得我的生命仿佛被搁在高高的跳水台上，将要跳进未知的水域。*危险的水域*。我只想推迟一段时间再跳下去，想在屋里感受一下我母亲的亲情，想假装我不害怕听到她为什么来这里的传说，假装不害怕她以梦中的形象让我吃惊，露出六条腿，丑恶至极。

我想走到八月面前问她，我母亲为什么来这里，但是，恐惧的念头阻止了我。我想知道，但又害怕知道。我完全被悬于地狱的边境[①]。

---

① 又译灵薄狱，据传是基督降生前未受洗的儿童及好人灵魂所居之处。

*

星期五傍晚，我们清理完毕最后一批蜂箱，并将它们储藏好之后，扎克出去查看蜂蜜卡车的引擎。尽管尼尔已经修理过了，但是引擎的工作状态还是怪怪的，而且温度过热。

我晃悠悠地走回房间，坐到帆布床上。热浪从窗口辐射进来。我想起身去打开电风扇，但却懒得动，只是坐在床上透过窗玻璃呆呆地看着淡蓝色的天空，心里涌起一阵百感交集的忧伤。我能听见卡车收音机里传来的音乐声，萨姆·库克在唱《又一个星期六的晚上》，然后听见五月隔着院子向罗萨琳喊，好像是叫她把被单从晾衣绳上收下来什么的。我突然意识到，生活正在沿着它正常的轨道前进，我却举棋不定地等待着，不知是否应该过自己想要的生活。我不能再等待下去了，好像时间无穷无尽似的，好像这个夏天永远不会结束似的。我顿时感到热泪盈眶。我必须得做个了断。不管发生什么事情……唉，就让它发生好了。

我走到水槽前洗了一把脸。

我深深地吸了一口气，把我母亲的黑圣母像和母亲的照片装在口袋里，走向粉红屋去找八月。

我想象着我们会坐在她的床头，或者坐在外面的草坪椅上，如果蚊子不是太猖獗的话。我想象着八月会说，*莉莉，你心里在想什么呀？咱们终于可以谈一谈了，是吗？*我会掏出圣母雕像，把一切都告诉她，然后，她会告诉我关于我母亲的事情。

要是事情真能如愿该多好啊，但事实并非如此。

当我大步走向粉红屋的时候，扎克在卡车那儿喊我。“想和我一起进城吗？我要赶在商店关门之前去买一根新的散热器软管。”

“我要去找八月谈谈。”我说。

他啪的一声合上引擎盖，在他的裤子前后蹭干净手上的油污。“八月和甜女在客厅里。甜女是哭着来的，因为奥蒂斯用他们毕生的积蓄去买了一条二手渔船。”

“但是我真有很重要的事情要告诉她。”

“那也得有先来后到啊，”他说，“走吧，在甜女走之前我们就能回来了。”

我迟疑不决，然后让步了。“那好吧。”

汽车配件商店与电影院隔着两个门。当扎克把卡车停在商店前面的停车场上时，我看见他们——五六个白人——站在电影院售票亭旁边。他们转来转去溜达着，目光敏捷地瞟着人行道，仿佛在等什么人。他们的衣着都很考究，领带上别着领带夹，像商店职员和银行职员的打扮。其中一个人握着看起来像是铁锹柄一样的家伙。

扎克关掉蜂蜜卡车引擎，透过挡风玻璃看着他们。一条狗——生着一张年老苍白的脸的老猎犬——摇摇晃晃地走出汽车配件商店，开始在人行道上嗅闻着什么。扎克用手指敲着方向盘，叹了一口气。我突然想起来：今天是星期五，他们是来这里等杰克·帕兰斯和他的黑女人的。

我们在车里坐了一会儿，没有说话，卡车里的声音显得格外响。座椅下面的弹簧嘎吱嘎吱响。扎克敲手指的响声。我急促呼吸的喘息声。

后来，其中一个男人叫喊起来，吓了我一跳，膝盖撞到汽车仪表板小柜上。他在街道对面瞪着眼吼道，“你们在那边看什么看?”

我和扎克扭头透过后窗向外看去。只见三个十几岁的黑人男孩站在人行道上，喝着瓶装可乐，眼睛看着那几个男人。

“我们改时间再来吧。”我说。

“没事的，”扎克说，“你在车里等我。”

不，不会没事的，我心里想道。

当扎克从蜂蜜卡车上下来时，我听见男孩们在喊他的名字。他们穿过街道，跑向蜂蜜卡车。他们隔着车窗看了我一眼便开始起哄，你一把我一把地推搡着扎克。其中一个男孩抬手在他脸前挥舞着，好像一口咬到了墨西哥辣椒似的。“你车上是谁啊?”他问。

我看着他们，想对他们笑笑，但是，我的注意力集中在那几个白人身上，我看见他们在望着我们。

黑人男孩们也看见了这个情况，其中一个男孩——我后来知道他名叫杰克逊——惊天动地地大声说道，“你们真傻，竟然相信杰克·帕兰斯要来蒂伯龙。”男孩子们大笑起来，连扎克也笑了。

手握铁锹柄的那个白人径直走到卡车保险杠前面，半嘲半笑地看着那三个男孩——同样的表情我在狄瑞的脸上看过千万次了，是那种强势扭曲的表情，没有一丝仁爱之心。那人吼道，“小子，你说什么来着?”

街道上嘈杂声消隐了。猎犬耷拉着耳朵，钻进一辆停着的轿车下面。我看见杰克逊咽了一口口水，下巴微微抽动了一下。我看见他把可乐瓶子举过头顶，然后扔了出去。

当可乐瓶飞出他手中的一刹那，我闭上了眼睛。当我再睁开眼睛时，碎玻璃已经撒满了人行道。手握铁锹柄的男人已经扔掉了锹柄，用手捂住鼻子。鲜血从他的手指缝里渗了出来。

他朝其他那几个人转过身去。“那个小黑鬼砸破了我的鼻子。”他说，好像天塌下来似的。他环顾四周，一时不知道如何是好，然后，走进附近的一家商店，鲜血滴了一路。

扎克和男孩们在车门旁边站成一团，在人行道上一动不动，这时，其余那几个人走过来，站成半圆形围住他们，把他们逼靠在汽车上。“是哪一个扔的瓶子？”一个男人问道。

男孩们没有一个人开口。

“一群胆小鬼。”另一个人说。这人手里拿着从人行道上拾起来的铁锹柄，男孩们每动一下，他就举起铁锹柄朝他们挥舞一下。“只要招出来是谁干的，其他三个人就可以走了。”他说。

没有人承认。

这时，人们开始走出商店，聚集围观。我盯着扎克的后脑勺。我觉得我的心有点儿牵挂扎克，我站在那里，尽量向前探着身体，想看扎克怎么办。虽然我知道告密者会被视为人渣，但是我还是希望他手指一伸说道，*是那边的那个人。是他干的*。那样的话，他便可以爬上蜂蜜卡车，我们便可以离开了。

说啊，扎克。

他转过头，拿眼角瞟了我一眼。然后，他微微一耸肩，我便知道没戏了。他决不会开口出卖朋友。他想对我说的是，*对不起，但是他们都是我的朋友。*

他选择站在那里，和他们在一起。

我望着警察把扎克和三个男孩一起推进了警车。警车开走了，警察打开了警笛和红灯，似乎没有这个必要吧，但是我猜想，他是不

想让人行道上的围观者失望罢了。

我坐在卡车里,仿佛凝固了,周围的世界仿佛也凝固了。人群散了,城里的汽车也一辆一辆地回家了。商店关门打烊了。我透过挡风玻璃看出去,出现在眼前的仿佛是深夜里电视屏幕上的测试图案。

我从震惊中稍稍缓过神来后,心想我该怎么办呢,该如何回家呢?扎克把车钥匙带走了,否则,我也许能够自己试着把车开回去,尽管我连刹车和换档都分不清。现在,商店都关门了,也没法打电话,当我看到街上有一个付费电话时,又意识到自己身无分文。我走下卡车,开始步行。

半小时后,我回到粉红屋时,看见八月、六月、罗萨琳、尼尔和克莱顿·福里斯特先生都聚集在绣球花附近长长的花影下。他们的低语声飘进残照余晖里。我听见有人提到扎克的名字。我听见福里斯特先生说到"监狱"这个字眼。我猜想,扎克利用允许打一个电话的机会,打电话给福里斯特先生了。于是,他就过来了,委婉地把坏消息告诉了大家。

尼尔站在六月身边,这表明他们并没有真的翻脸,他们恶语相向时说的"你别再回来了"和"你这自私的婊子"只是气话而已,并没当真。我悄悄地向他们走过去。有人正在路上烧草茬。整个天空弥漫着沁人心脾的青草味,飘散的草木灰轻轻拂过我的头顶。

我出现在他们身后,喊了一声,"八月?"

她一把将我搂进怀里。"谢天谢地。你回来了。我正要去找你呢。"

在回屋的路上,我把事情的经过告诉了他们。八月的胳膊揽着我的腰,好像生怕我又眩晕摔倒了,但实际上,我从来没有像现在这么镇定。房子上映衬出蓝色的影子,影子的形状看起来像某种不友善的动物——像条鳄鱼,像头灰熊。染发水的气味萦绕于克莱顿·福里斯特的头部，他那生有华发的部位。我们的人情之重束缚着我们的脚踝，我们简直难以走到目的地。

我们围着餐桌坐在梯形靠背椅上，罗萨琳没有入座，她在忙着往玻璃杯里倒茶，又端出一盘甜椒乳酪三明治放到桌上，仿佛人人都有好胃口似的。罗萨琳的头发编成一排排漂亮的小辫子，我猜是晚饭后五月给她编的。

“能保释吗?”八月问。

克莱顿清了清喉咙。“门罗法官到外地休假去了，因此，看来下星期三之前，谁也出不来。”

尼尔站起身来，走到窗户跟前。他脑后的头发剪成了一个整齐的方块。我试图集中精神看着他的发型，免得支持不住崩溃了。下星期三离现在还有五天。*五天哪*。

“哦，他还好吧?”六月问，“他没有受到伤害，对吗?”

“他们只给我一分钟的见面时间，”克莱顿说，“不过他看上去很好。”

外面，夜空在我们头顶移动。我明白，我明白克莱顿说*他看上去很好*是什么意思，好像我们大家都知道他不是很好，却装作很好的样子。

八月闭上了眼睛，用手指抚平额头上的皮肤。我看见一星亮膜闪过她的眼睛——开始流泪了。我看着她的眼睛，可以窥见眼中的一团火。那是你可以依赖的一膛炉火，如果你觉得寒冷，你便可以靠近取暖，或者可以煮些食物以果你的辘辘饥肠。我觉得好像我们都是人世间的漂泊者，我们拥有的全部财富就是八月眼里温润的火苗。但即便如此，我们也知足了。

罗萨琳看看我，我明白她的心思。*别以为你把我从监狱里救了出来，就觉得自己还有什么妙计能救扎克*。我明白人们是怎么沦为职业罪犯的。初犯最难。犯了第一次罪之后，你便会想，*再犯一次又怎么样*？又是几年牢狱之苦。那可不是小事。

“你打算怎么办?”罗萨琳说。她站在克莱顿旁边，俯视着他。她的双乳堆在肚子上，拳头放在屁股上。她的架势好像希望我们大家都满嘴含着痰，径直冲到蒂伯龙监狱，把痰啐到那几个人的鞋子上。

显然，罗萨琳也窝着一肚子火，但不是像八月心中的那种炉火，而是可以将房子烧掉，将里面的一切统统烧毁的大火，如果必要的话。罗萨琳使我想起了客厅里我们的锁链圣母，于是我想道，*如果说八月是马利亚胸膛上的那颗红心，那么，罗萨琳就是那个拳头*。

“我会尽最大努力把他救出来，”克莱顿说，“但是，他恐怕得在里面待上一阵子。”

我把手伸进口袋，摸到了黑圣母雕像，顿时想起我打算告诉八月的关于我母亲的事情。但现在扎克发生了如此可怕的事情，我如何能启齿说这事呢?我想说的一切事情都得等一等再说，我又得重新回到与以前同样动荡不安的生活。

“我认为没有必要让五月知道这件事，”六月说，“那样只会伤害她。你们知道她有多爱扎克。”

大家全都转脸看着八月。“你说得对，” 她说，“五月难以承受这个打击。”

“她去哪里了?”我问。

“在她床上睡觉，”罗萨琳说，“她累坏了。”

我想起下午我看见过她，在外面的哭墙旁边，拉着满满一手推车石头。垒到她的哭墙上。仿佛她预感到哭墙需要添些新的石头。

*

蒂伯龙监狱不像西尔万拘留所那样挂着窗帘。它是一幢灰蒙蒙的混凝土楼房,装着铁窗,光线昏暗。我暗暗对自己说,去探监是一种愚蠢的行为。我是一名逃犯,现在我却自投罗网,那些训练有素的警察可能会认出我来。但是,八月问我是否愿意和她一起去探望扎克。除了答应以外,我还能说些什么呢?

监狱里的那个警察剃着平头,个子很高,比尼尔还要高,而尼尔都有威尔特·张伯伦那么高了。他似乎特别不乐意看见我们。"你是他母亲吗?"他问八月。

我看了看他的胸牌。他的名字叫埃迪·哈兹乌斯特。

"我是他的教母,"八月说,身板站得笔直笔直的,像是在测量身高似的,"她是我们家的一位朋友。"

他的眼睛瞟过我。他似乎唯一感到有些疑惑的是,像我这样一个白人女孩怎么会是他们家的朋友。他从写字台上拿起褐色的纸夹笔记板,啪嗒啪嗒翻动着上面的夹子,一边在考虑着该对我们说些什么。"好吧,你们可以有五分钟探视时间。"他说。

他打开走廊里的一扇门,走廊一边有四间牢房,每间牢房里关着一个黑人男孩。人体的汗味和小便的臊味差点没把我熏倒。我想伸出手指塞住鼻孔,但是我知道那是最严重的侮辱。产生那种气味,他们也无能为力。

他们坐在靠墙长凳似的帆布床上,当我们走过时,他们目光呆滞地看着我们。一个男孩正在往墙上扔纽扣,在玩某种游戏。当我们走过来时,他停了下来。

哈兹乌斯特先生把我们领到最后一间牢房。"扎克·泰勒,有人来看你了。”他说，然后看了一下手表。

扎克朝我们走过来时，我心里在想，他是否被戴过手铐，是否被取过指纹，是否被照过相，是否被推来搡去折磨过。我多想把手伸过铁栅去抚摸他，用手摸着他的皮肤，因为似乎只有摸到他，我才能相信这一切都是真的。

当我们知道哈兹乌斯特先生显然不会离开时，八月开始说话了。她说起放在哈尼农场的一个蜂箱如何发生蜂群离巢的经过。“你知道那个蜂箱，”她说，“就是发生虫害的那个蜂箱。”

她详细叙述起四处寻找逃蜂，在暮色苍茫时分，搜索着树林，穿过西瓜地，终于在木兰苗圃里找到了逃蜂，整个蜂群像只黑气球一样挂在树枝上。“我用漏斗把蜜蜂引到一只蜂箱里，”她说，“然后，我把它们又养在蜂巢里了。”

我想，她是在设法让扎克知道，她会不懈地努力，直到他回家和我们团聚。扎克听着听着，褐色的眼睛湿润了。他聚精会神地听八月聊着蜂群的话题，似乎减轻了他的痛苦。

我事先也已经想好了要对他说的话，但是，此时此刻全都想不起来了。当八月忙着问长问短的时候——他好吗？他需要什么东西吗？——我站在一边傻愣着。

我望着他，心里充满了柔情和疼痛，不知道是什么使我们心心相连。难道是彼此发现了内心深处的伤口，从而在伤口之间孕育出一种爱情吗？

当哈兹乌斯特先生说“时间到了，走吧”，扎克的目光转向了我。他的太阳穴上突起一条青筋。我望着血管在颤动，血液涌动着流过了血管。我想说些安慰的话，想告诉他我们的相同之处比他所了解的更多，但似乎那样说很荒唐。我想伸手穿过铁栅，抚摸他鲜血奔涌的血管。但是，我也没有那样做。

“你还在笔记本上写作吗?”他问,他的面容和声音突然变得古怪而绝望。

我看着他,点了点头。关在隔壁牢房里的男孩——杰克逊——发出一声怪叫,像猫叫,让这个时刻看起来既愚蠢又不值钱。扎克怒冲冲地瞪了他一眼。

“好了,五分钟已经过了。”警察说。

八月的手放在我的背上,用肘轻推着催我离开。扎克似乎想问我什么话。他张开嘴,然后又闭上了。

“我会为你写下这一切的,”我说,“我会把它写进小说。”

我不知道那是不是他想问我的话，但那是人人都向往的事情啊——让某人了解他们所受到的伤害,郑重其事地把它记述下来。

我们忙活着,没有微笑,甚至当着五月的面也是这样。当五月在房间里时,我们绝口不提扎克的事,但是,我们也没有装作天下太平的样子。六月拉着大提琴,她忧伤时总是以此排忧消愁。有一天早晨,八月在去蜂房的路上停下了脚步,两眼看着扎克的汽车在车道上留下的印辙。看到她站在那里的样子,我想她可能快要哭了。

我无论做什么事都觉得沉重和困难——擦干盘子上的水,跪着做晚祷,就连拉开被单上床睡觉也觉得是负担。

八月的第二天,晚饭后洗好了盘子,诵过了万福马利亚,八月说,今晚不拖地板了,我们看埃德·苏利文的节目。当我们正在收看节目时,电话铃响了。直到今天,八月和六月还在想,如果接电话的是她们两人中的一个而不是五月的话,我们的生活会是多么的不同。

我记得，八月起身要去接电话，但是五月离门最近。“我来接。”她说。谁也没有想到会发生什么大事。我们目不转睛地看着电视，看着苏利文先生，他在介绍一个杂技节目——猴子骑着小巧的单轮滑行车走钢丝。

几分钟后，当五月回到屋里时，她的眼睛把我们的脸挨个扫了一遍。“是扎克母亲打来的电话。”她说，“你们为什么不告诉我他被关进牢房的事？”

她站在那里，看上去十分正常。好一会儿，我们谁也没有动弹一下。我们看着她，好像在等着屋顶塌下来似的。但是，五月就站在那里，泰然自若。

我开始遐想联翩，也许发生了某种奇迹，她的毛病莫名其妙地不治而愈了。

“你没事吧？”八月说，慢慢站了起来。

五月不回答。

“五月？”六月说。

我甚至微笑着朝罗萨琳点点头，好像在说，*你能相信她竟然平静地接受了这个打击吗？*

然而，八月却关掉了电视机，仔细端详着五月，皱起了眉头。

五月把头歪向一边，她的眼睛盯着挂在墙上的一幅鸟舍的十字绣装饰画。我突然发现，她的眼睛其实并没有看着画面。她的目光完全茫然呆滞。

八月走到五月面前。“回答我的话。你没事吧？”

在一片寂静中，我听见五月的呼吸声越来越响，有点儿喘粗气。她往后退了几步，一直退到墙根。然后，她无声无息地靠墙滑倒在地板上。

我不知道五月的内心世界是什么时候沉下去的，五月的魂魄已

经去了某个不可抵达的地方。甚至连八月和六月也没有立刻意识到这一点。她们一声声呼唤着五月的名字，只当她丧失了听觉。

罗萨琳弯腰俯向五月，大声对她说话，试图与她沟通。“扎克不会有事的。你一点都不必担心。福里斯特先生星期三就会保他出狱。”

五月漠然凝视正前方，甚至好像罗萨琳不存在似的。

“她这是怎么了？”六月问道，我听得出她的声音里透着些许惊慌。“我从来没有见过她像这个样子。”

五月人在魂魄不在。她的双手软软地放在大腿上，掌心向上。她没有低头埋在连衣裙里哭泣。她没有来回摇晃身体。她没有拉扯自己的发辫。她是这样的安静，这样的不同寻常。

我扬脸看着天花板，我不忍看下去。

八月到厨房去拿来一块包着冰块的擦餐具毛巾。她把五月的头扶到自己身上，在她的肩膀上靠了一会儿，然后，她抬起妹妹的脸庞，将毛巾敷在她的额头、太阳穴和脖子上。她冷敷了几分钟，然后放下毛巾，双手拍打着五月的脸颊。

五月眨了眨眼睛，定神看着八月。她看着我们大家，围拥在她身边，仿佛她刚刚远行归来似的。

“你觉得好点了吗？”八月问。

五月点点头。“我没事的。”她的声音单调而古怪。

“看见你能说话了，我真高兴。”六月说，“来，我们扶你去泡个澡。”

八月和六月扶着五月站起来。

“我要去哭墙。”五月说。

六月直摇头。“天快黑了。”

“就去一小会儿。”五月说。她走进厨房，我们一起跟在她后面。

她打开一个橱柜抽屉，拿出一个手电筒、便笺纸和一小截铅笔，然后走上门廊。我想象着她写下：扎克入狱，然后把它塞进墙缝里。

我觉得应该有人亲自去感谢哭墙上的每一块石头，因为它们吸纳了人类的苦难。我们应该逐块地亲吻那些石头，对它们说，我们很抱歉，但是，某些坚实持久的物质必须为五月做这件事，于是上帝选中了你们。上帝保佑你们坚如磐石般的心。

"我陪你一起去。"八月说。

五月回过头说道，"不，请不要去，八月，就我一个人去。"

八月开始抗议。"但是——"

"就我一个人去，"五月说，转身面对我们，"就我一个人去。"

我们目送她走下门廊台阶，进了小树林。生活中的有些事情是我们永远无法忘记的，无论你多么努力都无济于事，这个情景就是其中之一。五月走进了小树林，手电筒射出的小小光晕在她前面跳跃不停，然后，黑暗吞没了她。

蜜蜂的生命其实非常短暂。在春夏两季——采蜜最辛勤的时期——工蜂通常也只能活四五个星期……由于在采蜜飞行途中受到各种危险的威胁，许多工蜂甚至还活不了这么长时间。

——《舞动的蜜蜂》

10

我和八月、六月、罗萨琳坐在厨房里，夜色已在屋子四周悄悄弥漫开来。五月已经去了整整五分钟了，这时八月站了起来，开始来回踱步。她走到门廊上又折回来，然后朝哭墙的方向凝望着。

二十分钟后，她开口说道，“不能再等了。我们去叫她回来。”

她从卡车里找出手电筒，直奔哭墙，我和六月还有罗萨琳疾步紧随其后。一只夜莺正在枝头歌唱，急切而狂热，它唱得如此动情，仿佛让它栖在枝头歌唱，就是为了把月亮唱上穹顶似的。

“五——月——”八月在喊。六月也在喊，然后，我和罗萨琳也一起喊。我们就这样一路走一路呼唤着她的名字，可是没有人应声。只有夜莺对着月亮在歌唱。

从哭墙的一头走到另一头以后，我们返回原处，然后又走了一趟，每一回我们都满怀希望，认为这一回一定能找回五月。这一趟我们走得更慢，看得更仔细，叫喊声更大。这一次五月会跪在那里，手电筒的电池耗尽了。我们会想，**天哪，我们第一次经过这里时怎么就**

没看见她呢？

不过，这一次还是没有找到五月。于是，我们走进哭墙后面的小树林，更加大声地呼喊着她的名字，最后，我听见我们的嗓子都喊哑了，但是，我们没有一个人愿意把事情往坏处想。

尽管已是夜晚，酷暑的余威依然闷热难耐。当我们借着直径只有四平方英寸的电筒亮光在树林里搜索时，我能闻到我们身上闷热潮湿的汗味。终于，八月说，"六月，你回家打电话报警吧。告诉他们，我们需要警方协助寻找我们的妹妹。打完电话后，你就跪在我们的锁链圣母面前，祈求她眷顾五月，然后你再回来。我们去河边找找。"

六月立即往家跑。我们能听见她穿过灌木丛时弄出的哗啦哗啦声，与此同时，我们转身走向地产后面河流经过的地方。八月箭步如飞，越走越快。罗萨琳使劲跟上，气喘吁吁。

我们来到河边，稍微站了一会儿。满月缺了又圆，我在蒂伯龙已经逗留很久了。月亮挂在河面上空，出没于云朵之间。我凝视着对岸的一棵树，树根虬劲暴露于天。我感觉到一种坚硬干涩的滋味涌上喉咙，继而滑过舌头。

我想去拉八月的手，但是她已右转沿河走去，边走边喊五月的名字。

"五——月——"

我和罗萨琳跌跌绊绊地跟在她后面，我们三人跟得很紧，在那些夜间动物看来，我们一定像一只长着六条腿的庞然大物。令我吃惊的是，每天晚上用餐之后我们捻着木珠念诵的祷告词，突然涌进我的脑海，旋律和谐，像画外音一样自动吟诵。我可以一字一句听得清清楚楚。万福马利亚，你充满圣宠，主与你同在。你在妇女中受赞颂，你的亲子耶稣同受赞颂。天主圣母马利亚，求求你，现在和我们临终时，为我们这些罪人祈求天主。阿门。

直到听见八月说“很好，莉莉，我们应该一起祷告”，我才意识到我在大声说着那些祷告词。我分不清我是在祷告还是以声壮胆驱除恐惧。八月和我一起祷告，接着罗萨琳也一起背诵。我们沿着河边走，祷告词像缎带一样乘着夜色在我们身后飘拂。

六月回来时，手里也拿了一只手电筒，不知她是从粉红屋的什么地方找出来的。当她穿过树林的时候，光晕一晃一晃的。

“我们在这里。”八月喊道，手电筒对准树林照过去。我们等待六月来到河岸边。

“警察已经上路了。”她说。

警察来了。我看看罗萨琳，只见她的嘴角无奈地向下垂着。那天我探监时，警察没有认出我；我希望他们今天也不会有运气认出罗萨琳来。

六月喊着五月的名字，吃力地走在河岸上，消隐于黑暗里，罗萨琳紧随其后。但是，这会儿，八月走得很慢很小心。我紧跟在她后面，默默诵着万福马利亚，越说越快。

突然，八月停下不走了，我也随之止步。我没再听见夜莺歌唱。

我注视着八月，目不转睛地看着她。她紧张而警觉地伫立不动，低头看着河岸。她在看着我看不见的什么东西。

“六月。”她声调怪怪地低声喊道，但是六月和罗萨琳已经走到河岸远处，没有听见八月的呼唤。只有我听见了。

空气变得稠密而凝重，闷得人喘不过气来。我走到八月身边，胳膊肘挨着她的手臂，紧紧挨着她；脚下是五月的手电筒，灭了，躺在潮湿的地上。

现在，让我觉得怪异的是，我们怎么会站在那里愣了一会儿。我等待着八月开口说话，但是她一声不吭，只是站在那里，将最后的时刻铭记心头。一阵风起，划过树枝沙沙作响，吹在我们脸上，犹如打开烤箱时扑面而来的热浪，又像是从地狱里突然吹来的一阵阴风。八月看了我一眼，然后将手电筒的光束照向河水。

微光掠过水面，照亮一串金闪闪的涟漪，然后，光亮猛地停住不动了。五月躺在河里，就在水面下。她两眼圆睁，一眨不眨，裙摆散开，随着波浪起伏涌动。

我听见八月唇间发出轻轻的呻吟声。

我狂乱地抓住八月的胳膊，但是她甩开我的手，扔掉手电筒，涉水走进河里。

我扑通一声跟在她后面跳下河。河水汹涌，拍打着我的双腿，踩在滑溜溜的河床上，我跌倒了。我想抓住八月的裙子，但没有抓到。我爬起来，弄得水花四溅。

当我赶到八月身边时，她正低头看着心爱的小妹妹。"六月，"她喊道，"六月！"

五月躺在水中两英尺深的地方，胸口上压着一块大河石。河石压在她身上，坠着她沉入河底。我看着五月，心里想道，*现在她要站起来了。八月将挪开大石头，五月将站起来呼吸空气，我们要回家把她擦干*。我想潜入水中抚摸她，轻轻摇晃她的肩膀。她不可能淹死在河里。那是不可能的啊。

唯一没有淹没的部位是她的双手。她双手漂浮着，手掌微微握起，在河面上载沉载浮地晃动，河水在她的指缝间涌进流出。即使到现在，那个情景依然常常在夜里把我惊醒，不是五月那睁开的呆滞的眼睛，也不是压在她身上的墓碑似的石块，而是她的那双手。

六月逆水冲进河里。她来到五月跟前，站在八月身旁，气喘吁吁，两只胳膊来回摇晃着。"哎呀，五月。"她低声惊呼，背过脸去，紧紧闭上了眼睛。

我朝岸上瞥了一眼，看见罗萨琳站在齐踝深的河水里，全身颤

抖不已。

八月跪在水里，搬开压在五月胸口上的石头。她抓住五月的肩膀，把她扶了起来。五月的身体露出水面时，发出一阵可怕的吮吸般的声音。她的脑袋向后仰，我看见她的嘴巴半张半合，牙缝里塞满了淤泥。水草缠绕在她的发辫上。我扭过脸去。于是我明白了。五月死了。

八月当然也知道，但是，她还是将耳朵贴在五月的胸膛上聆听。不过，片刻之后，她便抬起头来，把五月的头拉过来靠在自己的胸口上，这一回，她好像是想让五月听听她的心跳。

“她离开我们了。”八月说。

我开始打起寒战。我能听见自己的牙齿在嘴里打架。八月和六月搭起手臂伸到五月的尸体下面，费力地把她抬到岸上。五月一定喝了很多水，身子涨鼓鼓的。我抓住她的脚踝，想让它们稳住不晃荡。河水似乎冲走了她的鞋子。

当她们把尸体放到岸上时，河水从她的嘴里和鼻孔里涌出。我想到，在查理斯顿附近的河域，我们的圣母也是这样被冲上岸的。我又想，看看五月的手指，看看她的双手。它们是那样的优雅精致。

我想象着五月是怎样把大石头从岸上滚到河里，然后躺下来，把石头压在自己身上。她紧紧抱着石头，仿佛怀抱着一个小宝宝，等待河水灌满双肺。我不知道她在生命的最后时刻是否拼命挣扎着想浮出水面，还是抱着石头与水无争地走了，让石头吸纳她感受的全部苦痛？我不知道在她溺水的过程中，从她身边游过的生灵作何感想。

哭成泪人儿的六月和八月分别蹲在五月的两侧，蚊子在我们的耳畔嗡嗡叫，河水依旧流淌不息，蜿蜒着溶入夜色之中。我敢肯定，她们曾经想象过五月的临终时刻，但现在我在她们脸上看不见一丝恐惧，只是悲痛欲绝地接受了这个事实。这就是她们等了半辈子却甚至没有意识到的结局。

八月伸出手指试图合上五月的眼睛，但那眼睛还是半睁着合不紧。"就像四月一样。"六月说。

"给我打手电筒照着五月。"八月对她说。她的话平静而镇定。我的心怦怦直跳，几乎听不见她说的话。

借着昏暗的光束，八月挑出了钻进五月发辫里的细小翠绿的水草叶子，一片一片装进她的衣袋里。

八月和六月忙着刮去粘在五月皮肤上和衣服上的所有河泥，而罗萨琳，哦，可怜的罗萨琳，她已经意识到失去了最好的新朋友，站在旁边一声不响，只是下巴剧烈地抖动着，我真想走过去为她托住下巴。

接着，五月嘴里爆发出一声我永世难忘的声音——咕噜着气泡的一声长叹，我们大家面面相觑，茫然不解，刹那间又燃起希望，仿佛天大的奇迹终于要发生了，但是，那不过是一腔饱胀的气体突然释放而已。气体扫过我的脸颊，泛着河水的气味，又像是一块朽木的腐味。

我低头朝五月的脸上看了一眼，心里泛起一阵恶心。我深一脚浅一脚地跑进树林里，弯腰呕吐起来。

然后，正当我扯起衣襟擦嘴的时候，只听见一个声音撕破了黑暗，一声撕心裂肺的哭喊使我的心一沉到底。我回头一看，只见八月的身影笼罩在六月打起的手电筒光晕里，哭喊声发自她的喉咙深处。当哭声消失时，她把头埋在五月湿淋淋的胸膛上。

我伸手紧紧抓住一棵小松树的树枝，仿佛我拥有的一切将要滑出我的手心。

＊

“这么说，你是个孤儿？”警察说。就是那个留着平头的高个子埃迪·哈兹乌斯特，在监狱里带我和八月去探望扎克的那个警察。

我和罗萨琳坐在门廊上的逍遥椅上，埃迪手拿一个小笔记本站在我们面前，准备一字一句做笔录。另一个警察在外面的哭墙周围搜查，我想不出他要搜寻什么东西。

我把椅子摇得飞快，几乎随时有可能把自己弹出去。但是，罗萨琳的椅子却一动不动——她紧绷着脸。

我们找到五月后，一回到家，八月就与那两个警察见了面，然后，她叫我和罗萨琳上楼去。“上楼去换身干衣服。”她对我说。

我脱掉鞋子，拿起一条毛巾擦着身子，一边站到楼上的窗户前。我们看见救护人员用担架把五月从树林里带了回来，然后听见警察问了八月和六月各种各样的问题。问答的声音从楼梯井传了上来。是的，她最近情绪压抑。噢，实际上，她一直时好时坏地闷闷不乐。她有个症状。她似乎无法区分其他人和她自己的痛苦。没有，我们没有发现任何征兆。要解剖尸体？那好吧，我们理解。

哈兹乌斯特先生想找每个人都谈谈，于是我们就坐在这里了。我一五一十地对他讲述了事情经过，从五月接电话开始，一直讲到我们在河里找到她为止。然后，他开始问起一些个人问题。他问我是不是上星期去监狱看望其中一个黑人男孩的那个女孩子，问我待在这里做什么，问我罗萨琳是什么人。

我把所有事情又解释一遍，说我小时候就死了母亲，今年初夏，我父亲也在一起拖拉机事故中去世了，这是我一直不改口的故事。我说，罗萨琳是我的保姆。

"我猜，你会说我是个孤儿，"我对他说，"但是，我在弗吉尼亚有个家。我父亲在遗嘱里安排我去那里和我姨妈伯尼一起生活。她在盼着我和罗萨琳两人。她或许会寄车费来，或许亲自开车到这里接我们。她一直在说，'莉莉，我真盼望你来啊。'我告诉她说，'那么，我们开学前就会到那里的。'我就要上二年级了，简直不敢相信。"

他眯缝起眼睛，好像他正在试图弄明白是怎么一回事。我正在打破说谎成功术的条条框框。*言多必失，别说这么多*，我告诫自己说，但是我仿佛无法住口似的。

"我非常高兴去那里和姨妈一起生活。她人好极了。你不会相信，这些年来她送给我的很多礼物。特别是人造珠宝和泰迪熊。一只一只送了我好多泰迪熊哦。"

我很庆幸八月和六月没有在场听到这番话。她们开着蜂蜜卡车随救护车一起走了，想看着五月的尸体平安地运送到什么地方。有罗萨琳在场已经够倒霉的了。我担心她会供出我们的事，譬如她会说，*其实呢，莉莉救我越狱以后我们就来这里了*。但是，她只是蔫蔫地坐在那里，缄默无言。

"那么，再报一下你姓什么？"他说。

"威廉姆斯。"我说。我已经对他说过两遍了，因此我不得不怀疑，在蒂伯龙这个地方，对警察的教育程度是否有要求。看起来与西尔万警察的水平相比是半斤八两。

他靠近来，个子甚至显得更高了。"我不明白的是，如果你要去弗吉尼亚投奔你姨妈，那么，你在这里做什么啊？"

他话里有话，意思是说：*我真不明白，像你这样的一个白人女孩子，住在一个黑人家里做什么*。

我深深地吸了一口气。"哦，是这样的，我姨妈伯尼必须要动一次手术。是女人的麻烦。所以，罗萨琳建议说，'我们俩为什么不去蒂

伯龙和我的朋友八月·波特莱特住几天，等伯尼姨妈痊愈了再过去呀?’我姨妈住在医院里的时候,我们到那里去简直毫无意义。”

他竟然据实笔录下来。你干吗问这么多问题啊?我想对他喊叫,此事与我与罗萨琳与伯尼姨妈的手术无关。现在是处理五月的事情。她死了,难道你没有看见吗?

我原本应该关在自己的房间里大哭一场的,而现在倒好,在这里进行一生中最愚蠢的谈话。

“在斯帕坦堡,你就不能暂住在其他白人家里吗?”

他的意思是说:怎么都比你住在黑人家里强呀。

“没有,长官,真的没有。我的朋友不多。由于某种原因,我不太合群。我想那是因为我成绩优异的关系吧。教会里的一位女士说,在伯尼姨妈痊愈以前,我可以住在教会,但是不久她身上起了带状疱疹,事情就是这样。”

上帝我主啊,派人管住我的嘴吧。

他看着罗萨琳。“那么,你是怎么认识八月的?”

我屏住呼吸,意识到我的逍遥椅静止不动了。

“她是我丈夫的表妹。”罗萨琳说,“我丈夫离开我后,我和八月一直来往。在他的家族中,只有八月知道我丈夫是个蠢得伤心的白痴。”她拿眼睛瞟瞟我,仿佛在说,看见了没?不是只有你一个人会信口雌黄说瞎话。

他啪的一声合上笔记本,对我勾勾手指,示意我跟他到门口去。来到门外,他对我说,“听我一句忠告,打电话让你姨妈来接你,即使她还没有完全好利索。这里是黑人的地方。你听懂我的话了吗?”

我皱起眉头。“不,长官,我恐怕听不懂。”

“我是说,这很不正常,你不应当……嗯,降低自己的身份。”

“噢。”

“要不了多久我还会再来，最好别让我看见你还在这里。明白吗?”他微笑着，一只大手按在我的头上，好像我们是心有灵犀一点通的两个白人。

“好的。”

他走后，我关上了门。一直强撑着的我此时散架了。我走进客厅里，已经开始呜咽起来。罗萨琳过来搂着我，我看见她的脸上也流下了眼泪。

我们上楼，走进她和五月合住的房间。罗萨琳拉开她床上的被单。“来，躺进去。”她嘱咐我。

“但是你睡哪里啊?”

“就睡这儿。”她答道，掀开五月床上的床罩，露出五月用钩针编织的粉红和棕色相间的毛毯。罗萨琳爬进被窝，把脸埋进枕头折缝里。我知道，她在嗅闻五月的体味。

你也许以为，我会梦见五月，但是，当我进入梦乡时，前来入梦的人却是扎克。我甚至说不清，我梦见了什么。我醒来后呼吸有点急促，我明白，那是因为他的缘故。他仿佛真的就近在身边，仿佛我坐起来就能用柔指触摸到他的脸颊。然后，我想起来，此时他正身陷囹圄，觉得难以承受的沉重顿时向我压过来。我在脑海里想象着他睡的那张帆布床，鞋子摆在床底，此时此刻，他也许正睁眼躺在床上凝视着天花板，听着其他男孩的呼吸声。

房间里传来一阵窸窸窣窣的声音，我不由得一惊。那个时刻的感觉很奇怪，仿佛不知自己身在何处。由于是半睡半醒，我原以为自己还睡在蜂房里呢。但现在我明白了，那是罗萨琳在床上翻身弄出的响声。接着，我想起了五月。我想起了河水里的五月。

我强撑着爬起来，悄悄进了卫生间，撩水往脸上浇。我站在那里，夜灯射出微弱的亮光，我低头一看，看见浴缸陶瓷支脚上五月套上去的红袜子。于是，我笑了起来；我情不自禁。这是五月可爱的一面，我永远不会忘怀。

我闭上眼睛，五月所有的美好镜头都一一涌进我的脑海。我看见她那螺旋形的发辫在洒水喷头下水珠闪亮，她的手指摆着全麦饼干屑，为了拯救一只蟑螂的性命而不辞辛劳地工作着。还有那顶帽子，那天和马利亚女儿们跳康茄舞时戴的帽子。当然，我看见最多的还是常常闪露在她脸上的爱心和痛苦。

最后，还是爱心和痛苦毁了她。

他们对五月的尸体进行解剖后，警方正式认定她系自杀，殡仪馆尽全力将五月打扮得很漂亮。之后，她回家来了，回到了粉红屋。8月5日，星期三，一大早，一辆黑色灵车开上了车道，四个身穿黑色西装的男人抬出五月的棺木，径直进了客厅。我问八月，已经入棺的五月为什么要从前门进屋，八月说，“我们坐着陪她，直到她下葬为止。”

我没有料到此地的习俗是这样，因为我知道西尔万人通常是把他们去世的亲人从殡仪馆直接送到墓地。

八月说，“我们坐着陪她，可以向她告别。这叫守灵。有时候人们很难接受死亡这一事实，无法与死者诀别。守灵可以让我们从容诀别。”

如果死者就躺在客厅里，自然会更有助于生者接受这个不可改变的事实。虽然想到家里躺着一个死人有点怪异，但是，如果这样能够让我们更好地告别死者，那也无可厚非，我能理解其中的良苦用心。

"这样对五月也有帮助。"八月说。

"对五月有帮助?"

"你知道,我们都有灵魂,莉莉,当我们死去时,灵魂便回到上帝身边,但是没有人真正知道灵魂升天需要多长时间。也许眨眼的工夫就完成了,也许需要两三个星期。不管怎样,当我们为五月守灵时,我们会对她说,'好啦,五月,我们知道这是你的家,但现在你可以放心地走了。一切都会平安无事的。'"

棺材安放在带轮台板上,八月请殡仪员把棺材推到我们的锁链圣母面前,然后打开了棺盖。殡仪员驱车而去之后,八月和罗萨琳走近棺木,俯身凝视着五月,但是我怯步不前。我在屋里走来走去,从墙上不同的镜子里打量着自己。这时六月抱着大提琴下了楼,随即开始演奏。她拉起"哦!苏珊娜"的旋律,让我们哑然失笑。在守灵时,没有什么比得上开个小小的玩笑,因为它能让你放松。我走到棺木旁,站在八月和罗萨琳之间。

五月还是原来的五月,只是她的皮肤紧绷在颧骨上。泻进棺材里的灯光为她平添了一身光辉。他们给她穿了一件我从未见过的宝蓝色衣裙,开着船形领,钉着珍珠纽扣,戴着她的那顶蓝帽子。她那神态仿佛随时都可能睁开眼睛,朝我们咧嘴而笑。

就是这个女人教会了我母亲用一种仁慈的方法驱赶蟑螂。五月告诉了我,说我母亲曾在这里住过。我扳着手指算了算,那是几天前的事。六天前。但那仿佛已经六个月。我依然急切地想把我知道的一切告诉八月。我想,我也许可以告诉罗萨琳,但是,我真正想告诉的人是八月。只有八月才知道那意味着什么。

站在棺材旁,抬头看着八月,我心中涌起一股想立即告诉她的强烈冲动。脱口直说好了。*我不叫莉莉·威廉姆斯,我叫莉莉·欧文斯,我母亲曾在这里住过。是五月告诉我的。*接着,一切都会真相大

白。无论可能发生什么可怕的事情，那都是不可避免的。不过，当我抬眼看她时，发现她正在一边抹脸上的眼泪，一边到口袋里摸手帕。我知道，此时往她的伤口上撒盐太自私了，失去五月已经让她悲痛欲绝。

六月闭着眼睛拉琴，好像五月的灵魂能否升天全仰仗她似的。你从来没有听过这样的音乐，它让我们相信死亡不过是天路历程的门户而已。

八月和罗萨琳终于坐了下来，但是，我一旦靠近棺木，便发现自己不忍离去。五月双臂交叉抱在胸前，胳膊叠在胳膊上，我觉得这个姿势不敢恭维。我把手伸进棺材，握住她的手。那只手冰凉如蜡，但我不在乎。我希望你在天堂里更加幸福，我对她说。我希望你在天堂里不需要哭墙，什么墙都不需要。假如你见到我们的圣母马利亚，请你告诉她，说我们知道虽然耶稣是上帝派到人间的我主，但是我们正在尽力代代相传铭记她的恩典。不知为什么，我真切地感觉到五月的灵魂就在天花板一角萦绕，听得见我说的每一句话，尽管我没有大声说话。

我还希望你去看望我的母亲，我说。告诉她，说你见到我了，说我至少暂时离开了狄瑞。请把这句话捎给她："莉莉期待得到一个信物，让她知道你爱她。不必多大，什么都行，但是请你务必有所表示。"

我长长地呼了一口气，依然握着她生气全无的手，觉得她的手指十分粗大。这就算是和你告别吧，我在心里对她说。我浑身一阵战栗，睫毛一圈发热。眼泪滑过我的脸颊，滴落在她的衣服上。

不过，我离开她之前，稍稍调整了一下她的姿势。我把她的双手叠在一起，放在下巴底下，仿佛她在认真思考着自己的未来。

*

那天上午十点，六月在继续为五月演奏乐曲，罗萨琳在厨房里忙个不停，我手拿笔记本坐在后门廊的台阶上，打算把一切都记下来。但是，我其实是在等八月。她出门去哭墙了。我想象着她在那里把心里的痛楚倾泻进石头周围的空间里。

等到我看见她回来的时候，我早已停笔不写了，在页边空白上随意涂鸦。她走到院子当中时停下了脚步，手搭凉棚，向车道上看去。"瞧，谁来了！"她喊道，撒腿跑了过去。

我以前从来没有看见八月奔跑过，简直难以相信她飞快地跑过草坪，修长的双腿在裙子下面大步流星。"是扎克！"她对我大声喊道。我放下笔记本，飞快地跑下台阶。

我听见身后罗萨琳在厨房里大声告诉六月说扎克回来了，然后听见六月一曲未终便戛然而止。当我跑到车道上时，扎克正跨出克莱顿的轿车。八月伸出双臂拥抱着他。克莱顿微笑着，低头看着地面。

当八月松开扎克时，我发现扎克看起来瘦多了。他站在那里看着我。我看不出他脸上的表情。我朝他走过去，希望自己知道该说些什么。一阵微风将我的一缕头发吹拂到脸上，他伸手为我撩开垂落的乱发。然后，他猛地一把将我揽到他的怀里，久久地拥抱着我。

"你还好吧？"六月说，冲过去用手托起他的下巴，"我们担心死了。"

"我**现在**很好啊。"扎克说。但是，他脸上某种我无法确切描述的神情消失了。

克莱顿说，"电影院售票的那个姑娘，唔，显然目睹了整个过程。

她犹豫了很久，但最后还是站出来告诉警察，是哪一个男孩扔的瓶子。因此，他们撤消了对扎克的指控。”

“噢，感谢上帝。”八月说，我们大家立即感到松了一口气。

“我们只是想来表达我们对五月的哀悼。”克莱顿说。他拥抱了八月，然后又拥抱了六月。当他向我转过身来的时候，只是双手放在我的肩膀上，没有拥抱我，但差不多就算是拥抱了。“莉莉，很高兴又见到你。”他说，然后看看罗萨琳，她缩在汽车后面。“还有你，罗萨琳。”

八月牵起罗萨琳的手，把她拉过来，牵着她的手不放，就像她有时候拉着五月的手久久不放一样，这使我突然想起她很喜欢罗萨琳。她甚至想让罗萨琳改名为七月，成为她们的一个姐妹。

“当福里斯特告诉我关于五月的事情时，我简直无法相信。”扎克说。

我们走进屋里，好让福里斯特和扎克轮流到棺木旁向五月诀别。我心里在想，如果我把头发烫卷了该多好。我希望能把头发做成一个蜂巢状的新发型。

我们都围拢在五月周围，克莱顿低头默哀，然而扎克却久久凝视着她的脸。

我们就这样默默地站在那里。罗萨琳低声呜咽起来。我觉得尴尬，想抽身离开，但最后她止住不哭了。

我朝扎克看去，只见他已经泪流满面。

“我很抱歉，”他说，“都是我的过错。要是我把扔瓶子的人供出去，便不会被捕，这一切也就不会发生了。”

我曾以为，他也许永远不会知道，是由于他被捕五月才投河自尽的。但那是我一厢情愿的幻想。

“谁告诉你的？”我说。

他摆摆手，似乎说这并不重要。“我母亲听奥蒂斯说的。她本来是不想告诉我的，但是她知道，我迟早会从别处听说此事的。”他抹了一把脸。“我只是希望我能——”

八月伸手拍拍扎克的胳膊。她说，“好了，不说这些了。我想应该说，如果我一开始就把你被捕的事告诉五月，而不是一直瞒着她的话，就不会发生这种事了。或者那天晚上我要是阻止五月去哭墙的话，也不会发生今天这种事情。要是我没有耽搁很久才出去找她……”她低头看着五月的尸体。“扎克，这是五月自己的选择。”

可是，我担心他们人人都会找理由责备自己。自责往往就是这样产生的。

“我现在就需要你帮我把蜂箱遮起来，”当他们动身离开的时候，八月对扎克说，“像埃丝特去世时我们做的那样，你记得吗？”她看着我说道，“埃丝特是马利亚女儿会的成员，她去年过世了。”

“当然，我可以留下来帮忙。”扎克说。

“莉莉，想一起去吗？”八月问我。

“是的，夫人。”把蜂箱遮起来——我虽然不知道那是做什么，但是无论如何我都不想错过这个机会。

克莱顿告辞之后，我们戴上帽子和面网，抱着一大包裁成硕大正方形的黑纱，出门朝蜂箱集散地走去。八月教我们怎样把黑纱蒙在每一个蜂箱上面，再用一块砖头压住，确保让蜜蜂进出的门开着。

我注意到，八月在每只蜂箱前面都要伫立片刻，手指交叉抵在下巴下面。我们这样做究竟是为什么？我虽然很想知道，但是这似乎是个神圣的宗教仪式，我不应该贸然打岔。

我们把蜂箱都遮盖完毕后，便站在松树下凝望着它们，那仿佛是一座矗立着黑色建筑物的小城。一座正在服丧的悲情城池。在黑纱的笼罩下，连蜜蜂的嗡嗡声也变得忧伤悲戚，低沉悠远，犹如夜间漂洋过海时务必吹响的雾号。

八月摘下帽子，走向后院的草坪椅，我和扎克紧随其后。我们背对着太阳坐下，朝着哭墙的方向凝望。

"很久以前，养蜂人的家里如果有人死了，总是把蜂箱遮起来。"八月说。

"为什么呀?"我问。

"遮起蜂箱应该是为了防止蜜蜂离巢。当有人死亡时，他们最担心的事就是蜂群离巢。留住蜜蜂可以确保死者死而复生。"

我睁大了眼睛。"真的吗?"

"给她讲讲阿里斯泰俄斯的故事。"扎克说。

"哦，对了，阿里斯泰俄斯。每个养蜂人都应该知道那个故事。"她对我微笑着，那神情让我觉得自己就要开始学习养蜂入门的第二部分了，第一部分是被蜜蜂叮蜇。"阿里斯泰俄斯是养蜂鼻祖。有一天，他养的蜜蜂全都死了，这是因为阿里斯泰俄斯做了错事遭到神的天罚。神启示他祭献一头公牛以表悔过之意，然后九天后再回到畜体旁，看看里面有什么。于是，阿里斯泰俄斯谨遵神意一一照办。当他回来时，竟看见一群蜜蜂飞出死牛腹腔。是他自己的蜜蜂，它们死而复生了。他把蜜蜂带回家，养在蜂箱里。从那以后，人们便相信蜜蜂具有战胜死亡的力量。也正是因为这个原因，希腊的国王陵墓都修筑成蜂巢状。"

扎克坐在那里，双肘支在膝头上，凝视着周围的青草。尽管我们淋着洒水喷头在草坪上跳过舞，青草依然肥美翠绿。"当一只蜜蜂飞起时，一个灵魂就会复活。"他说。

我目光茫然地看着他。

“这是一个古老的传说，”八月说，“意思是说，如果周围有蜜蜂飞舞，一个人的灵魂便将转世重生。”

“是《圣经》上这样说的吗？”

八月笑了起来。“不是。但是，很久以前基督徒为了躲避罗马人而藏在地下墓穴里时，他们在墙上画了很多蜜蜂。那是为了相互提醒，他们死亡后还会复活。”

我把手插在大腿下面，然后坐直了身体，试图想象出地下墓穴是什么样子。“你认为把黑布蒙在蜂箱上会帮助五月上天堂吗？”我问道。

“我的天，不是这样的。”八月说，“蜂箱上蒙上黑布是为了我们。我这样做是为了提醒大家，生命屈服于死亡，然后死亡又轮回屈服于生命。”

我靠在椅背上，眼睛凝望着天空。天空广袤无垠，犹如蜂箱盖子一样笼罩着世界。我最大的愿望是我们能把五月安葬于一个蜂巢状的坟茔里。我也希望自己能躺在一个这样的墓穴里，并获得重生。

马利亚的女儿们来了，还带来丰盛的食物。我上一次看见她们的时候，奎尼尔和她的女儿维奥利特戴的帽子在其他人中间算是最小的，这一次母女俩干脆就不戴帽子了。我想，那是因为奎尼尔不喜欢让帽子盖住她的白发，她对自己的白发颇为骄傲哩。而至少已是年近不惑的维奥利特，因为她母亲不戴帽子，她也就不能光是自己一个人戴帽子了。如果奎尼尔到厨房里伸头看烤箱里的食物，维奥利特也必定会做出同样的举动。

伦尼尔、梅比丽、格蕾茜和甜女一人戴一顶黑帽子，都不如以前的帽子那般华丽，只有伦尼尔的帽子除外——她的帽子上既有红面纱又有红羽毛。她们一进门就脱下帽子，一字儿摆在钢琴上。你一定想说，**那为什么要戴帽子啊**？

她们开始切火腿片，摆上火鸡，把辣椒粉撒在辣味鸡蛋上。我们还有青豆、萝卜、通心粉、奶酪、饴糖蛋糕——各种各样的丧葬食品。我们在厨房里手托纸盘站着吃，说所有这些菜肴五月会多么爱吃。

当我们吃得太饱想小睡片刻时，大家便走进客厅坐着陪伴五月。马利亚的女儿们传递着一只装满吗哪[①]的木碗，木碗里装的是腌制的葵花子、芝麻、南瓜子、石榴籽，滴上蜜汁烘焙得恰到好处。她们用手抓着吃，还说如果守灵不吃种子食物是不可思议的事情。她们解释说，种子会让活着的人免于绝望。

梅比丽说，"她看起来真漂亮，不是吗？"

奎尼尔戏谑道，"如果她看起来那样漂亮的话，也许我们应该把她陈列在殡仪馆的车道橱窗里。"

"噢，奎尼尔！你说什么呀？"梅比丽大声说。

格蕾茜注意到我和罗萨琳坐在那里一脸迷茫，便解释说，"城里的殡仪馆有个车道橱窗。那里以前是家银行。"

"如今他们把打开的一口棺材就陈列在橱窗里，而我们以前就开着车到那里用支票兑换现金。"奎尼尔说，"人们可以把车开过去，不用下车就可以致哀悼念。他们甚至把签到簿放到抽屉里让你签名。"

"你是在说笑话吧？"罗萨琳说。

"噢，不是，"奎尼尔说，"我们是认真的。"

---

① 《圣经》中传说的古以色列人经过荒野时所得上帝赐的食物。——译注

她们或许说的是事实，但是看起来一点都不严肃。她们笑得相互趴在身上，而死去的五月就躺在她们身边。

伦尼尔说，“拉马尔夫人去世后，我曾经开车去那儿看她，因为我以前为她工作过。在橱窗里坐在她的棺木旁边的女人以前是银行的出纳员。我驾车经过的时候，她说，‘祝你愉快。’”

我转脸看看八月，只见她被逗得眼泪都笑出来了，正在那里擦眼泪。我说，“你不会让她们把五月放到银行橱窗里吧？是不是？”

“亲爱的，别担心，”甜女说，“车道橱窗设在白人的殡仪馆里。只有他们才有闲钱去捣鼓出那些荒唐事来。”

她们又歇斯底里地笑成一堆，我忍不住也跟着笑了起来，一方面是因为用不着担心人们开车经过殡仪馆去看五月，另一方面是由于看见所有马利亚的女儿们大笑也情不自禁地一起笑了。

但是，我要告诉你一件秘密的事情，这件事她们谁也没有看见，就连八月也不知道，是这件事给我带来了极大的快乐。就是甜女的一言一行，好像真的把我当成她们圈子里的人了。满屋没有一个人说，**甜女，你也真是的，把白人说成那个样子，我们这里就有一个白人哩**。她们甚至没有想到我和他们有什么不一样。

在那之前，我一直认为，白人和黑人和睦相处是个远大的目标，但是从那之后，我认定人类没有肤色之分地生活在一起才是更好的规划。我想起了那个警察埃迪·哈兹乌斯特，他说我住在这几个黑人妇女的家里是降低自己的身份，但是，我一辈子也无法明白，为什么这样就会降低自己的身份，为什么黑人妇女会成为图腾柱最底层的人。你只要看看她们，就会发现她们是多么的特别，犹如隐居在我们中间的皇亲贵族。埃迪·哈兹乌斯特算什么，简直是个大粪桶。

我和她们在一起，心里觉得无比温暖。我暗暗想道，假如我死了，我很乐意陈列在银行橱窗里，让马利亚的女儿们开心大笑。

开始守灵的第二天一大早，在马利亚的女儿们到来之前，甚至在六月下楼之前，八月在一棵槲树树根下面发现了五月的遗书，距离她投河自尽的地点不到十码远。树木把遗书埋在新长出来的树叶底下了，那是一夜之间蹿出来的新叶。

为了纪念五月，罗萨琳正在做香蕉奶油馅饼。我坐在桌前吃麦片粥，一边想在收音机上找到点什么像样的节目听听。这时，八月冲进了厨房，两只手捧着一张纸，仿佛她如果不当心，纸上的字就会掉下去似的。

她朝着楼上喊道，“六月，快下来。我发现五月的遗书了。”

八月把遗书放在桌子上摊开，双手合十站在前面。我关上收音机，看着这张皱巴巴硬邦邦的纸，由于暴露在野外字迹已经模糊不清了。

六月光着脚丫子啪嗒啪嗒跑下楼梯，一头冲进房间。“噢，上帝啊。八月，遗书上说什么了？”

“真是的……五月啊。”八月说，她拿起遗书念给我们听。

亲爱的八月和六月：

我很抱歉，以这种方式离开你们。我不愿意让你们伤心，但是，想想看，我和四月、妈妈、爸爸还有大妈妈在一起，会是多么幸福啊。想象一下我们在天堂团聚的情景，就不会太难过了。我厌倦了背负尘世生活的重荷。现在，我要卸下这个重荷。我的大限已到，你们还应该好好活下去。生死有命，让我们各得其所。

你们的，五月

八月放下遗书，转脸看着六月。八月张开臂膀，六月扑进了她的怀抱。她们紧紧拥抱在一起——大姐姐拥抱着小妹妹，胸脯贴着胸脯，她们的下巴俯在对方的脖子上。

她们就那样久久地拥抱在一起，甚至让我想到：我和罗萨琳是否应该离屋回避一下？但她们终于分开了。于是，我们在香蕉奶油馅饼的香味中在餐桌前落座。

六月说，“你认为她的大限真的到了吗？”

“我不知道，”八月说，“也许是吧。但是，有一点五月说得很对，我们还应该好好活下去。这是她的遗愿，她希望我们好好活着。六月，所以我们必须好好地活着。好吗？”

“你想说什么？”六月问。

我们看着八月走到窗前，双手放在料理台上，向外凝望着天空。天空澄碧亮泽如绸。你会觉得她正在做出一个重大决定。

六月拉出一把椅子，坐了下来。“八月，你说话呀？”

当八月转过身来时，她沉着脸。“六月，我有话对你说。”她走过来，站在六月面前，“你一直在玩世不恭。五月是说，当大限来临时，就勇敢地赴死；当应该活着时，就好好活着。不要活得糊里糊涂的，而是要活出自我来，勇敢无畏地活着。”

“我不知道你在说些什么。”六月说。

“我在说，和尼尔结婚吧。”

“什么？”

“自从多年前，麦尔文·爱德华在婚礼上消失以来，你一直对爱情心存恐惧，拒绝任何机会。正如五月所说，现在该是你好好活下去的时候了。别把生死混为一谈。”

六月的嘴张得圆圆的，一句话也说不出来。

突然间，空气中飘来一阵焦糊味。罗萨琳冲过去打开烤箱门，一下子拉出馅饼，发现每一块馅饼表层的奶酥都烤焦了。

“我们就那样吃好了，”八月说，“尝点焦糊味对谁都没有害处。”

我们守灵一连守了四天。八月不离身地揣着五月的遗书，有口袋就装在口袋里，如果穿的衣服没有口袋，就塞在皮带下面。我在悄悄观察六月，在她与尼尔的关系问题方面，自从八月挫了挫她的傲气以后，她仿佛变得沉静多了。但并不完全是愠怒之意，更像是在反思。我偶然会见到她坐在棺木旁边，前额抵在上面。你可以看出来，她在用行动而不是语言向五月辞别。她试图找到自己对问题的答案。

一天下午，我和八月还有扎克一起去揭下蜂箱上的黑纱。八月说，我们不能让黑纱蒙得太久，因为蜜蜂记得自己蜂巢上的一切特征，像那样的变化会使蜜蜂迷巢。她说，那样蜜蜂会找不到回家的路。我心里想，请告诉我，**蜜蜂为什么会找不到回家的路**。

马利亚的女儿们每天午饭前来到家里，在客厅里陪着五月坐上一下午，讲着五月生前的一件件往事。当然，说到伤心处，我们也会哭几声，但是我看得出来，这样向五月告别，我们开始觉得好受多了。我只盼望五月的在天之灵也甚感安慰。

尼尔来守灵的时间几乎和马利亚的女儿们不相上下，但是，六月看着他的眼神，可真把他给弄糊涂了。六月几乎拉不了大提琴，因为拉琴就意味着要松开他的手。说真话，我们其他人观察六月和尼尔所花的时间，几乎像我们目送五月进入来世的时间一样多。

殡仪馆来人抬走五月去下葬的那天下午，蜜蜂团团围着前窗的纱窗嗡嗡直响。当棺木装上灵车时，蜜蜂的嗡嗡声更响了，融入黄昏时分五彩缤纷的霞光里。金黄色。绯红色。棕褐色。

虽然我们在数英里之外的墓碑残缺，杂草丛生的黑人公墓，我仿佛依然能够听到嗡嗡的蜂鸣声在坟墓边不绝于耳。我们围聚在一起，望着五月的棺材放进墓穴的时候，微风带来蜜蜂振翅低飞的阵阵声响。八月传过来一只装满吗哪的纸袋，我们每人抓了满满一把，将种子撒进放了棺材的墓穴里。我耳朵里什么也听不见，唯有蜜蜂的嗡嗡声。

那天夜晚，我躺在蜂房里的帆布床上，一闭上眼睛，蜜蜂的嗡嗡声便穿过我的全身。穿过整个大地。那是世界上最古老的声音。那是升天的灵魂之声。

一只工蜂需要在蜂箱和花朵之间往返飞行一千万次，才能采集到酿造一磅蜂蜜所需的花粉。

——《世界各地的蜜蜂》

11

五月下葬以后，八月停止了蜂蜜酿制和蜂蜜销售，甚至停止了蜜蜂巡视。她和六月把罗萨琳做好的饭菜端到房间去吃。我几乎见不到八月，只有偶尔在早晨她穿过院子朝树林走去时才能看见她。她会朝我挥挥手，如果我跑过去，问她去哪里，我是否也可以跟她去，她便微笑着说，今天不行，因为她还在服丧。有时候，她会在树林里逗留到午后。

我必须控制住内心的冲动，不对她说出：*但我确实需要和你谈一谈*。生活可真是有意思。我来这里已经一个多月了，整天没什么事。当我原本很容易做到的时候，却拒绝对八月讲述我母亲的事情。现在，当我真想告诉她的时候，我又不能那样做了。你总不能用你自己的烦恼去打断人家服丧吧。

我偶尔在厨房里给罗萨琳搭手帮帮忙，但大多数时间都很清闲，终日无所事事，或者在笔记本上写点什么。我写下了很多内心感受，本子都用完了。

令我惊讶的是，我无比怀念我们平凡而有规律的生活——把蜂蜡灌进蜡烛模子里或修理损坏的蜂箱之类的简单劳动，还怀念跪在八月和六月之间，对我们的圣母做晚祷。

下午，当我确定八月不在树林里的时候，我就到林子里去散步。我会选一棵树，说道，*在我数到十之前，如果有鸟儿落在那棵树上的话，那就表明是我母亲给我送来了爱*。当我数到七的时候，我会开始很慢很慢地数，拖长时间。有时候，我都数到五十了，还是不见鸟的踪影。

夜晚，当大家都睡着了的时候，我会仔细地看起南卡罗来纳州地图，琢磨着我和罗萨琳的下一个目的地。我始终向往着去看看查尔斯顿的彩虹屋和行驶在大街上的马车。虽然所有这一切都非常诱人，但是一想到要离开这里，我几乎心都碎了。即使又有一辆拉甜瓜的卡车奇迹般地出现，愿意顺路把我们捎到那里，我和罗萨琳也得找个工作，租房子，并且希望没有人会盘问我们。

有时候，我甚至想赖在床上永远不起来。我开始不按日期顺序胡乱穿上一条短裤。明明是星期一，我却会穿上印着星期四的内裤。我一点也不在乎。

尼尔天天都过来，只有这时候我才能够看见六月。她会戴上圆圆的耳环跑出来，然后他们就出了门，开着尼尔的汽车兜上一大圈。六月说，这样对她的身心大有好处。风儿重新整理了她的思绪，乡村使她看到了仍然留待人们去享受的生活。尼尔坐在方向盘后面开车，六月滑过前排座位，钻到方向盘下面挨紧他的身体。说实话，我真为他们的安全担心。

扎克来看过我几次，每次都见我盘腿坐在草坪上翻阅我的笔记本。有时候我看到他时，心里便会翻腾起忐忑不安的感觉。

我对他说，“你三分之一是我的朋友，三分之一是我哥哥，三分之一是我的养蜂伙伴，还有三分之一是我男朋友。”他说我多算了一个三分之一。当然啦，我承认自己数学差，但也不至于差到那种程度呀。我们无语相对，我权衡着应该割舍哪一个三分之一。

我说，“要是我是个黑人女孩——”

他不让我说下去，把手指放在我的嘴唇上，于是，我尝到了他手指上咸丝丝的汗味。“我们别去想着改变肤色，”他说，“要改变世界，那才是我们应该思考的。”

他谈论的全是争取进法学院和当上踢笨蛋屁股的律师的话题。他没有说白人笨蛋，我尽管领他的情，但是我相信他说的就是那个意思。

现在，他的心里多了个以前从未想过的抱负。他变得热烈、充满感情且又愤世嫉俗。和他在一起，犹如走近一只煤气炉，犹如走近正在黑暗里燃烧的一排蓝色的火焰。我看见他的眼眶湿了。

他谈论的全是有关新泽西州的种族骚乱啦，警察挥舞着警棍对付砸石头的黑人男孩啦，还有燃烧弹、静坐示威、正义的事业、马尔科姆·X，以及美国黑人同盟组织以牙还牙报复三K党的事情。

我想提醒扎克，你还记得我们坐在松树下吃五月做的苦艾冰的时候吗？记得你唱《蓝莓山》的时候吗？还记得吗？

哀悼持续了整整一星期之后，就在我认为我们将会永远生活在一个私密的、悲伤的世界里，永远也不会再吃一锅饭或者再也不会

在蜂房里并肩工作的时候，我发现罗萨琳在厨房里布置了四个人吃饭的餐桌，摆上了过节才用的瓷盘，盘边是一圈粉红花朵和扇贝的花边图案。我高兴地嚷叫起来，因为好像生活又恢复正常了。

罗萨琳在桌子上放了一根蜂蜡蜡烛，我认为这是我一生中的第一次烛光晚餐。菜谱如下：熏鸡、米饭和肉汤、奶油豆、番茄片、小点心，还有烛光。

我们刚吃了几口，就听见罗萨琳对六月说，“你到底要不要嫁给尼尔呀？”

我和八月都停止咀嚼，坐直了身体。

“我心里有数，你们会知道的。”六月答道。

“如果你不告诉我们，我们怎么知道啊？”罗萨琳说。

我们吃完饭后，八月从冰箱里拿出四瓶冰镇可乐，还有四小袋椒盐花生米。我们望着她一个一个打开瓶盖。

“这算啥玩意呀？”六月说。

“这是我和莉莉最爱吃的餐后点心。”八月告诉她，笑眯眯地看着我，“我们喜欢把花生米直接倒进瓶子里，不过，你要是不喜欢这样，你可以把可乐和花生米分开来吃。”

“我想我还是喜欢分开来吃。”六月说，眼珠子转了转。

“我原来想做厚皮水果馅饼的，”罗萨琳告诉六月，“但是八月说餐后点心是可乐和花生。”她说“可乐和花生”的语调就像人们说“鼻涕和鼻屎”。

八月笑了起来。“这么好吃的东西，她们真是有眼无珠，不识货，是不是，莉莉？”

“是的，女士。”我说，一边把花生米抖落进我的那瓶可乐里摇晃着。花生米溅起了些许泡沫，漂浮在褐色的液体表面。我喝着可乐，嚼着花生，满嘴甜里带咸的味道让我大快朵颐。我一边尽情享用，一

边眼睛看着窗外,看着倦鸟还巢,看着月华初现,泻下南卡罗来纳的腹地。我在这里与三个女人共享盛宴,她们的脸庞在烛光里光彩照人。

我们喝完可乐后,便走进客厅里一起做晚祷,这是五月辞世以来我们第一次恢复晚课。

我挨着六月跪在地毯上,罗萨琳像往常一样坐到摇椅上。八月站在圣母马利亚旁边,把五月的遗书折好,很像是一只小巧的纸飞机。她把折好的遗书塞进圣母马利亚脖子下面裂开的一条深深的缝隙里。然后,她拍拍黑圣母的肩膀,长长地叹了一口气,顿时给沉闷的房间又带来了生气。她说,"好了,就这样吧。"

自从五月去世后,我就一直和罗萨琳住在五月的房间里。然而,那天晚上,当我和罗萨琳上楼时,我一时冲动,脱口说道,"你知道吗?我想搬回蜂房去。"我发现很怀念自己一个人住的房间。

罗萨琳两手叉腰,"天哪,我搬出来留下你一个人时,你哭着喊着不让我走,现在倒好,你想扔下我一个人不管了。"

实际上,她一点儿也不在乎我想搬出去;她只是不愿意放过机会奚落我一番罢了。"好吧,我来帮你把东西搬过去。"她说。

"你是说,现在就搬?"

"现在最合适嘛。"她告诉我。

我猜想,她也希望一个人单独住一个房间。

罗萨琳离开后,我四下里打量着我那蜂房里的老房间——房间里寂静无比。我满脑子想的是,到明天这时候,真相大白了该怎么办,一切会发生什么样的变化。

我从旅行包里掏出我母亲的照片和黑圣母像,准备拿给八月

看。我把它们塞在枕头下面。但是,当我关掉电灯时,又硬又窄的小床上顿时充满了恐惧。这种恐惧感使我明白,无论什么样的生活,都会有不如意的地方。这种恐惧感仿佛使我想到自己被关在佛罗里达州埃弗格莱兹沼泽地上的女战俘营。我不知道为什么会想到埃弗格莱兹沼泽地,我只是一直认为那是条件最恶劣的监狱。光是想想那里的鳄鱼和毒蛇就够了,别说比这里更糟糕的炎热气候了——在南卡罗来纳州,听说人们不但在人行道上炒鸡蛋,还烤咸肉和香肠哩。我想象不出,人在佛罗里达还能不能喘气。我到那里一定会窒息而死,永远也见不到八月了。

恐惧持续了整整一夜。我要是能够回到五月的房间,听着罗萨琳的鼾声,我愿意抛弃一切。

由于头天晚上辗转反侧折腾了一夜,第二天早晨我醒得很晚,再加上没有蜂房里的工作督促我勤劳如旧,我的懒散恶习又故态复萌。新出炉的蛋糕香味从粉红屋一路飘到我的帆布小床上,钻进我的鼻孔里,把我馋醒了。

我来到厨房,看见八月、六月和罗萨琳都在那里,身上沾满了面粉,忙着烘烤这些单层小蛋糕,大小如蜂蜜小圆面包。她们一边干活一边唱歌,唱得像Supremes乐队,像Marrelettes乐队,像Crystals乐队,伴随着"Da Doo Ron Ron"的摇滚乐,扭动着屁股。

"你们在做什么呀?"我说,在门口咧嘴笑着伸进头去。

她们不唱了,咯咯笑着,互相推搡着。

"嗨,看谁来了。"罗萨琳说。

六月穿着淡紫色的运动装,两侧钉着漂亮的纽扣,我以前从来

没有见她穿过这种款式的衣服。她说，“我们在烤蛋糕庆祝圣母节。你来得正好，快帮我们一块干活吧。八月没有告诉你今天是圣母节？”

我看了八月一眼。“没有，女士，她没有告诉我。”

八月围着五月的一条围裙，就是肩带上镶着荷叶边的那条围裙。她在围裙上擦擦手，说道，“我想我忘了提这件事了。十五年来，每年8月我们这里都要庆祝圣母节。快过来吃早饭，然后可以给我们帮帮忙。我们有很多事要做，还不知道能不能做完哩。”

我倒了一碗牛奶加麦片，想再斟酌一下本身就是一触即发的话题。在这一切庆祝活动正在继续的时候，我怎么能和八月进行一次改变人生的谈话呢？

“早在一千年以前，妇女们就这样做了，”八月说，“烤蛋糕纪念圣母节。”

六月看着我一脸茫然的神情。“今天是圣母升天节。8月15日。别说你从来没有听说过。”

哦，我当然知道啦，圣母升天节——杰拉尔德修士每隔一个星期布道时都要提到。当然，我得装作从来没有听说过。我摇摇头。“除了圣诞节，平时在我们的教堂，我们确实不供奉圣母马利亚。”

八月微笑着，把一个木勺伸进放在烤箱旁边料理台上的蜂蜜桶里。当她把蜂蜜淋到新出炉的蛋糕上的时候，她详细地向我解释起圣母升天节，说那天就是圣母来到天堂的日子。那一天，圣母死而复生，众天使腾云驾雾拥着她上了天堂。

“是五月最先把它称为圣母节的。”六月说。

“不过，这不仅仅是圣母升天的纪念日，”八月边说边把蛋糕铲到钢丝搁架上，“也是缅怀我们自己的锁链圣母的特别纪念日。我们重温她的故事。另外，我们要为蜂蜜的丰收而感恩戴德。马利亚的女儿们都会过来。这是一年中我们最隆重的两天。”

“你们要庆祝两天?”

“我们的庆祝活动今天傍晚开始,明天下午结束。”八月说,“快吃完你的麦片粥,因为你得去布置彩带和花环,挂起圣诞彩灯,把蜡烛台拿出来,清洗卡车,取出锁链。”

我暗自思忖,*哇,又要回到从前了*。清洗卡车?挂起圣诞彩灯?取出锁链?*锁链*?

正当我把碗放进水槽里的时候,后门响起了敲门声。“天哪!如果这不是蒂伯龙最香的屋子,我就是小狗。”尼尔边说边走进屋里。

“那恭喜你可以不用当畜牲了。”六月说。

她拿了一块蜂蜜蛋糕递给他,但是他直摇头,说明他心里有心事,因为尼尔从来不拒绝食物。从来都是来者不拒。他站在厨房中间,不停地挪动双脚,变换姿势。

“你干吗来了?”六月问道。

他清了清喉咙,揉揉鬓角。“我——我来这里想和你说句话。”

这话从他嘴里说出,听起来十分生硬。六月眯缝起眼睛,打量了他一会儿。“你没事吧?”

“我很好。”他双手插在口袋里,旋即又抽出双手,“我只想和你说一句话。”

她站在那里等着下文。“说吧,我在听着哩。”她说。

“我想,咱们开车去兜兜风吧。”

她环顾了一下厨房。“尼尔,你难道没看见,我正忙得不可开交呢。”

“我看见了,但是——”

“瞧你那样,有话就直说好了,”六月说,开始使起了小性子,“是什么火烧眉毛等不及的大事啊?”

我瞥了八月一眼，她的嘴唇撇到一边，试图做出很忙的样子。而罗萨琳正好相反，她停下了手头的所有活计，从六月看到尼尔，再从尼尔看到六月。

“见鬼，”他说，“我来这里是打算第一百次请求你，嫁给我吧。”

我手里的勺子掉进了水槽里。八月停止了往蛋糕上浇蜂蜜。六月的嘴张开又闭上，一句话也说不出来。每个人都愣愣地站在那儿，一动不动。

珍重。不要糟蹋了你们活着的时间。

房子吱嘎吱嘎作响，像摇摇晃晃的老屋。尼尔看看房门。我觉得腋下的衬衣汗湿了。我感觉到似曾相识的紧张，那是我上五年级的时候，老师常常在黑板上写一些毫无意义的词，例如“pnteahel”，给我们两分钟时间重新组合这些字母，在她摇铃之前拼出“elephant”(大象)这个词。我努力想赶在铃响之前完成，所以经常紧张出汗。我现在就是这种感觉，就好像六月能够在她心里重新组合出答案之前，尼尔便会夺门而去似的。

罗萨琳说，“嗨，六月，你不要老是张着嘴站在那里。你倒是说话呀。”

六月凝视着尼尔的脸，我看得出她脸上的矛盾表情。她内心里必须做出的让步。不仅是对尼尔，而且也是对生活的让步。最后，她长叹了一声。“那好，”她说，“我们结婚吧。”

罗萨琳一拍大腿，高兴得欢呼起来，这时候，八月绽开了最灿烂的笑容，我相信我从来没有见她这么开心过。我呢，我只是看看这个，又看看那个，试图弄明白是怎么一回事。

尼尔走过去，照准六月的嘴吻了起来。我想他们再也不需要呼吸空气了。

他们亲吻过后，尼尔说，“我们现在就去珠宝店挑一个戒指，免得你过会儿又改变主意。”

六月回头朝八月看了看。“哦，我不想把所有工作都丢下给她们。”她说，但是我看得出，她心里却是一点也不在乎。

“去吧。”八月说。

他们走后，我和八月以及罗萨琳坐下吃蜂蜜蛋糕，蛋糕还热着呢，我们谈论着刚才发生的事。尽管面前摆着一大堆事要做，但是，有些事情你必须坐下来思索一下，才可以继续做下去，磨刀不误砍柴功嘛。我们说，“你们看见尼尔脸上的表情了吗？”……“你能相信他们亲吻了吗？”大多数时间我们只是彼此相对，说“六月要出嫁喽！”

准备庆祝圣母节的工作在一刻不停地进行。首先，八月嘱咐我去挂彩带。我把一包包蓝白相间的厚绉纸裁成细长条，裁到最后我的两个大拇指都磨出血泡来了。我用手指把纸边拧了拧，产生波浪效果，然后把一架活梯拖到院子里，把彩带挂在桃金娘树上。

我“洗劫”了剑兰花圃，用铁丝把花朵串成一个六英尺长的花环，摆弄来摆弄去也摆弄不好。我去问八月该怎么办时，她说，“把它绕到卡车上就行了。”啊，当然。我怎么就没想到呢？

然后，我到客厅壁橱里去翻找圣诞彩灯。八月吩咐我把彩灯布置在后门廊台阶旁的灌木丛上，不用说，我必须把电线接上拉出来。

在我忙乎的时候，扎克打着赤膊在推割草机。我在桃金娘树下支了几张轻便小桌，我们坐在桌前吃东西的时候，彩带便会飘过来挠拂我们的脸颊。我尽量克制着不去看他，他那健美的皮肤上汗水闪闪发亮，脖子上的项链上吊着身份识别牌，低腰短裤绷在臀上，露

出肚脐下的几缕体毛。

他主动锄去了卷心菜地里疯长的一大片杂草，尽管并没有人吩咐他去锄草。他挥动着锄头，发出愤愤的哼哼声。这时我坐在台阶上，把两打玻璃烛台里面的残烛清理出来。我把新蜡烛装进烛台，然后分散放到树下的草地上，大部分插在拔出卷心菜杂草的小土坑里。

八月正在后门廊上安装冰淇淋搅拌器的转动曲柄。她的脚下堆着一圈锁链。我盯着锁链看了一眼。"这是做什么用的?"

"你一会儿就知道了。"她说。

❋

下午六点钟。圣母节正式庆典尚未开始，准备工作就已经把我累得筋疲力尽了。我完成了作业单上列出的最后一项工作，便回蜂房去换衣服。这时，六月和尼尔驾车开上了车道。

六月轻快地走过来，伸出手让我欣赏她的戒指。我仔细看了看戒指，我得说，尼尔已经很够意思了。说实在的，戒指不是很大，但是非常漂亮。扇贝形的纯银戒面上镶着一粒钻石。

"这是我见过的最美的戒指。"我说。

她一直伸着手，翻过来翻过去，阳光照得钻石晶莹璀璨。"我想五月要是活着的话，肯定也会喜欢的。"她说。

这时，第一拨马利亚的女儿们乘车来到了，六月伸出手迎着她们跑过去。

回到蜂房里，我掀起枕头，看看我母亲的照片和她的黑圣母画像是否依然原封未动地在那儿。不管是不是圣母节，我今晚一定要从八月嘴里问明真相。这个念头使我紧张得浑身发抖。我在帆布床上坐下,觉得心里块垒堆积——我的胸膛仿佛在膨胀。

我换上干净短裤和上衣,盘好了头发,走回粉红屋,看着眼前的一切。八月、六月、罗萨琳、扎克、尼尔、奥蒂斯以及所有马利亚的女儿们都在新刈的草坪上,围在轻便小桌旁边,他们的笑声在低低地回荡。食物丰盛如山。蓝白相间的彩带在微风中轻轻飘拂。尽管太阳还在下山的路上,门廊四周的圣诞彩灯已经成螺旋形烁烁闪亮,所有的蜡烛都点亮了。空气中到处都弥漫着火红的霞光。

我喃喃自语,*我打心眼里喜欢这个地方*。

马利亚的女儿们七嘴八舌地对我品头论足——说我身上的香味真好闻,称赞我头发盘上去的时候是多么的与众不同。伦尼尔说,"莉莉,要我给你做一顶帽子吗?"

"真的吗?你给我做一顶帽子?"虽然我不知道在什么场合可以戴上伦尼尔设计的帽子,但我仍然期待着有一顶帽子。至少,有一天我会戴着它去天国。

"那当然,我会为你做一顶帽子。我会为你做一顶你料想不到的帽子。你喜欢什么颜色?"

在一旁悄悄聆听的八月插嘴说,"蓝色。"然后朝我眨眨眼睛。

我们首先开始用餐。现在我已知道,马利亚的女儿们信奉"民以食为天"。用餐完毕后,白日的霞光已消失,我们沐浴在暮色中。暮色给万物带来清凉,将黄昏点缀浸染成暗紫色和蓝黑色。罗萨琳用一个大浅盘端出蜂蜜蛋糕,放在一张桌子上。

八月示意我们围着桌子站成一圈。庆祝圣母节的节目即将开演。

"这些是祭献马利亚的蜂蜜蛋糕。是给圣母的蛋糕。"八月说。

她伸手拿起一只蛋糕,掰下一小块,递到站在她旁边的梅比丽面前。八月说,"这是天国圣母的肉体。"梅比丽闭上眼睛张开嘴,八

月把蛋糕放在她的舌头上。

梅比丽咽下蛋糕后，便重复八月的动作——掰下一块喂给她旁边的人，而那人正好是尼尔。梅比丽的身高加上鞋跟也不足五英尺，真需要一架梯子才能够到尼尔的嘴。尼尔弯下腰，张大嘴巴。“这是圣母的肉体。”梅比丽说着，把蛋糕送进尼尔的嘴巴里。

实际上，我虽然对天主教堂的仪式一窍不通，但是，不知什么原因，我却觉得如果让罗马教皇看见这个场面，他肯定会昏死过去。不过，杰拉尔德修士不会如此脆弱。他才不会浪费时间昏死过去哩，只会去忙着祛巫除魔。

至于我，我从来没有见过成年人之间互相喂食。我看着看着，竟觉得自己忍不住快要哭了。我说不清楚为什么想哭，但是，不知怎么搞的，他们围成一圈喂蛋糕的情景却使我感觉世界美好多了。

仿佛命中注定似的，轮到喂我的人偏偏是六月。我张开嘴巴，闭上眼睛，静候圣母的肉体，这时我听见六月的低语飘过我的耳畔，“我很抱歉，你刚来这里时，我常难为你”，然后，蜂蜜蛋糕的香甜美味沁了我满嘴。

我希望站在我身边的人是扎克，好让我把蛋糕放进他的嘴里。我会对他说，*我希望这会使你对世界变得更友好。我希望这会使你柔情似水*。但那人不是扎克，我把蛋糕喂给格蕾茜，她闭着眼睛吃下了蛋糕。

我们都喂过蛋糕以后，扎克和尼尔到客厅抬来了我们的锁链圣母。奥蒂斯跟在他们后面，拖着一堆锁链。他们把雕像立在红色手推车上。八月向我倾过身体。“我们要重演我们的锁链圣母的故事。我们要把她带到蜂房去，把她锁在那里过夜。”

我心想，*我们的圣母要在蜂房里过夜。与我相伴*。

八月拉着手推车慢慢地穿过院子，扎克和尼尔用手扶着我们的圣母。如果让我说的话，是手推车周围的花环把整个雕像映衬得更加漂亮。

六月抱着她的大提琴，马利亚的女儿们手举点燃的蜡烛，排成一列跟随车后。他们齐声同唱，“马利亚，大海里的星，马利亚，最明亮的月，马利亚，蜂蜜的巢。”

我和罗萨琳殿后，也举着蜡烛，一路哼唱着，因为我们不知道歌词。我一只手窝起遮挡住蜡烛，以免被风吹灭。

到了蜂房门口，尼尔和扎克把雕像抬下车，抬进屋里。甜女用胳膊肘碰碰奥蒂斯，他会意地走上前去，帮助他们把雕像安放在摇蜜机和节流槽之间。

“好了，”八月说，“现在我们开始仪式的最后一部分。大家围成半圆站在我们的圣母身边。”

六月操着大提琴为我们奏起一支旋律忧伤的曲子，八月则从头至尾将黑圣母的故事又讲了一遍。当八月讲到奴隶们触摸我们的圣母的心脏，讲到她如何让奴隶们的心充满勇气并策划逃跑的那一段时，六月的琴声随之更加响亮了。

“我们的圣母变得强大无比，”八月说，“奴隶主只好将她软禁，用锁链把她锁在马车库里。她感到沮丧，桎梏沉重。”

“圣母，天上的圣母。”维奥利特喃喃自语。

尼尔和奥蒂斯拖出锁链，开始绕在我们的圣母身上。看奥蒂斯在烛光下绕锁链的那副架势，我敢肯定，他要是不把人捆死的话，那才是奇迹哩。

八月继续讲着故事。“但是，每一次奴隶主把马利亚锁在马车库里，她都会挣脱锁链回到她的子民身边。”

八月停顿了一下。她走过我们围起的半圆形，一个一个地看着我们，眼光落在每个人的脸上，一副悠然自得的神态。

接着，她提高了嗓门。“让被束缚的人不再受到束缚。让沮丧的人充满信心。这就是我们圣母的承诺。”

“阿门。”奥蒂斯说。

六月又开始拉琴，谢天谢地，这一回演奏的是比较欢快的旋律。我凝望着马利亚，从头到脚缠绕着生锈的锁链。蜂房外面，炽热的闪电划过夜空。

他们似乎全都沉浸在冥想之中，或专注于自己的行动。每个人都闭上了眼睛，只有扎克除外——他在目不转睛地看着我。

我看着可怜的锁链缠身的马利亚。我不忍见她那副惨状。“只不过是重现过去，”八月说过，“为的是帮助我们记住她蒙受的苦难。只是回忆罢了。”不过，这整个过程让我伤心。我不愿意回忆过去。

我转身出了蜂房，走进温馨静谧的夜色中。

当我走到西红柿园子时，扎克追上了我。他拉起我的手，我们不停地往前走，走过五月的哭墙，走进了树林，两人谁也不说话。知了在拼命地叫个不停，它们奇异的鸣叫声响彻夜空。我两次撞上了蜘蛛网，感觉到纤细透明的蛛丝网在我的脸上，我很喜欢。一张黑夜织出的网。

我渴望河流。渴望河流的野性。我想脱个精光，让河水拍打着我的皮肤。我想吮吸河石，像那天夜晚我和罗萨琳睡在河边时吮吸河石一样。甚至五月的死亡也无法破坏河流在我心中的印象。我敢肯定，河流已经竭尽全力让五月平静地走完她生命的最后一程。你可以在河流里死去，但是，或许你也可以在河流中复活，犹如八月告诉过我的关于蜂巢形陵墓的故事。

在树下，月光倾泻一地。我引领我们朝河边走。

河水在黑暗中可以变得明亮如镜。我们站在岸边，凝望着光影粼动，周围水声萦绕，越来越响。我们依然手拉着手，我感到他的手指紧紧抓着我的手指。

“我以前的住处附近有个池塘。”我说，“有时候，我会走进池塘里涉水嬉戏。有一天，隔壁农场的男孩子在池塘里钓鱼。他们把钓到的所有小鱼都串在一根结实的鱼绳上。他们把我按倒在岸上，把鱼绳套在我的脖子上，收紧绳结让我从头上脱不下来。我大声喊叫着，‘让我起来，拿掉绳子’，但是他们却大笑着说，‘怎么，你不喜欢你的活鱼项圈吗？’”

“臭小子。”扎克说。

“有几条鱼已经死了，但是大多数鱼都扑腾着，鼓起眼睛死死盯着我，看上去受了惊吓的样子。我意识到，如果我跳进水里，游到水淹到我的脖子的地方，小鱼就可以活命了。但是，我走到水淹到膝盖的地方就返回来了。我太害怕了，不敢再往深水里走。我想那是最糟糕不过的经历。我本来是可以帮助小鱼的，但没有尽力。”

“你总不能永远泡在池塘里不出来吧。”扎克说。

“但是我可以多待一会儿啊。我所做的一切是求他们解开鱼绳。求他们。他们叫我闭嘴，我是他们的鱼篓子。于是，我只好坐在那里，直到所有的鱼儿贴在我的胸口死去。整整一年的时间，我常常梦见那些死鱼。有时候，我梦见自己和那些鱼一起被穿在一条铁链上。”

“我理解那种感受。”他说。

我目不转睛地盯着他的眼睛，想看穿他的心事。“被捕——”我不知道该怎么表达是好。

“你想说什么？”他问道。

“被捕改变了你，是吗？”

他凝视着河水。“有时候，莉莉，我愤怒得想杀人。”

“逼我套鱼串的那几个男孩——他们也是那样愤怒。愤世嫉俗使他们变得卑鄙下流。你必须答应我，扎克，你不要学他们。”

“我不想学他们。”他说。

“我也是。”

他把脸贴近我的脸，吻了我。起初，那个吻像白蛾子的翅膀拂过我的嘴唇，然后，他的嘴巴张开紧紧压在我的嘴上。我顺从了他。他温柔地亲吻我，但同时又是那样的如饥似渴。我喜欢他的气息，喜欢他皮肤的气味，喜欢他的嘴唇张开闭上的样子，再张开，又闭上……我犹如在光影绰绰的河面上漂浮。鱼儿陪伴着我。鱼像珠宝一样装饰着我。即使我体内涌起一阵又一阵美丽的疼痛，皮肤下面充满活力的跃动，心中涌动着炽热的爱情，即使拥有所有这一切，我依然难以摆脱小鱼贴在我胸膛上死去的阴影。

亲吻之后，他满脸通红地看着我。“没有人会相信，我今年会多么刻苦地学习。那段牢狱经历会激发我在学业上获得更好的成绩。等这个学年一结束，任何事情都无法阻止我离开这里，出去上大学。”

“我知道你会那样做的，”我说，“你一定会的。”这是我的心里话。我善于判断人，我知道他肯定会成为一名律师。世界正在发生变化，连南卡罗来纳也不例外。你能切身感受到空气中的新气息，扎克将为这些新变化的到来出一臂之力。他将成为一名鼓乐队队长，为马丁·路德·金推崇的自由而击鼓呐喊。这就是此时此刻我心目中的扎克。一个鼓乐队队长。

他面对着我，交替移动着双脚，开口说道，“我希望你明白，我——”他住口不说了，抬头望着树冠。

我走上前靠他更近了一些。“你希望我明白什么？”

"我——我很在乎你。我无时无刻不在想着你。"

我突然想对他说，我的许多情况他并不了解，要是他知道的话，也许就不会那么在乎我了。但是，我却微笑着说，"我也很在乎你。"

"莉莉，我们现在还不能在一起，但是，有一天，等我出去闯荡混出个人样来之后，我会去找你的，那时我们就可以在一起了。"

"你发誓？"

"我发誓。"他从脖子上摘下缀着身份识别牌的项链，套在我的脖子上，"这样，你就不会忘了我们的约定，好吗？"

长方形银牌垂落到我的衬衫里面，冰凉地晃荡了几下，正好贴在我的乳沟里。扎克里·林肯·泰勒就贴在那里，和我的心脏在一起。

涉水下河，河水淹到我的脖子了。

如果蜂王再聪明一些的话，它或许会成为不可救药的经神病患者。其实，蜂王非常胆小害羞，这也许是因为它从来不离开蜂巢，而且终日幽闭于黑暗之中，终身不停地孕育……与其称它为女王，还不如称之为母亲更加贴切，更加名副其实。然而，具有讽刺意味的是，蜂王却又缺乏母性的本能，没有能力呵护年幼的蜜蜂。

——《蜂王必死：蜜蜂与人类轶事》

12

我在八月的房间里等她。我有过无数次等待的经历。等待女同学邀我出游;等待狄瑞改变他的处世风格;等待警察出现,把我们带到埃弗格莱兹监狱;等待着母亲给我送来爱的征兆。

刚才我和扎克在外面逛了很久,直到马利亚女儿们在蜂房里进行的庆典仪式结束了才回来。我们连忙帮着清理院子,我收拾杯盘,扎克把轻便小桌折叠起来。奎尼尔笑着说,"我们还没有结束,你们两个怎么就溜出去了?"

"仪式太长了。"扎克说。

"哦,原来如此。"她打趣说,格蕾茜也咯咯笑了起来。

扎克走后,我回到蜂房,从枕头下面摸出我母亲的照片和她的黑圣母画像。我两只手抱紧照片和画像,悄悄经过马利亚女儿们的身边,她们正在厨房里收拾杯盘。她们对我喊道,"莉莉,你去哪里呀?"

我不想粗鲁无礼,但是我又不能回答她们,就连一句敷衍应酬

的话也不想说。我想知道关于我母亲的事情。其他事情我都不在乎。

我径直走进八月的房间，一个充盈着蜂蜡气味的房间。我打开灯，坐到她床尾旁的一只松木柜上。我坐在那里，两只手不停地握起，张开，再握起，再张开。双手冰冰凉潮乎乎的，仿佛能独立思考似的，指关节格格作响。我只好把双手塞在大腿下面。

此前，我来过八月的房间一次。当时我在马利亚女儿们的聚会上昏倒了，醒来时发现自己躺在她的床上。当时我一定是迷迷糊糊什么都没有看清，所以，今天房间里的一切仿佛都是第一次看见。你可以在这个房间里转上几个小时，观看她的赏心悦目的陈设。

首先，一切东西都是蓝色的。床罩、窗帘、地毯、椅垫、灯。不过，千万别以为清一色就看着单调乏味。所有的物件有十多种深浅不同的蓝色：天蓝、湖蓝、海军蓝、水蓝——各种各样的蓝色。我仿佛觉得自己是在海底潜泳。

在她的梳妆台上，一般没什么情趣的人会在上面放置首饰盒或相框什么的，而八月却将一只鱼缸倒扣，里面罩着一个硕大的蜂巢。下部的巢础上是一摊摊流出的蜂蜜。

她床头柜上的蜂蜡蜡烛，融化在黄铜烛台里。我心想这些蜡烛或许就是我亲手制作的蜡烛。想到这里，我不禁微微一阵激动，我的劳动成果竟然能在天黑时照亮八月的房间。

接着，我走过去，浏览起她的书架上摆得整整齐齐的书。《高级养蜂语言》、《养蜂场科学》、《蜜蜂授粉》、布尔芬齐的《寓言时代》、《希腊神话》、《蜂蜜的炼制》、《世界蜜蜂传奇》、《历代圣母》。我抽出最后这本书，打开摊在大腿上，翻看着插图。书中的马利亚，有时候是褐色眼睛的黑人，有时候是金发碧眼的白人，但是，她任何时候都很雍容华美。她看上去像参加美国小姐大赛的选手，像密西西比小姐。通常，来自密西西比的姑娘准能胜出。我情不自禁地希望看到身

穿比基尼和高跟鞋的马利亚——当然，是怀孕之前的马利亚。

不过，让我震惊不已的是，书中每一张插图上出现的马利亚，都拿着一朵天使加百列送的百合花。在每一张插图上，天使加百列出现在圣母面前告诉她，即使她还没有结婚，她将孕育圣婴，他送给她一大朵洁白的百合花。这仿佛是对她蒙受的流言蜚语的安慰。我合上书，把它放回书架。

一阵微风从敞开的窗户吹进房间。我走到窗前，凝望着窗外树林边黑糊糊的树冠轮廓，嵌在林梢间的半个月亮，犹如塞进投币口的一枚金币，随时会“咔嗒”一声从天空掉下来。纱门外隐约传来说话声。是女人的声音。叽叽喳喳的声音响起，继而又渐远消失了。马利亚的女儿们正在纷纷离去。我用手指拧卷着头发，转着圈子绕着地毯走来走去，活像一条狗在趴到地上之前的惶恐状。

我想起电影上用电刑处决犯人的监狱——当然啦，是被错判的犯人。镜头在直冒冷汗的可怜的犯人和慢慢挪向十二点的钟面之间来回切换。

我又在松木柜上坐下来。

走廊的地板上真真切切地响起了从容不迫的脚步声。是八月的脚步声。我坐直了身体，显得高了一些，我的心脏怦怦直跳，连自己都听得见。她一走进房间便说道，“我就猜到是你在这儿。”

我真想拔腿冲过她身边夺门而出，从窗户里跳出去。*你没有必要这样做嘛*，我对自己说，但是，心里升起一种强烈的愿望。我一定要弄清真相。

“还记得……”我说。我的声音小得像蚊子。我清了清嗓子。“还记得你说过我们应该谈谈吗？”

她关上了门。关门声犹如最终判决。*没有退路了*，那个声音说道。*就这么办吧*，那个声音说道。

"我记得很清楚。"

我拿出母亲的照片放在松木柜上。

八月走过来拿起照片。"你长得和她一模一样。"

她的目光转到我身上,扑闪扑闪的大眼睛里跳跃着古铜色的火焰。我希望我能透过这样的眼睛看世界,哪怕只有一次我心亦足矣。

"她是我母亲。"我说。

"我知道,亲爱的。你母亲叫黛博拉·方塔尼尔·欧文斯。"

我看着她,眨巴着眼睛。她向我走来,昏黄的灯光照着她的眼镜片反光,让我无法看清楚她的眼睛。我移动了一下身体的位置,以便看清楚些。

她把梳妆台前的椅子拉到松木柜旁边,面对着我坐了下来。"我很高兴,我们终于要揭开谜底了。"

我感觉到她的膝盖几乎快要碰到我的膝盖了。整整一分钟过去了,我们两人谁也没有说一句话。她拿着照片,我知道她在等着我打破沉默。

"你自始至终一直知道她是我妈妈。"我说,说不清当时的感觉是愤怒,还是被出卖了,或者纯粹是惊讶。

她把手放在我的手上,大拇指来回抚摩着我的皮肤。"你第一天出现在我面前时,我看了你一眼,就看见了黛博拉少女时代的样子。我知道黛博拉有个女儿,但是我想不会这么巧吧,你不可能是她的女儿;简直令人难以置信,黛博拉的女儿会出现在我家客厅里。然后,你说你的名字叫莉莉,我顿时就明白你是谁了。"

我也许该料到事情会是这样的。我觉得眼泪涌到了喉咙后面,甚至都不知道为什么鼻子发酸。"但是——但是——你可从来只字未提呀。你怎么不告诉我呢?"

"因为你心里还没有准备好知道她的事情。我不想冒险让你再

次出走。我想让你有机会稳稳立住脚，首先让你的心坚强起来。莉莉，凡事都有个时机成熟的过程。你必须知道什么时候该点破，什么时候该沉默，什么时候让事情顺其自然地发展。那就是我一直尽力去做的事情。”

房间里变得非常安静。我怎么可以对她耍脾气呢？我不是也做了同样的事情吗？对我知道的事情守口如瓶，而且我的理由一点也不如她那般高尚。

“是五月告诉我的。”我说。

“五月告诉你什么啦？”

“我看见她用全麦饼干屑和药蜀葵撒一条线引蟑螂。有一次，我父亲告诉我，说我妈妈以前也经常做那种事。我猜想她是跟五月学会的。于是，我便问她，‘你曾经认识一个名叫黛博拉·方塔尼尔的人吗？’她说对啊，她认识，她说黛博拉曾经在蜂房里住过。”

八月摇摇头。“天哪，真是说来话长。你还记得，我告诉过你，我在找到教书工作之前，曾在里士满当过保姆吗？那就是你母亲的娘家。”

我母亲的娘家？想到她在娘家的情景，似乎心里有点怪怪的感觉。她躺在床上，在桌前吃饭，在浴缸里洗澡。

“在她小的时候，你就认识她了？”

“我曾经照看过她。”八月说，“我为她熨烫衣服，把她上学吃的午饭装在纸袋里。她爱吃花生酱。她只爱吃花生酱。从星期一到星期五，天天吃花生酱。”

我吐了一口气，这时才意识到我一直在屏住呼吸。“她还喜欢什么呀？”

“她还喜欢布娃娃。她会在花园里为布娃娃举办小小的茶话会，我会给她准备一些迷你三明治放在布娃娃的盘子里。”她停顿了一下，仿佛正在回忆往事。"她不喜欢做功课。我不得不一直守在旁边督促她做功课。我到处追着她大声教她拼写单词。有一次，她爬到一棵树上藏了起来，以为那样她就不必背诵罗伯特·弗罗斯特的诗了。我发现了她，我带上课本也爬上了树，逼着她不把整首诗背出来，就不许她下树。"

我闭上眼睛，想象着我母亲挨着八月坐在树杈上，一行一行背诵着那首《雪夜林边小驻》。我自己在上英文课时也被要求必须背诵这首诗。我低下头，闭上了眼睛。

"莉莉，在我们继续回忆关于你母亲的往事之前，我希望你告诉我，你怎么会到这里来的。好不好？"

我睁开眼睛，点了点头。

"你说你父亲去世了？"

我瞥了一眼她依然放在我手背上的那只手，生怕她抽回去。"是我瞎编的，"我说，"实际上，他没有死。"*他只是该死罢了。*

"他叫狄伦斯·瑞。"她说。

"你也认识我父亲？"

"不，我从未见过他，只是听黛博拉说起过他。"

"我喊他狄瑞。"

"不喊他爸爸？"

"他根本没有爸爸的样子。"

"你这话什么意思？"

"他整天大吼大叫。"

"对你吼叫？"

"对世界上的一切吼叫。但那并不是我离家出走的原因。"

"莉莉，那你离家出走的原因是什么？"

"狄瑞他……他说我母亲……"我顿时眼泪夺眶而出，说话嗓门

也高了起来，连我自己都听不出说的是什么，“他说我妈妈遗弃了我，说她扔下我们父女俩自己走了。”我胸中的那堵玻璃墙哗啦一声打碎了，我以前甚至不知道那堵墙的存在。

八月挪到椅子边缘，张开了手臂，就像她们发现五月的遗书那天，她向六月张开手臂的姿势一样。我扑进她的怀里，感觉到她的双臂紧紧抱着我。一件难以言传的美事：八月抱着我。

我紧紧靠着她，我的胸膛甚至可以感觉到她的心跳。她双手抚摩着我的后背。她没有说，**好了好了，不要哭了，一切都会好起来的**，像人们想哄你不哭时常常脱口而出的那些话。她却说道，“我知道，这的确伤了你的心。哭出来吧。痛痛快快地哭出来会好受些。”

于是，我大放悲声。我的嘴巴贴在她的衣服上，仿佛将有生以来的痛楚统统倾倒出来，一股脑儿全摔到她的胸脯上，我用嘴唇的力量吐出了压抑已久的重负，她却没有往后退缩。

她的衣服被我哭湿了一大片。一直湿到衣领处，她的棉布衣服紧紧贴在皮肤上，甚至可以看见她的黑色皮肤透过泪湿的衣衫闪闪发亮。她像一块海绵，吸纳着我再也无法承受的一切。

她的双手温暖地抚在我的背上，每一次我停止哭声抽一下鼻子小喘一口气时，都能听见她的呼吸声。她的呼吸声平稳而均匀。一吸一呼，吸气呼气。当我的哭声渐止时，便由着自己的身体随着她的呼吸轻轻摇动。

最后，我抽回身子，仰脸看着她，猛然爆发出来的力量把我闹懵了。她用手指刮着我的鼻梁，嘴角浮出一丝苦笑。

“对不起。”我说。

“没有关系。”她说。

她走到梳妆台前，从最顶层的抽屉里拿出一块白手帕。手帕是熨过折好的，正面用银线绣着字母“A.B."。她用手帕轻轻地擦着我的脸。

“我想让你知道，”我说，“当狄瑞告诉我那件事的时候，我根本不相信他的话。我知道妈妈决不会像那样遗弃我。我想弄清楚她的事情，证明狄瑞是错的。”

我望着八月的手移到眼镜下面，捏了捏鼻梁。“你就是因为这事才离开家的？”

我点点头。“另外，我和罗萨琳在城里还惹了点麻烦，我知道要是不逃跑的话，狄瑞会把我打个半死，我挨够了毒打。”

“什么麻烦？”

我真希望不要再往下说了。我眼睛看着地板。

“你是说罗萨琳身上的青紫和头上的伤口就是因为那事吗？”

“她就是想去登记投票而已。”

八月眯缝起眼睛，仿佛正在想竭力弄明白到底是怎么一回事。“好吧，现在，你从头讲起，好不好？不要急，告诉我发生了什么事。”

我尽量详细叙述，把悲惨的细节向她和盘托出，生怕有任何疏漏：罗萨琳练习写自己的名字，三个男人奚落她，她把痰液倒在他们的鞋子上。

“一个警察把我们抓进了监狱。”我说，自己听到这话都觉得很奇怪。我可想而知八月听说此话的反应了。

“监狱？”她说。她体内的骨头似乎软了一下。“他们把你们关进监狱了？以什么罪名指控你们？”

“那个警察说，罗萨琳侮辱白人，但当时我也在场，她只是在保护自己而已。别的没什么。”

八月紧绷下巴，挺直了后背。“你们被关了多久？”

“我，我没被关多久。狄瑞来把我领出去了，但他们不放罗萨琳走，那几个男人又回来打了罗萨琳一顿。”

"圣母啊。"八月说。这句话在我们头顶萦绕回荡。我想起了马利亚的圣灵无处不在。她的心犹如盛满勇气的红色酒杯,隐藏在日常生活之中。那不是八月说过的话吗?圣灵就在这里,圣灵无处不在,却藏而不露。

"那么,最后她是怎么出来的?"

说到某些事情的时候,你得深吸一口气才能说得出来。"我去了他们带罗萨琳去缝针的医院,我——我支开警察,悄悄带她逃了出来。"

"圣母啊。"她再次惊叹道。她站起身来,在房间里走了一圈。

"如果不是听狄瑞说,毒打罗萨琳的那个男人是世界上最仇恨黑人的卑鄙小人,我是决不会铤而走险的,再说,他那种人肯定会回来杀了她。我不能把她留在那里。"

真是石破天惊的时刻,我的秘密一下子溢出,涌过了房间,像一辆垃圾车倒好车之后,把可怜的废物全倒在地上,让八月去分类清理。但那还不是我最害怕的事情。最可怕的是,八月身子靠在椅子背上,目光迷茫地看着窗口,她的眼神掠过我的头顶,呆呆地望着湿热的空气,谁也捉摸不透她在想什么。

我的颈部一阵发热。

"我不是故意要做坏人的。"我说,低头看着自己的双手,双手交握,像是在做祷告。"我实在是没有别的办法了。"

你也许以为我的眼泪已经哭干了,但这时泪珠又无声地挂在眼睫毛上。"我错事做尽了。我一直撒谎。但没对你撒谎。不,对你撒过谎。但并没有恶意。我还恨别人。不单单恨狄瑞,还恨很多人。我恨学校里的女同学,其实她们并没有对我怎么样,只是不想理睬我罢了。我还恨蒂伯龙的诗人威利弗雷德·马尚,但我甚至都不认识她。有时候,我还恨罗萨琳,因为她使我处境难堪。另外,我刚来这里时,还恨过六月。”

这时，沉默如潮，其势滔滔。我听见潮水在脑海里咆哮，耳朵里雨声磅礴。

看着我。把你的手放回我的手上。说些什么吧。

现在，我已是涕泪滂沱。我又抹鼻涕又擦眼泪，嘴里像决了堤似的述说着自己经历过的每一件可怕的事情，等我说完了……唉，如果她能爱我的话，如果她说出，*莉莉，你依然是大地上一朵与众不同的花*，那么，我便会飞快地跑到她的客厅里照镜子，看见河流在我的眼睛里波光粼粼，不停地流淌，尽管有些往事已经淹没在河里。

“但是，所有那些事算不了什么。”我说。我已准备好，需要奔向新的地方，却又无处可去。我们身陷孤岛——浮动在粉红屋里的一个蓝色小岛。我在这个蓝岛上倒出了满肚子的苦水，然后希望不要被扔到海里去，等着接受惩罚。

“我——”

八月正看着我，充满期待。我不知道该不该说出真相。

“妈妈的死，是我的过错。是我——是我杀了她。”我哭着跪倒在地毯上。这是我平生第一次向别人说出这些话来，那话音撕裂了我的心。

人的一辈子也许会有那么一两回，你会听见一个精灵在暗中低语，你会听见发自什么东西中心的声音。这个精灵言辞锋利，说个不停，直到言中核心秘密为止。我跪在地板上，浑身颤抖不已，真真切切地听到精灵在说话。精灵说，*你不可爱，莉莉·欧文斯。一点都不可爱。谁会爱你呢？在这个世界上，有谁会爱你呢？*

我的身子继续往下沉，屁股坐到了脚后跟上，几乎没有意识到自己在大声喃喃自语。“我不可爱。”当我抬起头来时，只见尘埃在灯光里飘浮，八月站在那里低头看着我。我以为她会把我扶起来，但她

没有那样做,而是在我身旁跪下,将垂在我脸上的乱发拢到脑后。

“哦,莉莉,”她说,“孩子。”

“我失手杀死了她。”我说,直视着她的眼睛。

“你听我说,”八月说,让我的下巴贴在她的脸颊上,“太可怕了,你活在这个阴影里太可怕了。但谁能说你不可爱?即使你意外杀了她,你仍然是我见过的最宝贝、最可爱的女孩。而且罗萨琳也爱你。五月爱你。不用说,扎克也很爱你。马利亚的女儿们个个都爱你。六月也爱你,不过她有她爱你的方式。只不过六月爱你需要一点时间,因为她不太喜欢你的母亲。”

“她不喜欢我的母亲?那是为什么呀?”我问,意识到六月也一定始终知道我的身份。

“哦,这事说起来有点复杂,就像六月这个人一样。我在你母亲娘家做女佣,六月心里有疙瘩。”八月摇了摇头,“我也知道那不公平,但是她却为此迁怒于黛博拉,然后又迁怒于你。但是,即使是六月,也慢慢地开始爱你了,不是吗?”

“我想是的。”我说。

“不过,最主要的是,我想让你知道,我爱你。就像我爱你母亲一样。”

八月站起身来,但我依然跪坐在地上,回味着她刚才说的话。“把你的手给我。”她说,伸过手来。我站了起来,感到一阵眩晕,就是猛地一下站起来时产生的那种感觉。

这么多的爱一下子向我涌来。我一时简直不知道如何是好。

我想对她说,*我也爱你。我爱你们大家*。我心里涌起的感觉如一阵大风,但是到了我嘴里时,却无声无息了——唯有鼓满的空气和渴望。

“我们两个人都需要稍微休息一下。”八月说,继而脚步沉重地走向厨房。

*

八月打开冰箱倒了两杯冰水。我们端着冰水来到后门廊上，坐在吊床上，小口呷起透心凉的冰水，聆听着吊床铁链吱吱作响——这声响听来竟如此令人宽慰。我们懒得打开顶灯，不开灯也觉得心里安逸——就这样静静地坐在夜色里。

坐了一会儿之后，八月说，“莉莉，我还有件事闹不明白——你是怎么知道找到这里来的。”

我从口袋里掏出黑圣母像递给她。“这是我母亲的遗物，”我说，“我在家里阁楼上找到的，同时还发现了她的照片。”

“哦，天哪，”她说，抬手捂住嘴角，“我把这幅画像送给你母亲后，她不久就去世了。”

她把玻璃杯放到地上，走到门廊边上。我不知道该不该说下去，便等着她开口，见她不说话，我便走过去站在她身边。她双唇紧闭，眼睛扫视着夜色。她的手紧紧抓着圣母像，在身边摆动。

过了足足一分钟她才把手抬起来，我们两人一起看着圣母像。

“圣母像背后写着南卡罗来纳州蒂伯龙。”我说。

八月把圣母像反了过来。“一定是黛博拉写的。”一种似笑非笑的表情浮过她的脸庞。“那正是她的习惯。她有一本装满了照片的影集，每一张照片后面都写明拍摄地点，即使在她自己家里拍的照片也不例外。”她把圣母像递给我，我看着它，手指掠过“蒂伯龙”几个字。

“谁能料到有这种事情？”八月说。

我们走过去，坐到吊床上摇晃着，不时用脚轻轻点地稍微助推

一把。她怔怔地直视着前方。她甚至没有注意到，自己的围裙背带已经滑到了胳膊肘上。

六月总是说，大多数人嘴巴大胃口小，但是八月却正好相反。六月喜欢调侃八月思考问题的习惯。前一分钟她还在和你说话，而后一分钟她就潜入一个私密空间里，在那里翻来覆去地思索着，消化着大多数人会哽住喉咙的东西。我想说，*教教我如何那样做吧*。*教教我如何吸纳所有这一切*。

雷声隆隆滚过树梢。我想起了母亲的茶话会，想起了喂布娃娃小嘴的迷你三明治；想起往事，我不禁黯然神伤。也许是因为我十分渴望参加那样的茶话会。也许是因为所有的三明治都涂了花生酱，那是我母亲最爱吃的口味，我不是太喜欢。我不知道八月曾逼她背诵的诗，她婚后是否依然记得。她会躺在床上听着狄瑞的鼾声，吟诵着那首诗进入梦乡，祈求上帝让她与罗伯特·弗罗斯特私奔吗？

我瞥了八月一眼。我强迫自己的思绪回到在她房间里的这个时刻，我坦承了人世间最丑陋的一面。听了我的诉说后，她说，*我爱你*。*就像我爱你母亲一样*。

“好啦，”八月说，仿佛我们一直在滔滔不绝地谈话似的，“那幅圣母像足以解释你来到蒂伯龙的原委，但人海茫茫，你怎么找到我的呢？”

“那很简单，”我说，“要不是我看见你做的黑圣母蜂蜜，要不是蜂蜜瓶上的圣母像与我母亲的画像一模一样，我们无论如何也到不了这里。就是那幅波西米亚的布雷兹尼卡黑圣母像。”

“你说得真好。”八月夸奖我说。

“我一直在练习呀。”

“你在什么地方看见蜂蜜的？”

“我在城边的那个弗罗格莫·斯蒂杂货商店看见的。我问店里打领结的那个人他是从哪里进货的。就是他把你的住处告诉我的。”

“那应该是格雷迪先生。”她摇了摇头，“我发誓，我以为你是有备而来寻找我们的。”我的确是有备而来，这一点我毫不怀疑。我只是希望自己知道何处是我的归宿。我低头看着我们的大腿，只见两人的双手都手心朝上放在大腿上，仿佛双双在等待什么东西从天而降落入手中似的。

“那么，我们何不多聊聊关于你妈妈的事情？”她说。

我点点头。我太想谈论有关我母亲的事情了。

“不管什么时候，如果你想暂停休息一下的话，只管说好了。”

“好的。”我说。接下去会谈些什么内容，我难以想象。一些需要暂停的事情。为什么需要暂停？以便我欣然起舞？以便我昏死过去之后，她让我苏醒过来？莫不是暂停能让我接受所有的噩耗？

在远处，有条狗开始狂吠起来。八月一直等到狗不叫了，才说道，“1931年，我开始为黛博拉的母亲干活。那年黛博拉四岁。这个最聪明伶俐的孩子，却总是出乱子。我是说，麻烦还真的不少。譬如，她常常夜游。有一天夜里，她走到外面，爬上了修理屋顶的瓦匠靠在房子上的一架梯子。她的夜游症差点让她的母亲急得发疯。”她笑了起来。

“另外，你妈妈有个假想的朋友。你也有过吗？”我摇摇头。“她喊这个假想友蒂克迪。你母亲会大声和她交谈，就像她站在我们面前似的。如果我忘了在饭桌上给蒂克迪留个座位，黛博拉便会大发脾气。不过，我偶尔想起来给蒂克迪安排好座位时，她却又会说，‘你在做什么？蒂克迪不在这里。她外出拍电影去了。’你妈妈喜欢影星秀兰·邓波儿。”

“蒂克迪。”我说，想在我的舌头上找到感觉。

“那个蒂克迪可不简单，”八月说，“无论黛博拉想做什么事，蒂

克迪都可以做得无可挑剔。蒂克迪替她考试,得的都是一百分,在主日学校为她获得金星奖章,为她整理床铺,清洗盘子。人们对你外婆说——她的名字叫萨拉——她必须领黛博拉去里士满看医生,去看专治儿童心理问题的医生。但是,我却告诉她,‘这个不必担心。她只是按照自己的想法行事罢了。到时她自然会摆脱蒂克迪的阴影。’后来果然如此。”

我怎么不知道假想友的事情?我明白其中的意思。就是你失去的部分自我会提醒你,只要稍做努力,你就能成为想成为的那种人。

“听起来我一点都不像我妈妈。”我说。

“哦,不,你很像你妈妈。你们的气质相同。她会突然行动,做出其他女孩子想也不敢想的事情。”

“譬如?”

八月越过我的肩膀看着后面,微微含笑。“有一次,她也从家里跑了出去。我甚至都不记得她是为了什么生气出走的。我们找了她很久,天都黑了。最后在一条排水沟里找到了她,她蜷在那里睡得正香哩。”

远处的那条狗又叫了起来,八月不说话了。我们听着狗叫,仿佛那是一首小夜曲。我闭上眼睛坐在那里,试图想象着我母亲睡在排水沟里的情景。

片刻之后,我问道,“你为我外婆工作了多长时间?”

“很长时间。九年多。直到我找到了那个教师的工作,这事我告诉过你的。不过,我离开后,我们一直保持联系。”

“我敢打赌,你搬到南卡来,他们一定不高兴。”

“可怜的黛博拉大哭不停。她那年已经十九岁了,但却哭得像个六岁的孩子。”

吊床慢慢停了下来,我们谁也没有想起加速让它荡起来。

“我妈妈怎么来到这里的?”

“那是在我搬到这里两年后。”八月说,“那时我已开始从事我的养蜂业,六月在学校里教书,就在那时我接到她打来的长途电话。她在电话里哭得伤心欲绝,说她的母亲去世了。‘除了你以外,我没有一个亲人了,’她再三说道。”

“那她父亲呢?他在什么地方呀?”

“哦,她还是个婴儿时,方塔尼尔先生就去世了。我甚至从来没有见过他。”

“于是,她就搬到这里投奔你了?”

“黛博拉有个高中时期的朋友刚巧搬到西尔万。是她使你妈妈相信,西尔万是个好地方。她对你妈妈说,那儿好找工作,还有很多从战场上回来的男人。因此,黛博拉就搬到那里去了。不过,我想,很大程度上也是由于我的缘故。我想,她希望我离她近一些吧。”

一个个圆点全都开始连接起来。“我妈妈来到西尔万,”我说,“遇见了狄瑞,然后就结了婚。”

“正是那样。”八月说。

我们刚刚来到门廊上时,天空上还繁星密布,闪烁的银河像一条真正的大路,你可以沿路走下去,发现你母亲双手背在后面,站在大路尽头。但此时一团湿雾滚进了院落,笼在门廊上。片刻之后,天空下起了小雨。

我说,“我永远闹不明白的是,她为什么偏偏嫁给他?”

“我想你爸爸以前不是现在这个样子。黛博拉对我讲过他的事情。她爱他是因为他曾在战争中立过功,获得过勋章。她认为他很勇敢。还说狄瑞待她像待公主一样。”

我真想当面嘲笑她一通。“现在的狄瑞和从前完全不一样了,我现在就可以告诉你这一点。”

“你知道，莉莉，人们刚开始的时候可能是一种样子，但是，等到他们经历了生活的磨难后，可能变成截然不同的另一个人。我毫不怀疑他当初是很爱你母亲的。实际上，我认为他简直可以说是很崇拜她。而你母亲也陶醉其中。像许多年轻女人一样，她会被罗曼蒂克的情调冲昏了头脑。但是，半年下来之后，激情开始消退。我记得，她在一封来信里提到狄伦斯·瑞的指甲缝里有污垢。我知道她写信告诉我的另一件事是，她不知道自己是否能适应农场上的生活，诸如此类的事情。所以，当他求婚时，她拒绝了他。”

“但是，她还是嫁给狄瑞了。”我说，真给闹糊涂了。

“后来，她改变主意，答应了他。”

“为什么呀？”我问，“如果已经没有激情了，为什么还要嫁给他啊？”

八月窝起手摸着我的后脑勺，用手指梳理着我的头发。“我苦苦思索着，不知该不该告诉你实情，但是，告诉了你也许更有助于你理解后来发生的一切。宝贝，黛博拉怀孕了，原因就是如此。”

在她开口之前的一瞬间，我便预感到她要说什么了，但是，她的话对我的打击依然沉重如锤。

“她怀上了*我*吗？”我的说话声听起来疲惫不堪。母亲的生活因为我而变得不堪重负。

“一点不错，是怀了你。她和狄伦斯·瑞在圣诞节期间结了婚。她打长途电话告诉了我。”

不受欢迎，我想，我是一个不受欢迎的小宝宝。

不仅如此，也是因为*我*的缘故，母亲只好与狄瑞一起生活。我庆幸天色漆黑，八月看不清我的脸，看不清我脸上扭曲的表情。你原本认为自己想了解某些事，然而你一旦如愿了，却又想着如何将它们从头脑里除去。从现在开始，如果有人问我长大了想做什么，我打算回答,想做一个失去记忆的人。

我听着小雨淅淅沥沥下个不停。飘起的雨丝模糊了我的脸颊,我屈指数着。“他们结婚七个月后我就出生了。”

“你一出生,她立即就打电话告诉我了。她说你漂亮极了,看着你时都觉得光芒会刺伤她的眼睛。”

听到这番话倒使我自己的眼睛觉得刺痛,犹如沙子揉进了眼睛里。毕竟母亲也许真心地赞美过我,说过令人难为情的宝宝话,把我的胎发捻得像冰淇淋蛋筒的尖顶,在发梢扎上一个粉红色的蝴蝶结。她没有打算怀上我,但这并不意味着她不曾爱过我。

八月继续讲着往事,而我却重又沉浸在一直以来为自己编写的故事中——认为母亲无条件地疼爱我。我生活在自己编造的故事中,就像金鱼生活在金鱼缸里一样,仿佛那是唯一的世界。仿佛离开它我就活不了。

我垂肩而坐,凝视着地面。我不愿意想到“不受欢迎”这几个字。

“你还好吧?”八月说,“你现在想去睡觉,带着这些入梦,其余的事明天早晨再说,是吗?”

“不。”我脱口而出。我吸了一口气。“我很好,真的很好,”我说,试图听起来平静如常,“我只是想再喝点水。”

她拿起我的空杯子,走向厨房,回头看了我两次。当她端着水回来时,手腕上挂了一把红雨伞。“过一会儿,我送你回蜂房。”她说。

我喝水的时候,玻璃杯在我的手里直晃,水很难喝到嘴里。喉咙里咕噜咕噜作响的喝水声,其声之大,一时竟盖住了雨声。

“你肯定现在不想去睡觉吗?”八月问道。

“我肯定。我需要知道——”

“莉莉,你需要知道什么?

“一切。”我说。

八月挨着我坐在吊床上，妥协让步了。“那好吧，”她说，“就依你。”

“我知道她是为了我才与他结婚的，但是，你认为她有没有一丝快乐？”

“我认为她快乐过一阵子，她努力争取过，这我知道。我收到过她十多封信，或者说至少接到过她打来的那么多次电话。在他们结婚后的头几年里，我看得出来，她在努力营造快乐。她大多数写的是关于你的事情，你会坐啦，开始会走路啦，会玩小糕点啦。但是，后来她的信越来越少，偶尔来封信，我便发觉她不开心。有一天，她打电话给我。那是8月底或9月初吧——我记得是那个时候，因为我们在那之前不久刚刚庆祝过圣母节。”

“她说她要离开狄瑞，她要离开那个家。她想知道，在她拿定主意要去什么地方之前，能不能来这里和我们一起过几个月。当然可以，我说，这不成问题。当我到汽车站接她时，几乎都认不出她了。她瘦得不像样子，眼睛下面黑眼圈很重。”

我心里一阵难过。我知道我们已经聊到了有关我母亲的情况中我最最害怕的部分。“你到汽车站接她时，我跟她在一起。她带我一起来了，是不是？”

八月弯下腰，贴在我耳边低声慢语。“不是，宝贝，她自己一个人来的。”

这时，我意识到我咬破了腮帮子里面的皮肉。一股血腥味使我想吐出嘴里的血水，但我强行咽了下去。“为什么？”我说，“为什么她不带着我？”

“据我所知，莉莉，当时她情绪低落，几乎要崩溃了。她离开家那天，没有发生什么不寻常的事情。她只是一觉醒来，觉得再也不能留在那里了。她请来隔壁农场的一个女人来照顾你，然后开着狄瑞的卡车去了汽车站。在她到达这里之前，我一直以为她会带着你一起来哩。”

吊床不堪重负地吱嘎作响，我们坐在上面，闻着温暖的细雨，润湿的树林，腐烂的青草。*我母亲遗弃了我*。

“我恨她。”我说。我是想大声喊出这句话的，但是，说出的话却平静得有些异常，低沉而刺耳，犹如汽车碾过石子路的声音。

“哎，别这样，莉莉。”

“我恨她，就恨她。她一点也不像我心目中的妈妈。”

我一直想象着她百般珍爱我的样子，多么完美无瑕的母亲典范啊。然而，所有这一切全是谎言，完全是我编造出来的。

“对于她而言，遗弃我很容易，因为她从来就没想过要我。”我说。

八月伸手想拉我，但我站了起来，一把推开通向门廊台阶的纱门。纱门砰地一声在我身后关上了，然后，我坐在雨水淋透的台阶上，弓着身子缩在屋檐下。

我听见八月的脚步声走过门廊，当她隔着纱门站在我身后时，我感到了空气的凝重。“莉莉，我不是为她开脱，”她说，“你母亲只是做了她想做的事情。”

“了不起的母亲。”我说。我觉得内心寒透了，又伤心又气愤。

“你听我说，好吗？当你妈妈来到蒂伯龙的时候，真是瘦得皮包骨头。任凭五月怎么劝，她一点东西也不肯吃。她整整哭了一个星期。事后，我们才知道那叫精神崩溃，但是当事情发生的时候，我们并不知道是怎么回事。我带她去看当地的医生，医生给她开了些鱼肝油，询问她的白人亲属在哪里，还说也许她需要到公牛街去住上一段时间。这样，我就没有再带她去看那位医生。”

“公牛街。精神病院？”事情变得越来越糟了。“但那是疯子去的

地方啊。”我说。

“我想他也许不知道还有什么别的办法医治她，但是她并没有疯啊。她只是忧郁症，并没有疯。”

“你要是让医生把她送到那里去就好了。我希望她死在里面才好哩。”

“莉莉！”

我很高兴把八月吓坏了。

我母亲毕生在寻找爱情，然而她找到的是狄瑞和农场，然后找到了我。对于她而言，拥有我依然满足不了她的渴望。于是，她把我留给了狄瑞·欧文斯。

一道之字形闪电划破了天空，但是我依然一动不动。我的头发如烟一样朝着四面八方乱吹。我感到自己的眼睛在变硬，变得扁平、狭窄如便士。我凝视着底层台阶上的一团鸟粪，雨水正在把鸟粪冲进树缝里。

“你在听我说话吗？”八月问。她的声音穿过纱门，每个字犹如带刺铁丝的小尖尖。“你在听吗？”

“我听着呢。”

“患忧郁症的人会做出反常的事情。”

“譬如？”我说，“抛弃自己的孩子吗？”我无法住口。雨水溅落在我的凉鞋上，滴进脚趾缝里。

八月大声叹了一口气，回到吊床上坐了下来。看来也许我伤了她的心，让她失望了，想到这些我感到泄气。我的高傲气焰熄灭了。

我缓步踏上台阶，推开门廊纱门回到里面。当我在吊床上挨着她坐下时，她把手放在我的手上，她手心里的暖流涌出流进我的皮肤里。我周身一阵战栗。

“过来。”她说，把我拉到她身边。那感觉犹如被簇拥在鸟翼下，我偎在她的怀里,吊床来回摇荡,我们就那样相拥着坐了一会儿。

"是什么使她变得那么忧郁?"我问。

"我虽然不知道整个答案,但是其中一部分原因是她过不惯农场生活,与世隔绝,还嫁了一个她实在不想嫁的丈夫。"

大雨瓢泼而下,织成一块巨大的银黑色水幕。我绞尽脑汁,但是满脑子的心事剪不断理还乱。我一会儿怨恨母亲,一会儿又为她感到难过。

"好吧,就算她精神崩溃了,但是她怎么能像那样抛弃我呢?"我说。

"她在这里过了三个月以后,感觉稍微好了一点,她开始说起她是多么想念你。最后,她返回西尔万去接你。"

我坐直身体,看着八月,听见急速吮吸的空气流过我的嘴唇。"她回去接我?"

"她打算把你接到蒂伯龙来住。她甚至还与克莱顿谈到过签署离婚协议的事情。我最后一次看见她的时候,她坐在公共汽车上,从车窗里向我挥手。"

我把头靠在八月的肩膀上,完全知道以后发生了什么事。我闭上眼睛,往事重回心头。那早已逝去的一天永远阴霾不散——地板上的手提箱,她把衣服扔进手提箱里,叠都不叠。*快点*,她不停地说着。

狄瑞告诉我,说她是回来拿她自己的东西的。但是,她也是回来接我的。她想把我接到这里,接到蒂伯龙,接到八月家。

要是我们成功了该有多好啊。我想起了狄瑞的靴子踏在楼梯上的响声。我真想挥动双拳捶打什么东西撒撒气,朝母亲尖声喊叫,埋怨她为什么被捉住,为什么收拾行李的动作不快一点,为什么不早点回来。

最后，我仰起脸来看着八月。当我开口说话时，嘴里的味道苦苦的。“我记得有那回事。我记得她是回来接我的。”

“我一直想知道这事呢。”她说。

“狄瑞发现她在收拾东西。他们大喊大叫，扭成一团。她——”我停下不说了，头脑里回响起他们的声音。

“接着往下说。”八月说。

我低头看着自己的双手。手在发抖。“她从衣橱里掏出一支手枪，但是被狄瑞抢了去。事情发生得非常快，我都没弄清是怎么回事。我看见手枪掉在地板上，我捡起了手枪。我不知道为什么要捡起枪。我——我想帮忙。想把枪拿给母亲。我为什么要那样做？我为什么要捡起枪呀？”

八月滑到吊床边缘，转脸看着我。她目光坚定。“拣起手枪之后，你记得随后发生了什么吗？”

我摇摇头。“只记得乱糟糟的声音。爆炸声。声音很响。”

吊床链索骤然一动。我看过去，只见八月双眉紧锁。

“你怎么知道——我母亲去世的？”我问。

“当黛博拉没有如期回来时……那么，我必须要知道出了什么事，于是，我就打电话到你们家。一个女人接了电话，说她是你们家邻居。”

“是我们家的一个邻居告诉你的？”我问。

“她说黛博拉在一次意外的枪支走火中身亡了。她就说了那句话。”

我扭过脸，看着黑夜，看着滴水的树枝，看着在灯火阑珊的门廊上移动的影子。“你不知道我就是——那个枪杀她的人吗？”

“不知道，我从来没有想到会有这种事情，”她说，“我甚至现在也不敢想象。”她十指交叉，然后放到大腿上。“我试图了解更详细的情况。我又打了一个电话，这回是狄伦斯·瑞接的电话，但是他不愿意谈及此事。他一直追问我是谁。我甚至还打电话到西尔万警察局，但是警察局也不愿意透露任何情况，只是说此案属于意外死亡。所以，这么多年来，我不得不生活在茫然之中。”

我们静静地坐着。雨几乎停了，留给我们一片万籁俱寂和一穹无月的天空。

“走，”八月说，“我送你睡觉去。”

我们走进夜色里，走进纺织娘模糊不清的婉鸣中，雨点打在雨伞上发出声响。当你的心里不设防的时候，所有那些可怕的韵律驻留于心间久久不去。遗弃了你，它们一起鼓舌。遗弃了你。遗弃了你。

知情堪为一个人生活中的一个咒语。我以一筐谎言换了一堆真相，我不知道是谎言还是真相更加沉重。是谎言还是真相需要花费最大的力气去背负？不过，这是一个荒诞不经的问题，因为你一旦知道了真相，就永远不能回头，不能捡起你那个装满谎言的手提箱。无论沉重与否，现在你已知道了真相。

在蜂房里，八月一直等到我蜷进被单下面，然后弯下腰，在我的额头上亲吻了一下。

“莉莉，地球上的人，个个都会犯错。无一例外。因为我们都是凡人啊。你母亲犯了一个可怕的错误，但是她尽力去改正错误。”

“晚安。”我说，侧身蜷起睡去。

“金无足赤，”八月的声音从门口传来，“人生就是这样。”

工蜂的身体仅有一公分多长，体重也只不过六毫克左右；但是，它可以背负大于自己体重的负荷飞行。

——《蜜蜂》

13

我的肘弯和腿弯部一阵阵发热。躺在被褥上，我揉着眼睛。我哭得太凶，眼睛都肿得快睁不开了。要不是因为哭肿的眼皮，我也许不会相信我和八月之间谈过的事情。

八月走后，我一动也没动，只是静静地躺在床上，目光呆滞地看着光秃秃的墙面，看着那些夜间出来活动的昆虫，它们以为我睡着了，便成群结队地飞来爬去，怡然自乐。我看厌了昆虫夜乐图，便抬起胳膊遮住眼睛，对自己说，**睡吧，莉莉。好了，快睡吧**。但是，我当然还是难以入眠。

我索性坐了起来，觉得身体有千斤重。仿佛有人将混凝土罐车倒到蜂房跟前，把导管架在我胸膛上，开始浇灌混凝土。我讨厌深更半夜那种混凝土墙的感觉。

我凝视着墙壁，心里不止一次想到了我们的圣母。我想对她倾诉心声，想问她，*我离开这里该投奔何处？*但是，我早先看见她时，也就是我和八月最初进屋时，她锁链缠身，看起来一副自身难保的样子。你总期望你祈祷的神明至少看上去无所不能吧。

但是，我还是拖着沉重的身体强迫自己下了床，去看望我们的圣母。我心里认定，就是马利亚也不必时时都是万能的。我唯一的愿望是得到她的理解。希望有人能够长长地叹口气，说，*你这个可怜的小家伙，我理解你的感受*。如果让我选择的话，我宁愿希望有人理解我的处境，哪怕她无助于改善我的处境。不过，那只是我自己的想法。

我一闻到锁链那浓重的铁锈味，心里立刻涌起一种冲动，想去解开缠在她身上的锁链。但是，那无疑就毁了八月和马利亚的女儿们苦心张罗的整个苦难重现仪式。

在马利亚的脚下，红烛火苗闪烁。我扑通一声坐到地上，双腿盘起坐在她面前。我听见大风在林间呼号，那歌唱般的声音把我带回到很久以前的时光。那时候，我在夜里惊醒时也会听见同样的声音，我睡眼惺忪又思母心切，便会想象着那声音是我母亲来到了树林里，歌唱着她无尽的爱。有一次，我冲进狄瑞的房间，大声对他叫嚷说，母亲就在我的窗户外面。狄瑞一字一顿地说："不……要……胡……说，莉……莉。"

如今，当事实证明狄瑞说得不错时，我心里怨恨交加。风里从来就没有任何人声。没有母亲在那里歌唱。没有无尽的爱。

可怕的事情，真正可怕的事情，是蕴藏在我心底的怒火。在后门廊上，当有关我母亲的美好故事犹如脚下的土地塌陷一般土崩瓦解时，这把怒火就开始燃烧了。我并不想怒火中烧。我告诫自己说，*你没有发怒。你没有任何权利发怒。你对母亲造成的伤害比她对你的伤害严重千百倍*。但是，你却无法说服自己不要发怒。你要么发怒，否则就不发怒。

蜂房里闷热寂静。再过一会儿，我恐怕连呼吸都困难了，因为我

满腔怒火。我的肺都快气炸了。

我站起身来，在黑暗中来回踱步。我身后的工作台上摆放着六瓶黑圣母牌蜂蜜，等待着扎克送到城里的客户那里去——也许是克莱顿律师事务所，也许是弗罗格莫·斯蒂杂货商店，或是艾蒙廉价商品店，或是迪万朵黑人美容院。

她还真有胆？她怎么敢扔下我？我是她的亲骨肉呀。

我朝窗户望去，真想把窗玻璃砸个粉碎。我真想把什么东西砸进天堂去，将上帝从他的宝座上砸下来。我抓起一瓶蜂蜜，使出吃奶的力气扔了出去。蜂蜜瓶差一点儿砸在黑圣母头上，结果砸在后墙上碎了。我又抓起一瓶蜂蜜扔了出去。它落在一摞蜂箱旁的地面上粉碎了。我把工作台上剩余的几瓶蜂蜜全扔了出去，蜜汁溅得到处都是，像电烤箱里飞溅出来的蛋糕面糊。我满不在乎地站在房间里，到处都是碎玻璃和飞溅的蜂蜜。我母亲抛弃了我。谁还会在乎墙上的蜂蜜？

接着，我抓起了一只白铁桶，发狠地哼了一声，使劲扔了出去，把墙上砸出了一个凹坑。我扔东西扔得手都快没劲了，但是，我又端起一托盘蜡烛模具，扔了出去。

然后，我一动不动地站在那里，望着蜜汁顺着墙壁淌到地面上。我左胳膊上鲜血流淌。我都不知道这条伤口是怎么划破的。我的心狂跳不已。我觉得仿佛拉开了自己的皮肤，灵魂一下子跳了出来，离开发疯的主人径自远去。

房间里仿佛正在举行喧闹的酒会，我的心中却在翻江倒海。我觉得似乎有必要用双手扶住墙，让它再次平静下来。我走回原先放着蜂蜜瓶的工作台旁，双手撑在台面上。我不知道该做什么是好。我感到一阵强烈的悲哀，但这并不是因为我刚才的举动，尽管那也够糟糕的，而是因为一切东西似乎全被掏空了——我对母亲怀有的感情，我曾经相信的事实，有关母亲的所有那些往事——那些我赖以生存的像食物像水像空气的往事。还因为我是一个被她遗弃的女孩。这就是我悲哀的原因。

我打量了一下屋子里我制造的一片狼藉，心想，粉红屋里也许有人听见了蜂蜜瓶砸到墙上的声音。我走到窗前，透过院子里的一片幽暗朦胧看过去。八月卧室的窗玻璃上没有一丝亮光。我摸摸胸口，感到心无比疼痛，仿佛被人踩过似的。

"你怎么会抛弃我呢?"我喃喃自语，望着我的呼吸在窗玻璃上哈成一团雾水。

我脸贴在窗玻璃上待了一会儿，然后走过去清扫我们的圣母前面地上的碎玻璃。我侧身躺下来，膝盖抵着下巴蜷成一团。在我上方，黑圣母身上粘着蜂蜜斑点，她看起来毫不惊讶。我躺在那里，心里空落落的，身体疲惫不堪，一切的一切——甚至怨恨——都消失得无影无踪了。无事可做。无处可去。就在此地，就在此时，眼前真相大白。

我告诫自己，夜里不要起来，不要在房间里走动，否则我的双脚准会被割成碎片。然后，我闭上眼睛，开始编织自己希望拥有的梦。黑圣母雕像上的小门要是开启多好哇，那扇小门就在她的腹部上方，那么，我就能够爬进去藏身于密室了。这完全不是我的凭空想象，因为我在八月的书上亲眼见过这样的一张插图——马利亚的雕像上有一扇洞开的门，门里所有的人藏在充满安慰的秘密世界中。

罗萨琳的大手把我摇醒了，我睁开眼睛，光线明亮刺眼。她俯身与我脸对脸，嘴里散发出一股咖啡和葡萄汁的气味。"莉莉!"她大声

喊道，“这到底是怎么回事啊？”

我忘了自己的手臂上会留下淤血结疤。我看看伤疤，里面有块小玻璃碴，小如钻石残屑，戳进皮肤的皱痕里。我周围到处都是蜂蜜瓶碎片和蜂蜜汁液。地面上血迹斑斑。

罗萨琳瞪着我，等着我回答，一脸茫然的神情。我也睡眼惺忪地瞪着她，竭力想看清楚她的脸。斜照的阳光爬过我们的圣母，洒在我们周围。

“回答我的话。”罗萨琳说。

光亮刺得我眯缝起眼睛。我的嘴巴似乎也不能张开说话了。

“瞧瞧你，一直在流血呀。”

我的头在全方位运动，一会儿点点头，一会儿摆摆头。我看着遍地狼藉的房间，感到窘迫、荒唐、愚蠢。

“我——我摔了几瓶蜂蜜。”

“是你把这里弄得乱七八糟的？”她说，好像不敢相信似的，好像她希望我告诉她，是一伙打家劫舍的流寇夜闯民宅所为。她用力朝脸上吹了一口气，那口气力量真大，竟能掀起头发，真是不容易，因为她的头发上抹了很多头油。“我的老天哪。”她说。

我站起来，等着她痛骂我一顿，但是，她伸出粗粗的手指，费劲地想挑出我胳膊上的玻璃碴子。“你的伤口需要搽些红药水，以免感染，”她对我说，“过来。”她听起来很生气，似乎想抓住我的肩膀，把我的牙齿摇掉下来才解气。

我坐在浴缸沿上，罗萨琳拿着一个冰凉的药棉签轻轻涂抹我胳膊上的伤口。然后，她在伤口上贴了一片创可贴，说道，“好了，这样

你至少不会死于败血症了。”

她关上盥洗池上方的药品柜，然后又关上卫生间的门。我望着她在马桶上坐下，松弛的肚皮垂在两腿之间。当罗萨琳坐在马桶上时，整个马桶都被她遮得严严实实的。我坐在浴缸沿上，想到八月和六月还在她们的房间里，感到非常庆幸。

“你说说，”她说道，“你为什么把所有蜂蜜瓶都摔了？”

我看着窗台上的一排海贝壳，知道它们是真真实实地存在于我眼前，尽管我们远离海洋有上百英里之遥。八月曾经说过，人人都需要在自己的卧室里放一枚贝壳，提醒自己大海是她的故乡。她说，海贝壳是我们的圣母钟爱的物件，其喜欢程度仅次于月亮。

我走到窗台前面，拿起一枚海贝壳，一枚非常漂亮的白色贝壳，边缘镶着浅浅的鹅黄。

罗萨琳坐在那里望着我。“快说啊。”她说。

“关于我母亲的事情，狄瑞说的是事实。”我说。我听见从自己口里说出来的这话，心里感到一阵恶心。“她遗弃了我。就像他说的那样，她遗弃了我。”刹那间，头天晚上我心头的那股怒火又燃烧了起来，我真想把贝壳狠狠砸向浴缸，但是我忍住了，只是深深地吸了一口气。我发现，发怒解不了气。

罗萨琳移动了一下身体，马桶盖压得吱嘎作响，马桶圈滑来滑去。她抬起手指拢着头顶。我把脸转过去，看着水槽底下的水管，看着油毡上的锈渍。

“这么说，你妈妈果真是走了。”她说，“天哪，我还真担心是那样哩。”

我抬起头。我想起我们出逃之后的第一个夜晚，我在河边把狄瑞所说的话告诉罗萨琳时的情景。我当时希望她嘲笑我母亲遗弃我的这个说法，但是她迟疑不决。

“你早就知道，是不是？”我问。

“我并不能肯定，”她说，“我只是听到些传言。”

“什么传言？”

她叹了一口气，实际上，那何止是叹气啊。“你妈妈死后，”她说，“我听见狄瑞在电话里与邻居沃森太太交谈。狄瑞告诉她说，他不需要她照看你，他在桃园找了个摘桃工人。他说的就是我，所以我才竖起耳朵听着。”窗外飞过一只乌鸦，卫生间里顿时充满了乌鸦的狂叫声，罗萨琳停下来，等着叫声消失。

我是去教堂做礼拜认识沃森太太的，还有就是她总是到我那里去买桃子。她很和气，但是她看我的眼神，总是好像我的额头上写着些不可名状的忧伤似的，仿佛她想走过来把它刮掉似的。

当罗萨琳继续说下去的时候，我抓住浴缸沿，不知道自己是否还希望她往下讲。“我听见你爸爸告诉沃森太太，‘珍妮，过去的几个月里承蒙你照顾莉莉，你做的已经超过邻里之情了。我不知道如果没有你的帮助我们该怎么办。’”罗萨琳看看我，摇了摇头。“我一直闹不明白他说那话是什么意思。当你告诉我，狄瑞说你妈妈遗弃了你时，我总算是明白了你爸爸对沃森太太说的话。”

“我难以相信，你居然不告诉我。”我说着，双臂交叉抱在胸前。

“那么你是怎么弄明白的？”罗萨琳问道。

“八月告诉我的。”我说。我想起了在她的卧室里哭得昏天黑地的情景。我双手紧紧抓住她的裙子。她手帕上的字母缩写，蹭着我的皮肤。

“八月？”罗萨琳重复道。罗萨琳很少露出惊呆的神情，但是，她此刻就是那副呆若木鸡的表情。

“我母亲在弗吉尼亚还是个小姑娘的时候，八月就认识她了，”我说，“八月在她家帮佣照顾她。”

我停顿了一会儿，让她明白是怎么回事。

“我妈妈离家后就是到这里来了。当时……是沃森太太在照看我。”我说，“我妈妈来到这里，住在这幢房子里。”

罗萨琳的眼睛眯得更细了。“你妈妈——”她说，然后又住口不说了。我看得出来，她正在急速地转动着脑子，试图把这一切联系在一起。我母亲走了。沃森太太在照看我。我母亲回来了，回来送死。

“我妈妈重回西尔万之前，在这里住了三个月。”我说，“我想有一天她终于想起来了：哦，是的，没错，我还有个小姑娘在家里。哎呀，也许我现在就应该回去把她接来。”

我听出了自己声音里的哭腔，我想怎样才能把那种哭腔永远保留在我的声音里。从现在起，我每次想到母亲的时候，便会很容易滑进冷冰冰的阴暗角落。我使劲攥着贝壳，觉得它戳进了我的掌心。

罗萨琳站起身来。我打量着她，小浴室衬得她异常伟岸庞大。我也站了起来，我们俩挤在浴缸和座便器之间，面面相觑，一时无语。

“真希望你早就告诉了我你所知道的关于我妈妈的事情。”我说，“你为什么不告诉我呢？”

“哦，莉莉，”她说，她的话语里充满了柔情，仿佛那些话语在她喉咙深处的温柔小吊床里轻轻摇晃着，“我为什么要让那种事情伤你的心呢？”

罗萨琳肩上扛着一个拖把，手里握着一把抹刀，和我并肩走向蜂房。我提着一只桶，里面装着抹布之类的清洁工具。我们用抹刀刮除溅得到处都是的蜂蜜。有些蜂蜜甚至溅到了八月的加料机上。

我们擦净了地面和墙壁，接着清洁我们的圣母。我们从下往上

擦,然后再擦反面,整个过程中我们两人一言未发。

我心情沉重地干着活,早已魂不守舍。我的鼻孔里呼出打着圈圈的粗气。在罗萨琳那张汗流满面的脸上,渗透着全心全意待我的一片真情。我们的圣母用她的眼睛说话,诉说着我听不懂的事情。这就是一切。

❀

马利亚的女儿们和奥蒂斯中午时分来了,带来了各种花样的家常便饭,仿佛我们头天晚上吃得还不够撑似的。她们把饭菜塞到烤炉里保温, 然后站在厨房里不声不响地吃起罗萨琳做的玉米饼,说这是他们有幸吃到的最好的玉米油煎饼,夸得罗萨琳洋洋得意。

“你们别把罗萨琳做的玉米油煎饼都吃光了,”六月说,“那是我们的午饭。”

“哦,让她们吃吧。”罗萨琳说。她这话让我大吃一惊,因为我要是吃饭前伸手去掰玉米饼吃的话, 她准会把我的手往旁边一拨。等到尼尔和扎克来到时,玉米油煎饼差不多被吃光了,罗萨琳高兴得险些飘上天了。

我麻木不仁地站在厨房墙角里。我想悄悄溜回蜂房,在床上缩成一团。我巴望人人赶紧住嘴回家去。

扎克开始向我走过来,但我扭过脸低头看着水槽排水管。从眼角的余光里,我知道八月在看着我。她的嘴唇油光发亮,像是涂了凡士林似的,于是,我知道她也尝过玉米油煎饼了。她走过来,抬起手来抚摩着我的脸颊。我以为八月并不知道我把蜂房变得像个灾区的事情,但是,她有办法弄清事情的真相。也许她想让我知道那没有关系。

"我想请你转告扎克,"我说,"关于我离家出走,关于我母亲,关于所有的事情。"

"你不想亲自告诉他吗?"

我的眼睛开始热泪盈眶。"我做不到。求你了,还是你告诉他吧。"

她朝扎克的方向瞥了一眼。"那好吧。一有机会我就告诉他。"

她领着马利亚的女儿们来到外面,进行圣母节的最后一项庆祝仪式。我们列队走进后院,马利亚的女儿们个个嘴唇上都沾着油渍。六月已在那里等候我们,她坐在一张无扶手的餐椅上,拉着大提琴。我们围在她周围,这时正午的日光减弱了。六月演奏的是那种令人撕心裂肺的乐曲,可以钻进你内心的密室,使你愁肠百结。在音乐声中,我仿佛看见母亲坐着汽车,驶出西尔万,而四岁大的我正在床上睡觉,还不知道醒来后将会是一幅什么情景。

六月的音乐变成了空气,空气又变成了痛楚。我站在那儿晃来晃去,不想将那空气吸入体内。

当尼尔和扎克抬着我们的圣母走出蜂房时,我松了一口气;他们的出现将我的思绪带离了我母亲乘坐的汽车。他们把我们的圣母夹在腋下,像抬着一卷地毯,锁链荡来荡去撞着她的身体。你也许以为他们会再把我们的圣母放到货车上,那比这样抬着走稍微体面一些。如果那还不够糟糕的话,他们把雕像放下时,竟然把她放在一座蚁冢中间,把蚂蚁吓得四处逃跑。我们不得不跳着双脚,抖掉爬到脚上的蚂蚁。

由于跳来跳去,甜女的假发——不知何故她坚持称之为"假发帽子"——滑到了她的眉头上,所以我们只好给她一点时间,让她到屋里去整理一下。奥蒂斯在她后面喊道,"我叫你不要戴那个玩意嘛,这种天戴假发太热了。一出汗它就在你头上滑来滑去。"

"我的假发帽子,我想戴就戴。"她扭头回敬道。

"那当然。"他反唇相讥,看着我们,好像我们都站在他一边似的,实际上,我们都百分之百地支持甜女。我们并不是喜欢她的假发——那是你见过的最难看的东西,我们只是不喜欢奥蒂斯对她发号施令罢了。

最后,当一切都安排妥当后,八月说,"好,大家都在这了,我们的圣母也来了。"

我从头到脚打量着她,为她的整洁感到自豪。

八月诵起《圣经》上的圣母歌,"从今以后,万代要称我万福——"

"万福马利亚,"维奥利特插嘴说道,"万福,万福马利亚。"她举目凝望着苍穹。我们也都一起仰望天空,不知她是否看见了穿云破雾的圣母。"万福马利亚。"她又祝祷了一遍。

"今天,我们在这里庆祝圣母升天。"八月说道,"纪念圣母怎样从睡梦中醒来,升上天堂。另外,我们在这里重温我们的锁链圣母的故事,提醒大家,那些锁链永远锁不住她。我们的圣母每一次都能够挣脱锁链。"

八月紧紧抓起捆在黑圣母身上的锁链,打开了一个链环,然后递给甜女,甜女又打开了一个链环。我们依次一人打开一个链环。我所记得的是,打开的锁链在马利亚的脚下堆成小山,发出哐啷哐啷的撞击声,仿佛在继续着维奥利特的祝祷。*万福,万福,万福,万福*。

"圣母升天了,"八月说,压低的声音轻如耳语,"她升到了圣殿。"马利亚的女儿们都举起了手臂。就连奥蒂斯的胳膊也笔直地戳向天空。

"我们的圣母马利亚将不再沮丧,不再受束缚。"八月说,"她的女儿们也是一样。我们也会升天,女儿们。我们……也会……升天。"

六月的琴弓斜拉过琴弦。我想和其他人一起举起双臂,聆听天外的一个声音对我说，*你会升天的*，去感觉那种可能性。但是，我的双手却无力地垂在身体两侧。在内心里，我感到自己渺小而卑微，是个被遗弃的孩子。我每次闭上眼睛，依然会看见母亲乘坐的汽车。

马利亚的女儿们手臂久久地伸向天空，感觉她们也在随着圣母升天。然后，八月从六月坐的椅子后面拿出一瓶黑圣母牌蜂蜜，她的举动使大家重又回到了人间。八月打开蜂蜜瓶盖，将之倒扣在我们的圣母头上。

蜂蜜缓缓流下圣母的脸，流过她的肩头，滴落滑进她衣服的皱褶里。一块蜂巢碎片卡在了我们女王的臂弯里。

我看看罗萨琳，意思是说，*嗨，棒极了，我们费了老大工夫才清理掉她身上的蜂蜜，现在她们又把蜂蜜淋上去了*。

我心想，无论这些女人再做出什么举动来，恐怕不会再有什么能让我吃惊的了。但是，就在这个念头闪过的时候，只见马利亚的女儿们簇拥在我们的圣母周围，恰如一圈工蜂，她们把蜂蜜揉进木雕里，抹在她头顶上，抹在她的面颊、脖子、肩膀和手臂上，乃至她的胸部和腹部。

"来啊，莉莉，来帮帮我们。"梅比丽说。罗萨琳早已加入了他们的行列，正在将蜂蜜往我们圣母的大腿上抹。我踌躇不前，但是，格蕾茜拉起我的双手，将我拽到圣母身边，让我的双手沾满被太阳晒得暖暖的蜂蜜，径直抹在我们圣母的红心上面。

我想起半夜膜拜圣母的经过，想起我曾经用手摸过那同一个地方。*你就是我的母亲*，当时我曾经对她说过。*你是万人之母*。

"我不明白我们为什么这样做。"我说。

"我们总是用蜂蜜为她沐浴，"格蕾茜说，"年年如此。"

"但是，为什么呀？"

八月正在把蜂蜜抹在我们圣母的脸上。"过去，教会常常用圣水

洗濯重要的神像，以此表示对他们的景仰，”她说，“尤其是我们的圣母雕像。有时候，他们用葡萄酒为她沐浴。我们决定用蜂蜜。”八月的手向下涂抹圣母的颈部。“莉莉，你瞧，蜂蜜还是防腐剂哩。它可以密封蜂箱里的蜂巢，保持蜂巢安全纯净，确保蜜蜂平安过冬。当我们用蜂蜜为我们的圣母沐浴时，我想你可以说，我们可以再保存她一年，至少我们在心里是这样希望的。”

“我不知道蜂蜜是一种防腐剂。”我说，开始喜欢蜂蜜在自己手指下面滑动的感觉，仿佛浸过油一样的润滑。

“哦，人们不知道蜂蜜具有那种功能，但是，那些勇于尝试的人们常常把蜂蜜涂在尸体上防止腐烂。母亲把夭折的婴儿浸在蜂蜜里入殓以保鲜如常。”

我没想到蜂蜜还有这个用途。我突然明白了为什么殡仪馆向死者的家属出售大罐的蜂蜜，而不是仅仅卖棺材。我试图想象殡仪馆里陈列橱窗的那番情景。

我开始用手涂抹起木雕，几乎对我们亲密接触神体的行为感到有点局促不安。

有一次，梅比丽的头靠得太近，头发上都粘满了蜂蜜。还有伦尼尔拿蛋糕的时候，蜂蜜从她的肘尖上直往下滴。她不停地想舔掉蜂蜜，但她的舌头显然不够长。

蚂蚁闻到蜂蜜的甜味，开始排成单列爬上我们的圣母身上。但是，还有不甘落后者哩。这时，有一小群侦察蜂飞来，落在我们的圣母头上。只要有人把蜂蜜摆在什么地方，那儿立即就会变成一个昆虫王国。

奎尼尔说，“接下来，我猜蜜熊要来加入我们了。”我开怀大笑起来，发现雕像底座附近还有一处没有抹上蜂蜜，便开始抹起来。

我们的圣母的身上覆盖着一只只手，深浅不同的棕色和黑色的手，朝着四面八方涂抹着蜂蜜，但是，接下来发生了一件最奇怪的事情。大家双手的动作渐渐变得整齐划一，先是拉着缓慢的长弧，在雕像周身上下滑动，接着变成了侧向运动，像一群飞鸟在天空同时改变方向。你心中还在疑惑这是谁下的命令哩。

我不知道这种情景持续了多久，大家都没有说话，生怕破坏了这种默契。我们在保护我们的圣母。自从知道我母亲的真相以来，我第一次在工作中找到了满足。

最后，我们都离开了雕像。我们的圣母巍然矗立，涂满蜂蜜的身体流金溢彩，曾经束缚她的锁链散落在草坪上。

马利亚的女儿们依次把手伸进水桶里，洗去沾在手上的蜂蜜。我一直等到最后一个才去洗手，想尽量让蜂蜜在我的皮肤上多留存一会儿。我好像戴了一副神奇的魔术手套，可以保存我触摸过的任何东西。

我们把圣母留在院子里，吃饭去了，然后又回来用水为她清洗，像我们用蜂蜜为她沐浴时一样慢慢地洗濯。尼尔和扎克把雕像抬回客厅里归位以后，大家都告辞离去了。八月、六月和罗萨琳开始收拾杯盘，我却溜回蜂房。我躺在帆布床上，试图什么也不想。

你是否曾注意过这样的现象，你越是什么都不愿意想，你所想到的事情就越多越细？我试图什么也不想，却用了二十分钟思考这样一个令人着魔的问题：假如你能使《圣经》中的某个奇迹发生在你身上的话，你希望是个什么奇迹呢？我不需要丰盈的物质利益的奇迹，因为我永远不想再看见食物了。我想，在水上行走应该很有意思，但那又何益之有呢？我的意思是说，即使你能在水上行走，那又

有什么用?我决定选择死而复生的奇迹,因为我身体的大部分依然犹如僵死一般。

我这些想法都是在不知不觉中发生的,我根本没有意识到。我刚刚回过神,想控制自己什么也不想,这时八月敲门了。

“莉莉,我可以进来吗?”

“当然。”我说,但是,我却懒得爬起来。*就此打住,不要遐想了*。尽量把思绪集中在八月身上,不要多想。

她轻盈地走了进来,手里提着一只金色和白色相间条纹的帽盒。她伫立片刻,低头看着我,身材看上去出奇的高。小壁架上的电风扇呼呼旋转着,吹得她的衣领在脖子上呼扇着。

我想,*她给我送帽子来了*。她也许去了趟艾蒙一元店,买了顶草帽哄我开心起来。但是,那想法毫无意义。为什么一顶草帽就能让我开心?然后我又转念一想,也许是伦尼尔答应为我做的帽子,然而这个念头也不合理。伦尼尔不会有时间这么快就缝好一顶帽子的。

八月坐在罗萨琳睡过的旧帆布床上,把帽盒放在她的大腿上。“我给你拿来一些你母亲的东西。”

我凝视着精美滚圆的帽盒。我深深地吸了一口气,出口的话奇怪地结巴起来。*我母亲的东西*。

我没有动弹。我闻着从窗户里吹进来的风,电风扇把风吹乱了。我能感觉到午后的一场雨使空气变得沉闷,但是天空还是不见放晴。

“你不想看看吗?”她问。

“你告诉我盒子里是什么东西就行了。”

她一只手放到盒盖上拍了拍。“我不敢确定还能记得是些什么东西了。我直到今天早晨才记得有这个盒子。我认为,我们应该一起打开它。但是,如果你不想看的话,也不必勉强。那只是你母亲去西尔万接你那天留在这里的几件东西。我最后还是把她的衣服捐给救世军了，但我还保留着她的其他东西，虽然没多少东西。我想，在这个盒子里已经放了十年了。”

我坐了起来。我能听见自己的心在怦怦直跳。我不知道坐在房间那一头的八月是否能听见我的心跳。扑——通。扑——通。听见你的心那样跳动，除了随着心跳产生的恐惧之外，还有些许既熟悉又陌生的慰藉之情。

八月把盒子放在床上，掀开了盒盖。我微微向前探了探身子，想看看盒子里是什么东西，但什么也没看见，只有白色的纸巾，边上都泛黄了。

她取出一个小包，剥去包在外面的纸巾。“你母亲的小镜子。”她说着，举起镜子。这是一面椭圆形的镜子，镶着龟甲镜框，还没有我的巴掌大。

我从床上滑到地上，后背倚床而坐，比先前离八月近了一点。八月的样子仿佛是在等着我伸手把镜子接过去。我却固执地把双手塞压在屁股下面坐着。最后，八月举起镜子，照了照。反射的光圈在她身后的墙上弹跳晃动着。“如果你看看镜子里面，就会看见你母亲的脸在看着你。”她说。

我永远不想照那面镜子，我心里想道。

八月把镜子放到床上，手伸进帽盒里，打开一把用纸巾包好的木柄发刷，然后递给我。我不假思索地接了过来。木柄握在我的手里觉得很怪异，凉凉的，边缘很光滑，似乎由于经常使用磨旧了。我不知道她每天梳头是不是要梳一百下。

我正要将发刷还给八月的时候，一眼发现猪鬃发刷上留着一根卷曲的黑色长发。我把发刷贴近面孔，眼睛盯着头发看，那是我母亲的头发，她身上真真切切的一部分啊。

"哦,要是换了我,我就会看一眼。"八月说。

我目不转睛地看着那根头发。那根头发从她的头上长出来,现在夹在那里,犹如她留在发刷上的一丝牵挂。于是,我明白了,无论我如何竭尽全力,无论我摔了多少瓶蜂蜜,无论我发过多少回狠,想不再思念我母亲,然而她却长驻在我心中温柔的一方,永远不会消失。我的脊背紧紧贴在床沿上,觉得眼泪流了下来。属于黛博拉·方塔尼尔的发刷和头发浮游在我的视野里。

我把发刷还给八月,她顺手把一件首饰放进我手里。原来是一枚鲸鱼造型的金胸针,点缀着小小的黑眼睛,喷水孔里喷出人造钻石制作的水花。

"她来到这里的那天,毛衣上就别着这枚胸针。"八月说。

我把胸针攥得紧紧的,然后跪着挪到罗萨琳的床边,把胸针放在小镜子和发刷旁边,来回摆弄着,仿佛我在拼一幅抽象拼贴画。

我以前也常常这样在床上摆弄我的圣诞礼物。圣诞礼物通常是狄瑞让西尔万商场的女营业员为我挑选的四样东西——毛衣、袜子、睡衣和一袋柑橘。圣诞快乐。你可以根据礼物清单看你的生活品质。我会把礼物摆成一条直线,一个菱形,一条对角线,摆成让我觉得象征着爱心图案的任何造型。

当我抬头看着八月的时候,她正从帽盒里拿出一本黑色封面的书。"这本书是你母亲住在这里时我送给她的。英国诗歌。"

我把书拿在手里,翻阅着书页,注意到页边空白处有铅笔标注的记号,不是文字,而是一些奇形怪状的符号,有的像螺旋形的龙卷风,有的像一团"V"字形,还有画着眼睛的花体字,带盖子的锅,长着人面的锅,沸腾溢出卷卷的锅,以及会突然掀起惊涛骇浪的小水坑。我凝视着我母亲埋在心底不为人知的痛苦,一阵冲动使我想走出屋外,把书埋进尘土里。

第四十二页。我看到母亲在威廉·布莱克的八行诗下画的加重线,有些字句的下面还画了双道线。

哦,玫瑰,你病了!
那无形的飞虫,
在暗夜里狂舞,
暴风雨在呼号。
找到了你的床,
铺满深红色的愉悦,
而他那幽暗隐秘的爱情,
却将你的生命毁灭。

我合上书。我想忘记这些诗句,但是,它们却已经深深地印入了我的脑海。我母亲就是威廉·布莱克笔下的病玫瑰。我别无他求,只是非常渴望告诉她,很抱歉,我就是那只夜间狂舞的无形的飞虫。

我把书和其他东西一起放在床上,然后转脸看着八月,这时她的手又伸进帽盒里,弄得纸巾沙沙作响。"最后一件东西。"她说,拿出一个光泽全无的椭圆形小巧银色相框。

当她把相框递给我时,她拉着我的手握了一会儿。相框里是一张女人的侧面照片,她的头探向坐在高脚椅子里的一个小女孩,小女孩的嘴角粘着婴儿食品的糊糊。那女人的头发蓬松卷曲,非常漂亮,好像刚刚卷过似的。她右手拿着一把婴儿小勺。她脸上容光焕发。小女孩戴着一个泰迪熊图案的围兜。她头顶的一撮头发上扎着一个蝴蝶结。她抬起一只手伸向那个女人。

我和我母亲的合影。

在这个世界上,我可以不在乎任何事情,只要她的脸贴着我的

脸，我们的鼻尖靠着鼻尖，她的笑容灿烂如霞，像冲天的焰火。她拿着小勺喂我吃东西。她用自己的鼻子蹭着我的鼻子，一脸容光泻到我的脸上。

穿过敞开的窗户吹来的风散发着卡罗来纳茉莉般的芬芳，这是真正的南卡罗来纳的气味。我走过去，双肘支在窗台上，深深地，深深地呼吸着。我听见身后八月坐在帆布床上移动了一下身体，床腿一阵吱嘎作响，然后又安静下来了。

我低头看看照片，然后闭上了眼睛。我想五月一定已经到了天堂，对我母亲说明了我希望得到的信物——让我知道有人爱我的信物。

没有蜂王的蜂群是个郁郁寡欢且令人同情的群落；蜂群里也许日日哀号夜夜悲鸣……如果不采取对策，整个蜂群即将死亡。但是，引入一只新的蜂王，局面就会发生最最令人难以置信的变化。

——《蜂王必死：蜜蜂与人类轶事》

14

我和八月一起看过帽盒里母亲的遗物以后，便自我封闭起来，在那儿又待了一段时间。八月和扎克忙着照料蜜蜂，收割蜂蜜，我却大部分时间独自来到河边消磨时光。我只想一个人静静独处。

八月的天气像个煎锅，日子一天天过去，热得犹如煎锅在咝咝作响。我摘了几片秋海棠树叶，朝脸上扇着风，坐在河边，光着脚丫泡在流淌的河水里。河面上徐徐吹来的微风拂过我身上，但是，暑热依然使我对自己的身世感到惊讶而糊涂，唯有我的心是清醒的。它犹如一座冰雕，矗立在我的胸膛中央。谁也触摸不到它。

通常，人们死也不愿意原谅别人。这真是一件难事。如果上帝明明白白地说“我要让你们在宽恕和死亡之间做出选择”，一定会有许多人径直去订购棺材。

我把母亲的遗物重新用破旧的纸巾包好，放回帽盒中，盖上盒盖。我趴到地上，把帽盒推到帆布床底下时，竟发现了一小堆老鼠的骸骨。我双手捧起老鼠骨头，放到水槽里冲洗。我每天把鼠骨装在口袋里不离身，连自己也想象不出为什么要这样做。

每天早晨我醒来的时候，首先想到的就是帽盒。帽盒几乎就像是我母亲本人，藏身于我的床底。有一天晚上，我难以成眠，只好起身把帽盒移到房间的另一边。然后，我剥下枕套，把帽盒塞进去，用我的一根发带将它扎紧。只有这样，我才能安然入睡。

我走到粉红屋去使用卫生间，心里想道，*我母亲也曾经坐在这个坐便器上*，紧接着又恨自己如此自作多情。她坐在哪里小便关我什么事？当她把我扔给沃森太太和狄瑞的时候，她一点也不曾关心过我的卫生习惯啊。

我给自己打气。*别去想她。事情都过去了，一切都结束了*。然而，还不到一分钟，我又向天发誓，一定要想象出她住在粉红屋里的情景，或者她走到哭墙前，将她的重负塞进石缝里的情景。我敢拿二十美元打赌，她一定把狄瑞的名字塞在墙上的石头缝里了。说不定莉莉的名字也在那里。我希望她聪颖过人，或者慈爱有加，意识到人人都有不堪重负的负担，但是，他们绝不会抛弃自己的亲骨肉。

不可思议的是，我竟然喜欢自己经历的身心痛苦与创伤。它们赋予我某种真切善意的同情心，使我感到自己与众不同。我是一个被亲生母亲遗弃的女孩。我是一个在粗砂石上罚跪的女孩。我是个多么与众不同的人啊。

我们进入了蚊子肆虐的季节，因此，我在河边的大部分时间是在不停地拍打蚊子。我坐在暗紫色的树阴里，掏出鼠骨，把玩于指间。我久久凝视着周围的景色，最后似乎觉得自己已经与之融为一体。有时候，我会忘了吃午饭，罗萨琳便会跑来找我，给我带一个西红柿三明治来。她一离开，我便把三明治扔进河里。

有时候，我会情不自禁地躺在地上，假设自己是躺在蜂巢状陵墓里。我此时的感受和五月死后的悲哀一样，并且有过之而无不及。

八月曾经说过，“我想，你会难过一段时间的。那就顺其自然吧。”但是，我一旦开启了心中的悲伤闸门，似乎有一发难收的势头。

我知道八月一定把一切都告诉了扎克，也告诉了六月，因为他们经过我身边时都小心翼翼的，仿佛我是个精神病患者似的。没准我就是。也许进公牛街精神病院的人应该是我，而不是我母亲。至少没有人捅破窗户纸，也没有人问过什么，或者劝说我，“看在上帝的分上，想开点吧。”

我不知道八月还要过多久就会采取行动处理我向她坦白的事情——我离家出走，帮助罗萨琳越狱。罗萨琳，一个逃犯。眼下，八月是在给我时间，让我有时间坐在河边，让我由着性子爱干什么就干什么，就像五月去世后她给自己时间走出悲痛一样。但是，这种状况不会永远持续下去的。

无论世上发生什么样的伤心事，地球照样转个不停，此乃宇宙之特性。六月确定了婚期：

10月10日，星期六。尼尔的哥哥——来自佐治亚州奥尔巴尼市的非洲卫斯理圣公会的一位牧师——将在后院的桃金娘树下为他们主持婚礼。一天晚上，在饭桌上，六月制定了他们所有的婚礼安排。她将身穿梅比丽为她缝制的带有盘花纽扣的白色人造丝婚纱，走下一条抛洒玫瑰花瓣的通道。我想象不出盘花纽扣是什么样子。六月在一张便笺纸上画了一个图，不过我还是懵懵懂懂不知其然。伦尼尔受托为她制作一顶婚礼帽子，我想，六月真是够有胆量的。真说不准，她头上戴的帽子将会是什么样。

罗萨琳主动提出烤制多层婚礼蛋糕，维奥利特和奎尼尔将以

“彩虹为主题”装饰蛋糕。我再次想说的是，六月真是非常勇敢。

一天下午，我口渴得要命。大约三点来钟的时候，我走进厨房，想灌一壶水带回河边去。我看见六月和八月在厨房中央相拥而立。

尽管这是一个私密的时刻，我站在门外还是忍不住想看着她们。六月抚摩着八月的后背，双手却在颤抖。“五月一定会喜欢这个婚礼的。”她说，“她对我说过无数次，说我对尼尔的态度太固执了。哦，天哪，八月，我为什么不早点结婚，在她还活着的时候就举行婚礼呢？”

八月稍微一转脸，看见我站在门廊上。她拥抱着开始哭泣的六月，但眼睛却看着我。她说，“世上没有后悔药卖，这你是知道的。”

第二天，我觉得想吃东西了。我走进厨房吃午饭，发现罗萨琳穿了一条新裙子，她头上的辫子也刚刚编过。她正在往胸口塞纸巾，以备不时之需。

“你在哪里弄来这么条裙子呀？”我问。

她转了一个圆圈，摆起模特儿的造型，我微笑了一下，她又转了一圈。她穿的那种裙子人们称作帐篷裙——好几码长的布料从她的肩头垂下，不用系腰带，也没有腰身线。鲜艳的红底上开满了一朵朵大白花。我看得出来，她很喜欢这条裙子。

“昨天八月带我进城，我买了这条裙子。”她说。我突然吃惊地发现，我在外晃荡的几天里，发生的事情还不少哩。

“你的裙子很漂亮。”我敷衍地说道，这才注意到哪里都没有午饭食物。

她双手抚摸着裙子前面，看了看壁炉上的钟，伸手去拿五月留

下来的一个白色塑料旧手提包。

“你要出门?”我问。

“正是。”八月说着走进屋里,朝罗萨琳微笑着。

“我要去完成已经开始的事情,”罗萨琳说,扬起她的下巴,“我要去登记投票。”

我双臂垂在两侧,嘴巴张开。“可是——你是个……你知道吗?”

罗萨琳斜眼看着我。“我是什么?”

“一个逍遥法外的逃犯。”我说,“如果他们认出你的名字来怎么办?要是你被捕怎么办?”

我转眼看着八月。

“哦,我想不会有多大问题。”八月说,摘下挂在门旁铜钉上的卡车钥匙,“我们要去黑人高级中学的投票点。”

“但是——”

“看在上帝的分上,我不过是拿张投票卡而已。”罗萨琳说。

“上次你也是这么说的。”我告诉她。

她不理睬我的话,把五月的手提包往手臂上一挎。一道裂口从提手一直裂到皮包的侧面。

“莉莉,你想去吗?”八月问。

我犹豫不决。我低头看看被太阳晒成棕色的光脚丫。“我还是留在家里做午饭吧。”

八月眉毛一耸。“见到你渴望改变想法,真是可喜啊。”

她们走到后门廊上,下了台阶。我跟在她们后面走到卡车旁。罗萨琳上车后,我说,“别再把痰液倒在人家鞋子上了,好吗?”

她大笑起来,笑得浑身颤动。她裙子上的花朵仿佛在风中绽放。

我回到厨房,煮了两根热狗吃了,懒得夹在小圆面包里。然后,我又回到树林里,随手采了几朵开在阳光下的野矢车菊,玩了一会儿觉得腻了便扔了。

我坐在泥地上，想重新回到幽暗的心境里，想想我母亲的事情，但是满脑子想的都是罗萨琳。我想象着她排在队列中的样子。我几乎可以看见她在练习签名。她的签名无可挑剔。那可是她生命中的重要时刻。突然间，我觉得真应该跟她们一起去。这个念头无比强烈。当他们把投票卡递给她时，我想看到她脸上的表情。我想对她说，*罗萨琳，你知道吗？我为你感到自豪。*

我坐在树林里干什么呀？

我站起身来，走进屋里。经过走廊里的电话机时，我涌起一阵冲动想打电话给扎克。我渴望重回真真切切的现实世界。我拨通了扎克的电话号码。

当他接电话时，我说，“有什么新鲜事吗？”

“你是谁？”

“真是滑稽。”我对他说。

“我为你的身世……感到难过。” 他说，“八月把一切都告诉我了。”我们两人沉默了一会儿，然后，他说道，“你一定要回去吗？”

“你是说回到我父亲身边？”

他犹豫了一下。“是的。”

在他说这话的当儿，我便真真切切地感到将会发生什么事情了。我全身每一个细胞都有这种感觉。“我想大概是吧。”我说。我把电话线绕在手指上，目光穿过大厅慢慢移向大门。好一会儿，我凝视着大门，想象着自己从那儿走了出去，不再返回。

“我会来看你的。”他说。听到这话，我都想哭了。

扎克敲响狄瑞·欧文斯家的大门。决不会有这样的事情。

“我问你有什么新鲜事,还记得吗?”我并不指望他告诉我什么新鲜事,只是想换个话题罢了。

“哦,首先,我今年要去白人高中上学了。”

我无言以对,只是紧紧握着手中的电话听筒。“你真的想上白人高中吗?”我说。我知道那些地方是什么样子。

“总得有人去吧,”他说,“我去有什么不好。”

看起来,我们两人命中注定要受磨难。

罗萨琳回来了,这位美利坚合众国的合法登记选民。那天晚上,我们团团围坐在餐桌前,等着开晚饭,而罗萨琳却一个一个地亲自给马利亚的女儿们打电话。

“我只是想要告诉你,我是个已经登记的选民了。”她每次都这样说,接着停顿一下,然后又说道,“约翰逊总统和休伯特·汉弗莱先生,我要投他们的票。我才不会投尿尿先生的票呢。”她每次都开怀大笑,好像这是个超级笑话似的。她会说,“戈德华特就是尿尿先生,知道了吧?”

甚至晚餐之后她还在继续打电话。正当我们以为她兴奋过度神经错乱时,她会冒出一句,“我要把我的一票投给约翰逊先生。”

当她终于平静下来,向大家道过晚安后,我望着她身穿红底白花的投票登记裙爬上楼梯,再次后悔没有跟她们一起去。

世上没有后悔药卖。八月曾经这样告诉过六月,*你应该知道*。

我跑上楼梯,从后面一把拽住罗萨琳,她那只正要踏上另一级楼梯的脚悬空停住了。我两只胳膊抱住她的腰。“我爱你。”我脱口而

出，甚至都不知道自己怎么会说出这句话来。

❋

那天夜晚，当纺织娘、树蛙和其他所有鸣唱造物激情澎湃叫得起劲时，我绕着蜂房徘徊，觉得像患了春倦症似的。时值夜晚十点，我却一心想要扫地擦窗户。

我走到壁架前，动手把金属螺盖玻璃瓶摆摆整齐，然后操起一把扫帚扫地，一直扫到贮蜜槽和发生器底下，那里看起来五十年没有扫过了。之后，我还不觉疲倦，便揭下我床上的被单，去粉红屋拿一套干净的被单，我蹑手蹑脚地小心走动，生怕吵醒任何人。我还拿了几块抹布和彗星牌清洁剂，以备不时之需。

我回到蜂房，不知不觉中开始了疯狂大扫除。到半夜时分，我已把房间收拾得窗明几净。

我甚至还整理了一下自己的衣物，扔掉了一些东西。几支旧铅笔，我写的两三个短篇故事——谁看了都会感到十分难堪的，一条穿破的短裤，一把快掉光了齿的梳子。

接着，我掏出装在口袋里的老鼠骨头，意识到我不再需要随身带着它们了。然而，我也知道不能扔了它们，于是，我就用一根红发带把鼠骨捆在一起，放在电风扇旁边的壁架上。我怔怔地看了鼠骨一会儿，不知道一个人怎么会喜欢上鼠骨的。我认为，有的时候，人们是需要照料什么东西的，仅此而已。

忙到这会儿，我开始感到有点儿累了，但我还是强打精神从帽盒里拿出了我母亲的遗物——她的龟壳小镜子，她的发刷，那本诗集，她的鲸鱼胸针，我们母女俩脸贴脸的合影照片，我把这些东西和鼠骨一起放在壁架上。我必须承认，这使整个房间看起来不同寻常。

睡意曚昽之间，我想起了母亲。我想到，人无完人，你就闭上眼睛，别去破解人心之谜了。

第二天早晨，我出现在厨房里，最钟爱的蓝色上衣上面别着鲸鱼胸针。一张纳特·金·科尔唱片正在播放。"难忘啊，你的本色。"我想，现在放唱片是为了盖住走廊上正在工作的粉红色楷模夫人洗衣机的噪声吧。洗衣机的确是一项奇妙的发明，但是它的动静大得像混凝土搅拌机。八月坐在那里，双肘支在桌面上，喝着杯里的最后一口咖啡，又在读从流动图书馆借来的书。

她抬起眼睛，目光落在我的脸上，然后看着鲸鱼胸针。我看见她微微一笑，接着又埋头继续看书。

我像往常一样，泡了一碗麦片加葡萄干。待我吃完后，八月说，"咱们到蜂场去。我有东西给你看。"

我们穿戴起全套养蜂行头——至少我是全副武装。八月只戴了帽子和面网。

一路步行到蜂场，八月大步流星，以免踩到蚂蚁。这个情景使我想起了五月。我说，"是因为五月我母亲才学会不伤害蟑螂的，对不对?"

"那还能是谁呢?"她说，说完浅浅一笑，"那时你母亲才十几岁。有一次，五月正好看见你妈妈拿着一个苍蝇拍在打蟑螂，便对她说，'黛博拉·方塔尼尔，地球上的每一个生灵都有特别之处。你想成为结束它们生命的刽子手吗?'然后，她便教你妈妈用药蜀葵和全麦饼干屑撒成一条线引蟑螂出屋。"

我抚摸着肩头上的鲸鱼胸针，想象着当时的情景。然后，我环顾四周，注意到了世界的存在。这是一个无比美好的日子，你简直难以想象会发生什么事情，破坏这幅美景。

按照八月的说法，如果你从来没有在早晨一起来就去看看蜂箱集散地的话，那就等于错过了世界第八奇迹。想象一下掩映在松树下面的白色蜂箱吧。阳光斜照透过树枝，照得蜂箱盖上正在挥发的点点露珠熠熠闪亮。成千上万只蜜蜂绕着蜂箱翻飞，那只是热身运动，但是，大部分蜜蜂在排便，因为蜜蜂很爱清洁，不愿意让粪便把蜂箱里面弄脏。远远看去，整个场面犹如你可以在美术馆看到的巨幅画作，然而美术馆却捕捉不到蜜蜂的声音。在离蜂群五十英尺远的地方，你就能够听见声音了，嗡嗡声仿佛来自另一个行星。在离蜂群三十英尺远的地方，你的皮肤会开始振动。披在你颈上的头发会掀起来。你脑子里会说，*不要再往前走了*，但是，你的心却会将你径直送进嗡嗡声里，你将被淹没在嗡嗡声里。你会站在那里思忖：*我位于宇宙的中心，万物都在吟唱生命之歌*。

八月掀去一只蜂箱的盖子。“这只蜂箱里没有蜂王。”她说。

我已经学到了丰富的养蜂知识，我知道，一只蜂箱里没有蜂王等于蜂群被判了死刑。蜜蜂会停止工作，飞来飞去，士气全无。

“是怎么回事?”我问。

“我昨天才发现这个情况。蜜蜂都停在着陆板上，看上去神情忧郁。如果你看到蜂群闲散不作且悲伤忧戚，那肯定是它们的蜂王死了。于是，我逐一查看蜂巢，确信蜂王已经死了。我不知道蜂王的死因。也许她是寿终正寝吧。”

“现在你怎么办?”

“我打电话到县里总机，他们让我与大雁溪的一位先生联系上了，那位先生答应今天什么时候开车送一只蜂王过来。我想赶在某只工蜂产卵之前，让蜂巢有新的蜂王。如果我们听任工蜂产卵，那可

就乱套了。”

“我还不知道工蜂会产卵哩。”我说。

“其实，工蜂只会产些未受精的雄卵。它们会在蜂巢里产满雄卵,当工蜂自然死亡时,便后继无蜂了。”

八月放下蜂箱盖子,说道,“我只是想让你看看,没有蜂王的蜂群是一幅什么样的情景。”

她撩开帽子上的面网,接着,把我的面网也撩了起来。她凝视着我的眼神,我也仔细端详着她眼睛里的金色斑点。

“记得我给你讲比阿特丽克斯的故事时,”她说,“提到的从修道院跑出去的那个修女吗?还记得圣母马利亚代替她工作的经过吗?”

“记得,”我说,“我想,你已经知道我是离家出走的孩子,像比阿特丽克斯一样。你是想告诉我,在我回家之前,马利亚在顶替我的角色,照料着家里的一切。”

“哦,我完全不是那个意思。”她说,“当时我认为离家出走的人不是你,而是你的*母亲*。我只是想让你脑子里稍稍有个概念。”

“什么概念?”

“就是我们的圣母也许可以扮演*黛博拉*的角色，做你的替身母亲。”

阳光照在草坪上形成斑驳陆离的图案。我凝视着那些图案,面带羞怯说出了下面一番话。“有一天夜里,我在粉红屋里曾经对我们的圣母说过,她是我的母亲。我像你和马利亚的女儿们在你们的聚会上做的那样,把我的手放在她的心脏上。我知道以前有一次我想摸她的心脏,却昏倒了;不过这一次,我站得稳稳当当,触摸过她的心脏之后不一会儿,我确实感到坚强多了。后来,似乎那种感觉又消失了。我想,我需要回去再摸一次她的心脏。”

八月说,“听我说,莉莉。我要告诉你一些事情,希望你永远记在心上，好不好？”

她的神色严肃起来，而且更加专注。她的眼睛一眨也不眨。

“好的。”我说，同时感到有一股电流涌过我的脊梁骨。

“我们的圣母并不像教母仙女[1]那样有什么魔法，也不是客厅里的那尊雕像。她存在于你的心里。你明白我的话吗？”

“我们的圣母存在于我的心里。”我重复道，不能肯定我是否真懂了。

“你必须在你的内心找到一个母亲。我们都需要这样。即使我们有母亲，仍然需要在内心找到一位精神母亲。”她向我伸出手，“把你的手给我。”

我抬起左手，放到她的手里。她拉起我的手，把我的手心按在我的胸上，按在怦怦跳动的心脏上。“你不需要把你的手放在马利亚的心脏上才能获取力量、安慰、救赎，以及我们赖以生存的其他东西，”她说，“你只需要把手放在你自己的心脏上。**你自己的心脏上**。”

八月走近几步。她紧紧压着我的手。“在你父亲虐待你的那些时候，我们的圣母的声音一直在你心中说道，‘不，我决不会屈服。我是莉莉·梅利莎·欧文斯，我决不会屈服。’不论你是否能听见这个声音，她都在你心里说着这些话。”

我抬起另一只手，叠在她的手背上，她又把空着的那只手放到我的手背上，于是我的胸上贴着黑白交叠的两双手。

“当你对自己没有信心时，”她说，“当你开始退缩疑惑生计维艰时，她会在你内心说道，‘勇敢点，像一个阳光女孩那样生活。’她是你内心的力量，明白吗？”

她的双手放在原处没动，但不再用力压紧了。“如果说有什么能

---

① 充当临死儿童教母的仙女。——译注

使你胸襟开阔的话，那也一定是你心里的马利亚。那不仅是你内心的力量，也是你心底的爱。当你开始认真考虑这些时，莉莉，你便会领悟到那是人生唯一值得追求的宏伟目标。不仅去爱——而且要忠贞不渝地去爱。”

她停住不说了。蜜蜂鼓噪，其声随风飘去。八月抽回放在我胸前的手，但是我的双手依然紧捂胸口。

“我所说的这个马利亚终日守护在你的心里，在不停地说，‘莉莉，你是我永远的家园。永远不要害怕。我很满足。我们都很满足。”

我闭上眼睛，在早晨的凉爽清风里，在蜜蜂的轻歌曼舞中，我恍然大悟，顿时明白了她的话。

当我睁开眼睛时，八月已经不见了踪影。我回头朝粉红屋的方向看去，看见她正穿过院子，一袭白裙一闪一亮的。

下午两点，有人敲门。当时我正坐在客厅里，在扎克留在我门口的新笔记本上写东西，记下圣母升天节以来发生在我身上的一切。我文思泉涌，手里的笔简直来不及写，那些都是我的心声记录啊。我竟然没有注意到敲门声。后来我回想起来，那敲门声有些异样，更像是有人挥拳捶门。

我还是埋头写作，等着八月去开门。我想，肯定是大雁溪的那个人送新蜂王来了。

重重的敲门声复又响起。六月和尼尔出去了。罗萨琳在蜂房里洗刷新运来的金属螺盖玻璃瓶。那本来是该我干的活计，但是，她见我如此渴望写下一切，便自告奋勇替我洗瓶子。我不知道八月上哪去了，也许在蜂房里，帮着罗萨琳一起干活。

我现在回想起来不禁有些疑惑:我当时怎么就没猜到会是谁在敲门呢?

敲门声第三次响起,我起身跑过去开了门。

狄瑞目不转睛地看着我,脸刮得干干净净,身穿一件白色短袖衬衫,领口露出卷曲的胸毛。他满面笑容,但你别急,那可不是什么美好疼爱的笑容,而是一个打野兔的人在追赶了一整天后,终于发现他的猎物被逼进树洞里无路可逃时露出的得意狞笑。他说,"好,好啊,很好。瞧,这是谁啊。"

我脑海里突然闪出一个恐怖的念头,觉得他也许会立刻把我拽上他的卡车,一路疾驶开回桃园,从此我便永远销声匿迹。我朝过道退去,强装礼貌地对他说,"你不进屋吗?"我很惊讶自己会对他表现出这种礼貌,同时,我的话也使他感到不知所措。

除此之外,我还能怎么样呢?我转过身,故作镇静地走进客厅。

他重重的靴子声在我身后震响。"好啊,你他妈的,"他冲着我的后脑勺说道,"如果你想要我装作是来看望你的,那我们可以装,但我可不是来看你的,你明白我的意思吗?我找你找了半个夏天了,现在我要把你带走,你乖乖跟我走也行,踢打哭闹被拖走也行——对我来说都一样。"

我指了指一把摇椅。"你想坐就坐吧。"

我试图装作不以为然的样子,但内心里却几乎是惊恐万状。八月在哪里啊?我的呼吸变得急促起来,浅浅地喘息着,像条狗一样气喘吁吁。

他扑通一声坐到摇椅上,前后摇晃着,脸上挂着狞笑,意思是说,我逮住你了吧。"这么说,你一直都在这里,和几个黑女人住在一起。我的天啊。"

我不由自主地退到了我们的圣母雕像旁边。我站在那里,一动

不动，而狄瑞却打量着雕像。“那他妈的是什么玩意？”

“圣母像。”我说，“你知道，就是耶稣的母亲。”我喉咙里发出的声音听起来有些惊慌。内心里，我在绞尽脑汁想对策。

“嗨，看上去像是从垃圾堆里捡来的破烂。”他说。

“你是怎么找到我的？”

他滑到藤椅边缘，手伸进裤兜里摸着，最后掏出了一把小刀，他经常用来修指甲的那把小刀。“是你把我引到这里来的。”他得意洋洋，兴高采烈地说道，仿佛急于与人分享这个消息似的。

“我没做什么啊。”

他从刀座里抽出刀来，将刀尖插进摇椅扶手里，削下一小块木片，自得其乐地道出原委。“哦，当然是你把我引到这里来的。昨天，电话账单来了，猜猜看，我在账单上发现了什么？有一个从蒂伯龙一家律师事务所打来的对方付费电话。克莱顿·福里斯特先生。你犯了一个天大的错误，莉莉，竟给我打对方付费电话。”

“你去了克莱顿律师事务所，他告诉你我在这里的？”

“不是。但是，他有个老太婆女秘书，她非常乐意为我提供信息。她说我准能在这里找到你。”

愚蠢的莱茜小姐。

“罗萨琳在哪里？”他问。

“她很久以前就离开了。”我骗他。他可以绑架我，把我带回西尔万，但是，他没有必要知道罗萨琳在哪里。我至少可以不让狄瑞知道她的下落。

不过，他没有再提罗萨琳。一刀一刀地切削摇椅扶手，他似乎很开心，好像他才十一岁似的，在树皮上刻着自己的名字首字母。我想，他高兴肯定是因为他觉得用不着为罗萨琳的事操心了。我不知道回到西尔万还能不能活下去，如果没有罗萨琳的话。

突然间，他停止了摇晃，令人作呕的笑容从嘴角消失了。他死死盯着我的肩膀看，眼睛眯缝得都快合到一起了。我低下头，想弄明白是什么东西引起了他的注意，忽然意识到他在盯着我衬衫上的鲸鱼胸针。

他站起身，朝我走过来，在离我还有四五英尺的地方，他故意停住不走了，仿佛那胸针上有什么伏都教[①]咒语似的。"你从哪里搞来的?"他问。

我下意识地抬起手来，摸着小巧玲珑的人造钻石鲸鱼喷水孔。"是八月给我的。住在这里的女人。"

"不要骗我。"

"我没有骗你。是她给我的。她说这枚胸针是——"我不敢说出来。他对八月和我母亲之间的事情一无所知。

他的上嘴唇开始泛白，每当他大发脾气时就那样。"那是你母亲二十二岁时，我送给她的生日礼物。"他说，"你赶快告诉我，这个叫八月的女人是怎么得到胸针的?"

"这枚胸针是你送给我妈妈的?真的是你送的?"

"回答我的话，他妈的。"

"我妈妈离开我们出走时，她就是到这里来了。八月说，她来的那天就别着这枚胸针。"

他走回摇椅，看起来受到了震动，慢慢地坐到椅子上。"我真该死。"他说，声音低得我几乎听不见。

"在弗吉尼亚，当我妈妈还是个小姑娘时，八月就负责照料她。"我说道，试图向他解释清楚。

他两眼凝视空中，目光茫然。窗外是卡罗来纳的盛夏，我看见骄

---

① 一种西非原始宗教，现仍流行于海地和其他加勒比海诸岛的黑人中。——译注

阳似火，射在他的卡车顶篷上，照亮了掩映在茉莉花丛下面尖桩篱笆的桩尖。卡车车身上溅着泥浆点点，仿佛他一直在沼泽地里转着圈子找我似的。

“我早该想到的。”他摇着头，自说自话，好像我不在屋里一样。“我到处找她，凡是我想得到的地方都找遍了。然而她就在这里。天哪，她就在这里。”

想到这里，他似乎敬而生畏。他摇了摇头，打量了一下四周，仿佛在想，*我敢打赌，她曾经坐过这把椅子。我敢打赌，她曾经在这块地毯上走过*。他的下巴微微颤抖，我第一次意识到，他一定非常爱她，当她出走时，他一定是肝肠寸断。

在来这里之前，我的整个生活空白一片，而我的母亲本应是我生活中的一部分。这空白的生活改变了我，使我始终在痛苦地追求着什么。但是，我从来一次也没有想到过他心中的所失，也不曾想到过也许是他心中的所失改变了他的性格。

我想起了八月说过的话。*人们刚开始的时候可能是一种样子，但是，等到他们经历了生活的磨难后，他们可能变成了截然不同的另一个人。我毫不怀疑他当初是很爱你母亲的。实际上，我认为他简直可以说是很崇拜她。*

我以前从来不知道狄瑞崇拜过任何人，除了大鼻子——他的命根子爱犬。但是，看到他现在这幅样子，我知道他曾经爱过黛博拉·方塔尼尔。当她离开狄瑞时，他便陷入了痛苦的泥淖。

他把刀子猛地一下戳进木头里，然后站起身来。我看看耸在空中的刀柄，接着又看看狄瑞，只见他在屋里走来走去，摸摸这个，碰碰那个，摸过了钢琴、帽架，还有活动桌面上的一本《瞭望》杂志。

“看起来好像这里就你一个人？”他说。

我担心的事情马上就要发生了。一切都要结束了。

他径直向我走来，伸手来拉我的胳膊。我猛地闪开时，他一记耳光刷过我的脸。以前狄瑞打过我无数次耳光，打在脸颊上清脆尖利的耳光声，抽得你倒吸冷气，惊魂不定，但是，这一次则是另外一回事，完全不是一记耳光的问题。这一次，他是攒足了全身的力气来打我。当巴掌落下时，我听见了他嘴唇间在用力之后发出的喘息声，看见了他瞬间突出的眼球。我还闻见了他手上的农场味和桃子味。

巨大的冲击力打得我一个劲向后退，退到我们的圣母身上。在我还没跌倒的一刹那，她就先倒地了。起初，我并没有觉得疼痛，但是，当我坐起身想站起来时，一阵疼痛从我的耳朵一直贯到下巴。我疼得再次仰面跌倒在地上。我眼睛瞪着他，双手抓住胸膛，怀疑他会不会扯着我的双脚把我拖到卡车上。

他咆哮如雷。“你竟敢离开我！你欠揍，我得好好教训教训你！”

我深深地吸了一口气，想稳定一下情绪。黑圣母像躺在我身边的地上，散发出无法抵抗的蜂蜜味。我想起我们把蜂蜜抹进她体内的过程，每一条细小的缝隙，每一丝纤微的木纹都抹遍了，直到她成为蜜材，直到她称心如意。我躺在那里不敢动弹，意识到房间那边有把小刀插在摇椅扶手里。他抬脚踢我，靴子落在我的小腿上，仿佛我是马路上的一个罐头盒，因为挡了他的路，他便可以随便踢随便踩。

他站在我面前。“黛博拉，”我听见他喃喃自语，“你别想再离开我了。”他的目光看上去狂乱又恐惧。我怀疑我听到的话是不是真的。

我注意到自己的双手依然半握抓在胸膛上。我用力摁下去，深深嵌进我的肌肉里。

“起来！”他大声吼道，“我带你回家！”

他一把抓住我的胳膊，将我拎了起来。我一站起来，就挣脱了他的手，向门口跑去。他过来追我，一把揪住了我的头发。我扭头面对

着他，看见他手里拿着小刀，在我脸前挥舞着。

“你得跟我回去！”他叫喊着，“你根本就不应该跑出来。”

我意识到，现在他已不是在对我说话，而是对黛博拉，仿佛他的思绪飞回到了十年前。

“狄瑞，”我说，“我是——莉莉。”

他没有听见我的话。他抓着我的一撮头发不松手。“黛博拉。”他说。

“臭娘们。”他说。

他好像是气疯了，重新感觉到了长久以来埋藏在心底的痛苦，一旦发泄出来便一发不可收拾，将他彻底击垮了。我不知道他为了找回黛博拉会做出什么举动来。我只知道，他也许会杀了她。

我是你永远的家园。我很满足。我们都很满足。

我看着他的眼睛。他的眼睛里充满了陌生而迷茫的神情。“爸爸。”我喊道。

我大声喊道。“爸爸！”

他大吃一惊，然后定睛看着我，喘着粗气。他松开我的头发，手里的小刀掉落到地毯上。

我朝后踉跄了几步才站稳。我听见自己在大口喘气。喘息声充斥了房间。我不想让他注意到我在盯着地上的小刀，却又情不自禁地朝小刀落地的地方瞥了一眼。当我回眸看他时，他还在盯着我看。

我们就这样对视了一会儿，谁也没有动弹一下。我看不透他脸上的表情。尽管我浑身颤抖，但我觉得必须开口说话。“我——我为不辞而别向你道歉。”我说，挪着碎步往后退缩。

狄瑞垂下了眼睛。他把脸转过去，看着窗外，仿佛他正在凝望着曾把黛博拉领进粉红屋的那条小路。

我听见外面走廊的地板吱嘎作响。我回过头，看见八月和罗萨琳站在门口。我打了个手势，请她们不要出声，挥手让她们暂且回避。我想，我必须自己来处理这件事，必须独自和狄瑞在一起，等待他恢复理智。现在，他站在那里，似乎对任何人都不会造成伤害。

我一时还以为她们会无视我的暗示，径自走进屋里，但是，八月随后抓住罗萨琳的胳膊，两人不声不响地走开了。

当狄瑞转过脸来时，眼睛又紧紧盯在我身上，这时，那双眼睛里已经风平浪静，唯有一片受伤的海洋。他凝视着我衬衫上的胸针。“你长得像她。”他说。听到他这句话，我知道，他说出了所有的心里话。

我弯腰捡起他的小刀，合上递给了他。“好了，事情都过去了。”我说。

然而，事情还没有真正过去。我无意间发现了他隐藏在内心的幽暗通道，那是一个可怕的地方，如果他能做到的话，他现在就会将其封闭，并永世不再返回。他好像突然间感到了羞愧。我望着他撅起嘴唇，正在重新显露他的傲慢，他的愤怒，以及他当初闯进屋里时带来的一身霸道。他的双手在衣袋里局促不安地伸进抽出。

“我们回家去吧。”他说。

我没有回答他的话，而是走到依然躺在地上的我们的圣母身边，将她扶了起来。我能感觉到八月和罗萨琳就在门外，几乎可以听见她们的呼吸声。我摸摸自己的脸颊。他打过的地方肿了起来。

“我要留在这里，”我说，“我不走。”我的话在空中回响，刚硬而闪亮，犹如我几星期来一直在体内雕琢成型的珍珠。

“你说什么？”

“我说我不走。”

“你以为我会把你一个人留在这儿回家吗？我甚至都不认识那几个该死的人。”他似乎竭力想使这几句话极具说服力。当他扔下刀

子时，心中的怒火就已经熄灭了。

“我认识她们，”我说，“八月·波特莱特是个好人。”

“你怎么知道她就愿意留你住在这里？”

“莉莉可以在这里有个家，她想住多久就住多久。”八月边说边走进屋里，罗萨琳紧紧挨在她身边。我跑过去，和她们站在一起。我听见奎尼尔的轿车开上了车道。那辆车的消声器，你一听就能听出来。很显然，八月把马利亚的女儿们喊来了。

“莉莉说你已经走了。”狄瑞对罗萨琳说。

“没错，我想我现在又回来了。”她说。

“我才不在乎你在哪呢，也不在乎你最后死在哪。”他对她说，“但是，莉莉得跟我走。”

即使在他说这话的时候，我也看得出来，他并不想要我，不想带我回农场，免得看见我就想起她。他的另一面——善良的一面，假如他还有善良可言的话——甚至在想，我待在这里也许更好。

现在，他是要面子，完全是在撑面子。覆水难收，他怎么可能自食前言呢？

前门开了，奎尼尔、维奥利特、伦尼尔、梅比丽跌跌撞撞地涌进屋里，个个神色不自然，好象穿反了衣服似的。奎尼尔盯着我的脸颊看。“你们都没事吧？”她问道，上气不接下气。

“我们都平安无事。”八月说，“这位是欧文斯先生，莉莉的父亲。他来拜访我们。”

“甜女和格蕾茜家的电话没人接。”奎尼尔说。她们四人在我们旁边排成一行，手里拿着手提包贴紧身体，仿佛她们也许在不得已时会用手提包狠揍某人一顿。

我不知道在他的眼里，我们是怎样的一群女人——梅比丽身高四英尺十英寸，伦尼尔的头发直竖在头顶，等着编成小辫子，维奥利特小声咕哝着，“万福马利亚”，还有奎尼尔，又凶又老的奎尼尔，双手叉在臀部，嘴唇撅起，她全身的每个细胞仿佛都在说，*我谅你也不敢带走这个女孩*。

狄瑞恶狠狠地哼了一声，仰脸看着天花板。他的决心破碎了，纷纷扬扬地落在他周围。你可以真真切切地看见碎片飘落如雪。

八月也看见了。她走上前去。有时候，我会忘记了她的身高。“欧文斯先生，你让莉莉留在这里，算是帮了莉莉一把，也是帮了我们大家一个忙。我让她做我的养蜂实习助手，她正在学习整个流程，用她的辛勤劳动来帮助我们。我们都爱莉莉，我们会好好照顾她的，我可以向你保证。我们会送她进当地的学校读书，让她做个好孩子。”

我听见八月不止一次说过，“如果你需要从别人那里得到什么，你得给那人一个台阶，他才好把东西递给你呀。”狄瑞需要一个能够保住面子的台阶把我交出去，八月给了他这个台阶。

我的心扑通扑通直跳。我看着他。他看了我一眼，然后垂下了双手。

“谢天谢地。”他说，然后朝门口走去。我们这一队女人组成的矮墙立刻给他闪开路，让他走过去。

他猛地一把拉开前门，门砰的一声撞到后墙上，他走了出去。我们面面相觑，没说一句话。我们仿佛吸尽了屋里所有的空气，纳入我们的肺叶里憋着，等他确实走了，我们才可以扬眉吐气。

我听见他在发动卡车，便失去理智撒腿就跑，穿过院子去追他。罗萨琳追着喊我，但是，我没有时间去解释。

卡车在车道上倒车，扬起团团尘土。我挥舞着两只手臂，“停车，停车！”

他踩下刹车，然后隔着挡风玻璃怒视着我。在我身后，八月、罗萨琳和马利亚的女儿们都跑到前门廊上。我走到车门旁，他从车窗

里探出头来。

“我必须问你一件事。”我说。

“什么事?”

“我妈妈去世的那天,你说我捡起手枪时,手枪走火了。”我的眼睛直视他的眼睛。“我需要知道,”我说,“是我开的枪吗?”

流云飘过,院落里的色彩随之变换,由明黄变成浅绿。他抬手抹了一把脸,垂眼看着大腿,然后又抬眼看着我。

这次他开口说话时,话语里全然没有了从前的粗鲁。“我可以告诉你,是我弄走火的。那就是你想听到的。我也可以告诉你,是她自己走火送了命。但是,如果我这样说的话,那都是在撒谎。开枪的人是你,莉莉。你不是有意的,但的确是你。”

他又看了我一会儿,然后把车缓缓倒出车道,留下一股汽油味。蜜蜂四处飞舞,草坪上的绣球花和桃金娘,树林边缘开着的茉莉花,还有簇拥攀援于篱笆上的蜜蜂花,花间无处不见蜜蜂飞来飞去忙着采蜜。也许他对我说的是实话,但是,你永远也无法完全了解狄瑞。

他缓缓驱车离去,而不是像我以为的那样疾驶而去。我目送他远去,直到不见了踪影。然后,我转过脸来,看着站在门廊里的八月、罗萨琳,还有马利亚的女儿们。这是我记得最最清楚的时刻——我站在车道上,回头看着她们。我记得她们站在那里等待的情景。那些女人,她们对我的疼爱,都在等待着我。

我朝车道上看了最后一眼。我记得,当时我在想,他也许是爱我的,只不过他爱的方式有些缺憾。他因此而失去了我,不是吗?

我依然欺骗自己说,那天他驱车而去时,并没有说过“谢天谢地”这句话;而是说,*哦,莉莉,你还是留在那些黑女人家里过得好些。你跟着我过,永远也不会像和她们在一起那样健康成长。*

我知道这个想法很荒谬,但还是坚信想象力的种种好处。有时候，我想象着圣诞节时会收到他的一盒礼物，不是一成不变的毛衣+袜子+睡衣，而是一些真正有创意的礼物，譬如，一个14K金的魔法手镯，他会在圣诞贺卡上写着，“爱你的，狄瑞。”如果他使用“爱”这个字眼，地球也不会因之停止旋转，而是会循着它的既定轨道运行，正如河水照样流，蜜蜂依旧飞，世间万物生息繁衍，亘古不变。人们不要太小看荒谬想象力的作用。就拿我来说吧，我经历的荒唐事一件接一件，现在却奇迹般地出现在粉红屋里。我每天醒来都会发现奇迹。

秋天里，南卡罗来纳染上了一层红宝石色和大片深浅不一的橘黄色。我从楼上的房间里眺望秋色，这个房间是上个月六月出嫁后让给我住的。我做梦也没有想到会有这样的一个房间。八月给我添置了新床和梳妆台，是从希尔斯和罗巴克商场的商品目录上选中的法国地方式样的白色家具。维奥利特和奎尼尔送了一块提花地毯，那块地毯一直铺在她们那间备用房间里闲置浪费。梅比丽缝了蓝白双色圆点图案的窗帘，底边缀着绒球流苏。格蕾茜用彩色毛线编织了四只八条腿章鱼状靠垫放在床上。有一条章鱼我就满足了，但格蕾茜只会做这种手工艺品，所以她一连做了好几件。

伦尼尔为我设计制作的帽子，胜过她做过的所有帽子，包括六月结婚时戴的帽子。这使我联想到教皇的帽子。是顶高帽，简直高耸入云，直上九天。不过，它比教皇的帽子要圆一些。我想要的是一顶蓝色的帽子，但没有如愿，她给我缝的是顶金色和褐色相配的帽子。我想，老式的蜂巢大概就是这个样子吧。我只在马利亚的女儿们聚会时才戴这顶帽子。如果我戴着它出现在任何其他场合的话，定会导致数英里长的交通堵塞。

克莱顿每个星期都过来，告诉我们他处理我和罗萨琳在西尔万的案情进展情况。他说，在监狱里打了人，就别指望能逃脱惩罚。尽

管如此,他说,他们将在感恩节前撤回对我和罗萨琳的指控。

有时候,克莱顿来访时会带他的女儿贝卡一起来。贝卡比我小一岁。我总是把她想象成在律师事务所看到的照片上的人儿,牵着她的手,跳过一排海浪。我将母亲的遗物放在我房间里一个专门的壁架上,我让贝卡看这些东西,但不许她动手触摸。将来有一天,我会允许她拿在手上看,因为那样似乎才够闺中女友的交情。另外,我将母亲的遗物视为圣物的感觉已经开始逐渐淡薄了。过不了多久,我会将母亲的发刷递给贝卡,对她说,"给,你想用这把发刷梳头吗?""你想不想戴一下这枚鲸鱼胸针?"

只要有机会,我和贝卡都会在学校餐厅里等扎克,和他坐在一起。于是,我们有了"黑鬼情人"的名声。课间休息时,那些不学无术之辈撕下笔记本揉成纸团,在走廊里朝扎克身上乱砸一气,这似乎成了他们最喜爱的消遣,我和贝卡也随时可能受到同样的待遇。扎克说,我们应该离他远一点。我们说,"不就是笔记本纸团嘛——多大事啊!"

在我床头的照片上,母亲永远在对着我微笑。我想,我已经原谅了我们两个人。不过,有时候在深夜里,我依旧会梦回悲情小屋,这时,我就会惊醒,再一次原谅我们。

我坐在自己的新房间里,将所有事情一一记下。我的心永远在不停地诉说。现在,我成了哭墙的守护者。我不住地往墙缝里塞祈祷文,为它添加新的石块。假如五月的哭墙寿命比我们都要长,我一点也不会感到惊奇。当世界末日来临,全世界的楼房悉数倒塌时,唯有哭墙将屹立如旧。

我每天都要去拜谒黑圣母。她带着一脸睿智看着我,面容苍老、丑陋却又不失雍容华贵。我每一次看她的时候,似乎都觉得她身体上的裂缝日益加深,木头皮肤逐渐老化。她那举得高高的粗壮手臂,她那握起的拳头凝聚着巨大的爆发力，我百看不厌，永远也看不够。这位圣母马利亚就是爱的力量。

我在意想不到的时刻感觉到她的存在，她升天时的情景犹如发生在我心里。她会突然飞升。当她飞升时，她没有升入天空，而是进入到我心灵的更深处。八月说，她会钻进生命在我们身上凿开的黑洞里。

这是一个充满奇迹的秋天。然而，每一天，每一天我都会想起八月里那个炎热的下午，狄瑞离开时的情景。我常常回忆起那个时刻：我站在车道上，脚边有许多小石子和土疙瘩，回头向门廊看去。她们都在那里。所有的母亲们。我比街道上的大多数女孩拥有更多的母爱。她们是月亮，照耀着我的身心。